Verletzte
Seelen

SABINE BAUMGARTNER

Verletzte

Seelen

Bibliografische Information der Deutschen Nationalbibliothek:
Die Deutsche Nationalbibliothek verzeichnet diese Publikation in der
Deutschen Nationalbibliografie; detaillierte bibliografische Daten
sind im Internet über dnb.dnb.de abrufbar.

© 2020 Sabine Baumgartner,
Lektorat und Korrektorat: Andrea Schumacher,
Covergestaltung: Inkubus Design,
Satz, Herstellung und Verlag: BoD – Books on Demand, Norderstedt
ISBN: 9783752645125

Man trägt viel im Herzen, was man nie einem anderen Menschen Mitteilen kann.

Greta Garbo

Für meine Mama,
eine Frau, die niemals aufgegeben hat und bis zum Schluss
alle glücklich machen wollte und glücklich gemacht hat.

DAMALS

Sie lag auf dem Boden.

Getreten, gedemütigt und am Ende. Über ihr sah sie nur Köpfe. Sie sah keine Gesichter mehr, aber sie hörte das Lachen. Dieses grauenvolle, gehässige Lachen, und dann diese Stimme:»Na, du Schlampe? Hast du es jetzt endlich verstanden? Berühre niemals wieder meinen Tisch.« Sie schloss die Augen und dachte an die letzten Minuten zurück. Wie war alles so schnell gegangen? Eben saß sie doch noch an ihrem Platz und wollte sich die Hausaufgaben aufschreiben, die noch an der Tafel von der Stunde davor notiert waren.

Es war doch ihr Stift, den man ihr weggenommen hatte.

Sie sieht es noch immer vor sich, wie Thomas den Stift nimmt. Thomas, der keine Gelegenheit auslässt, sie zu ärgern. Er sitzt zwei Reihen weiter vorne. Grinst und brüllt: »Los, sag es!« Sie weigerte sich. Sie lispelt und möchte nicht schon wieder, dass man lacht, wenn sie den Zungenbrecher mit den »10 zahmen Ziegen« aufsagt. Es ist ihr unangenehm. Sie denkt, wenn sie einfach nur ruhig ist, wird er sich geschlagen geben. Den Stift würde sie sich dann später wieder holen können. Oder er würde ihr diesen, wie immer, einfach hinwerfen, wenn sie nicht damit rechnete. So hat er es bisher immer gemacht. Aber diesmal scheint es anders zu sein. Sie spürt, dass er diesmal einen anderen Plan hat und sie überlegt noch, welchen. Sie sitzt da. Schaut stur zur Tafel und versucht Thomas zu ignorieren.

Er schnauft verächtlich, als sie sich weigert, steht auf und geht Richtung Tür. Sie will schon erleichtert aufatmen. Sie hat sich also getäuscht. Er gibt auf wie immer. Er hat nichts vor. Das Schlimmste scheint sie überstanden zu haben. Doch dann passiert es. Er lässt ihren Stift wie zufällig auf Melanies Tisch fallen. Ausgerechnet Melanie! Die Schülerin kam erst in diesem Schuljahr in die Klasse und hatte schon vorher diesen gewissen

Ruf. Sie war schon manches Mal Opfer von Melanies Angriffen gewesen. Weil sie eine Behinderung hat, sie übergewichtig ist und keine Freunde hat. Sie gehört zu der Gruppe von Schülern, die Melanie und ihre Clique gerne zum Angriff nehmen und ausgerechnet in ihre Klasse musste sie vor einem halben Jahr kommen. Sie hat es bisher geschafft Melanie erfolgreich aus dem Weg zu gehen. Mit der Zeit hat sie gelernt unsichtbar zu werden. So lange sie alle ignoriert, ist meistens alles gut.

Meistens, nicht immer! Heute scheint es nicht zu klappen. »So du fette Kuh, dann sieh mal zu, wie du deinen Stift bekommst,« sagt Thomas und grinst sie dabei diabolisch an. Sie überlegt, ob es der Stift wert ist. Es ist ihr Lieblingsstift und ein wenig so etwas, wie ihr »Glücksstift«. Sie hat kaum Freunde an der Schule. Seit ihrem Unfall vor zwei Jahren, will keiner mehr mit ihr etwas zu tun haben. Sie ist die »Abnormale«, die Schülerin, mit der man eben nicht gesehen werden will.

Diesen Stift hatte ihr ihre Freundin geschenkt. Die Einzige in der Klasse, die ihr geblieben ist, nachdem ihre Freundin Alissa die Schule wechseln musste. Das Schreibutensil bedeutet ihr viel. Dieses gibt ihr Kraft und macht ihr Mut. Sie wägt ihre Chancen ab.

Melanie ist gerade nicht am Tisch. Es könnte also gut funktionieren. Sie überlegt, den Stift schnell vom Tisch zu nehmen und wieder an ihrem Platz zu sitzen. Das müsste klappen, die Pause geht noch drei Minuten. Sie riskiert es. Blitzschnell steht sie auf. Sie spürt ihren Atem, spürt ihr Herz wie wild klopfen. Sie geht zur Tür, steht vor dem Tisch an der die Person sitzt, vor der sie die größte Angst hat. Sie denkt nichts mehr. Sie hält den Atem an. Sie nimmt den Stift, dann spürt sie einen Schmerz in ihrer Hüfte. Das Nächste was sie bemerkt ist, wie sie an den Haaren gezogen wird. Melanie ist zurück. Hält sie an den Haaren fest, presst ihr ihren angebissenen Apfel fest an ihre Wange. Sie spürt einen starken Schmerz an ihrer Hüfte. Die Hüfte, die operiert wurde. Als nächstes liegt sie auf dem Boden, kann sich nicht mehr rühren. Sie will nichts mehr hören, blendet alles aus.

Denkt nur noch an den glücklichen Moment, der erst 3 Monate her ist. Der Tag, an dem sie endlich ohne Gehhilfen in die Schule kam. Sollte es wieder von vorne los gehen? Wieder OPs, wieder eine Schiene, wieder Gehhilfen? Sie betete, dass dies alles nicht wirklich passiert ist. Dann holt sie die Wirklichkeit ein: Sie liegt im Krankenhaus.

Sie sieht die Ärzte über sich, die etwas von Notoperation reden und sie will eigentlich aufstehen und gehen, aber sie merkt, ihr Bein tut weh. Sie weint. Sie ist verzweifelt, dann fängt sie an zu schreien. So laut, dass eine Schwester sie festhält und ihr etwas spritzt. Danach schläft sie ein und erwacht erst wieder, als die Operation vorbei ist. Dann starrt sie zur Decke und fragt sich, wann dieser Albtraum endlich vorbei ist. Wann sie endlich die Schule wechseln darf. Vielleicht haben ihre Eltern ja jetzt endlich ein Einsehen mit ihr.

HEUTE

1. Kapitel

L isa, kommst du bitte in mein Büro?«
Lisa hörte ihren Chef über den Flur rufen. Das tat er gerne, auch wenn er damit allen auf die Nerven ging. Sie arbeitet im Kundenvertrieb und gerade wenn man einen Kunden am Telefon beriet, war es einfach nur störend, wenn da laute Geräusche über den Flur hallten. Er muss gesehen haben, dass sie gerade aufgelegt hatte. Schnell notierte sie im System den Verlauf des Gesprächs. Herr Wieland würde wieder anrufen und bestellen, dessen war sie sich sicher. Aber natürlich gehörte es auch zum Spiel zwischen dem Kunden und dem Vertrieb, erst einmal unentschlossen zu tun. Mit einem letzten Klick speicherte sie den Verlauf, dann stand sie langsam auf, während Karl ein zweites mal laut ihren Namen über den Flur rief. Ihr Büro lag am anderen Ende des Ganges. Karl musste immer besonders laut rufen, damit sie ihn hörte. Sie kam am Büro ihres Lieblingskollegen vorbei. Mario steckte bereits den Kopf aus seinem Büro und grinste breit: »Viel Erfolg! Gleich Kaffee, wie immer?«

Lisa sah in seine strahlenden blauen Augen und ihr Herz machte einen Hüpfer bei seinem Anblick. Sie lächelte und zwinkerte ihm zu: »Stark, heiß und flüssig, wie immer.«

Er grinste noch breiter, zeigte beide Daumen nach oben und schaute ihr hinterher. Lisa und Mario waren Kollegen, aber ein Flirt zwischen beiden gehörte einfach dazu, auch wenn sie privat auf Distanz blieben. Nicht das Mario nicht Lisas Typ war. Er war wunderbar. Groß, sportlich, hatte blaue Augen und braune Haare und er hatte Lisa direkt am ersten Tag gefallen. Lisa hätte nichts dagegen auch privat mehr mit Mario zu unternehmen, aber seine Freundin hätte dies sicher und ihr Mann garantiert auch. Doch ihren Mann sah sie nur noch selten. Die beiden hatten sich, nach einigen gescheiterten Versuchen ein Kind zu bekommen, einfach auseinander gelebt. Seitdem verbrachten beide lieber mehr Zeit im Büro oder mit Freunden, als miteinander. Lisa wollte einfach noch nicht den Schritt der Trennung gehen. Sie wollte sich damit nicht beschäftigen. Und fremdgehen? Auf gar keinen Fall. Ein kleiner Flirt war in Ordnung. Sie fühlte sich gut damit. Es stärkte einfach ein wenig ihr Selbstvertrauen. Es gab ihr das Gefühl attraktiv zu sein und wieder begehrenswert. Ihr Mann hatte sie schon lange nicht mehr so angesehen wie Mario. Dabei musste sie sich um ihr Aussehen keine Sorgen machen. Sie selber hatte hart trainiert für ihre Figur. Sie war schlank und muskulös, hatte aber auch viele weibliche Rundungen. Sie mochte sich und ihren Körper. Sie wusste, sie sah mal anders aus und so wollte sie nie wieder aussehen. Ihr war es wichtig etwas für ihren Körper zu tun und sie genoss es, wenn sie die Anerkennung von anderen dafür bekam.

Als Lisa vor dem Büro ihres Chefs stand erwartete er sie bereits. Er stand an der Tür und schien den Flirt zwischen Mario und ihr beobachtet zu haben. Er schaute etwas mürrisch drein. Sie schob es darauf, dass sie mit Mario diesen offenen Flirt hatte. Vermutlich hieß er Beziehungen zwischen Kollegen nicht gut. Gesprochen hatten sie darüber noch nie. Aber sie erinnerte sich an eine Situation zwischen ihr und Karl. Eine unangenehme Situation. Sie wurde leicht rot bei diesem Gedanken.

War ja klar, dachte sie. Diese Momente mitzubekommen, dafür hatte er ein Händchen. So wie damals, auf der letzten Wiesn. Eigentlich war es ihr peinlich, denn Lisa war gut in ihrem Job und wollte als professionelle Vertriebskraft wahrgenommen werden. Ihr Chef hatte doch erst vor Kurzem verkündet, dass er einen neuen Stellvertreter für sich suche, da sein ursprünglicher Stellvertreter bereits in acht Wochen das Unternehmen verlassen würde. Im Vertrauen hatte er ihr erklärt, dass sie für diese Position perfekt geeignet schien und er sich überlege, ihr diese Aufgabe anzubieten. Sie stand aber in Konkurrenz zu Robert. Robert war ein deutlich älterer Kollege, der aber auch länger in der Firma war. Trotzdem hatte Lisa keine Zweifel, dass ihre Chancen gut standen. Sie hatte ein gutes Verhältnis zu Karl. Er mochte sie und nach dieser Geschichte, letztes Jahr auf der Wiesn, waren sich die Beiden noch vertrauter und Lisa war sich sicher, sie würde die Stelle bekommen. Robert war gut, hatte viele Fachkenntnisse und war zuverlässig. Er hatte sie damals vor fünf Jahren eingearbeitet. Vielleicht war das der Grund, warum sie heute so hart und zielstrebig in ihrem Job war. Robert arbeitete anders als Lisa. Er hatte ihr direkt am ersten Tag klar gemacht, dass für Emotionen im telefonischen Vertrieb kein Platz ist und man höflich, distanziert aber auch knallhart verhandeln müsse. Er hatte super Zahlen, war perfekt organisiert und immer der Beste am Ende eines jeden Monats. Bis sie kam. Sie arbeitete hart, aber mit Emotionen und es dauerte nicht lange, bis viele der Kunden nur noch zu ihr wollten, was natürlich nicht immer ging, weil die Kunden den Sachbearbeitern zugeordnet waren. Aber es ehrte sie, dass sie so beliebt war und viele Kunden es schätzten, mit ihr zu reden. Vor allem wenn sie mal in Vertretung die Kunden der Kollegen übernahm. Seit einiger Zeit nun lieferten sich Monat für Monat Robert und Lisa einen harten Kampf um den ersten Platz in der Statistik. Und meistens gewann Lisa. Karl riss Lisa aus ihren Gedanken.

»Setz dich, bitte.« Ihr Chef zeigte auf einen Stuhl. Als amerikanisches Unternehmen gehörte es dazu, dass sich alle mit Vornamen anredeten. Lisa war nervös. Sie war der festen Überzeugung, die Entscheidung über die Stellvertretung sei gefallen. Heute hatte er sie zu sich gerufen um es ihr zu verkünden. Und obwohl sie es wusste, war da dieses komische Gefühl. Warum schloss er nicht die Tür? Das Gespräch sollte doch vertraulich sein, oder etwa nicht? Sie lächelte und versuchte sich ihre Nervosität nicht anmerken zu lassen. Sie setzte sich, schlug die Beine übereinander und wartete. Er positionierte sich ihr schräg gegenüber, nahm eine Mappe von der Seite und kam direkt auf den Punkt.

»Das ist eine Bewerbungsmappe.« Karl machte eine kurze Pause und schaute Lisa dabei in die Augen, als erwarte er eine Reaktion. Sie war überrascht, aber sie ließ es sich nicht anmerken. Dann fuhr er fort: »Wir haben uns dazu entschlossen, in diesem Jahr auszubilden. Ich hatte es nicht groß angekündigt, weil wir uns nicht sicher waren, ob wir geeignete Auszubildende finden werden. Du weißt wie das ist heutzutage. Die guten Abiturienten wollen alle studieren oder man muss als Firma schon etwas zu bieten haben um gute und lernwillige junge Menschen anzulocken.« Er räusperte sich und versuchte zu lachen. Lisa fragte sich, ob er es lustig fand, was er sagte, oder ob es ihm unangenehm war, weil er wusste, dass Lisa auf etwas anderes hoffte. Doch sie zeigte noch immer keine Reaktion und wartete darauf, dass Karl weiter redete.

»Auf jeden Fall haben wir doch einige Zuschriften bekommen und dies ist die Kandidatin auf die unsere Wahl gefallen ist.« Er schlug die Mappe auf und auf einem Deckblatt sah man das Bild einer jungen Frau. Sie hatte mittellange, blonde Haare, strahlende blaue Augen und sie schaute selbstsicher in die Kamera. Unter dem Bild stand ihr Name: Celine Maurer und der Hinweis, dass es sich bei der Mappe um eine Bewerbung als Auszubildende zur Bürokauffrau handelte. »Frau Maurer ist 18 Jahre alt und hat nach zwei Jahren Oberstufe das Gymnasium abgebrochen, aber dafür mit besten Noten. Sie hat uns im Vorstellungsgespräch sehr überzeugen können. Sie kommt übrigens auch aus Köln. Wie du.« Lisa schmunzelte. Ihr Chef dachte immer noch, sie mag ihre Heimatstadt. Sie hatte gute Gründe diese vor Jahren zu verlassen. Lisa hatte nicht lange gezögert als ihr Mann ein Jobangebot in München bekam und sie ging sofort mit. Es dauerte nicht lange, bis sie in München erst einmal bei einem kleinen Unternehmen für Entsorgungswirtschaft unterkam, bis sie die Stellung hier annahm, die ihr durch einen Headhunter angeboten wurde. Ihre Firma war der größte Anbieter für Holzpellets. Sie versuchte, sich nie anmerken zu lassen, dass die Erwähnung Kölns sie bedrückte. Offiziell gab sie sich als gesellige Kölnerin, die den heimischen Karneval liebt.

»Ach, wunderbar,« sagte sie daher und lächelte ihr bestes Lächeln. » Endlich eine Leidensgenossin. Was verschlägt sie denn dann nach München?«

»Sie möchte unabhängig werden. Ihre Mutter ist vor kurzem verstorben und die Erinnerung daran hat sie sehr mitgenommen. Einen Vater gibt es leider nicht. Die Eltern haben sich früh getrennt und er wollte wohl keinen Kontakt.«

Lisa war überrascht über soviel Ehrlichkeit. So etwas erzählte man im ersten Vorstellungsgespräch?

»Sie wollte so weit wie möglich in den Süden, sie hat italienische Wurzeln. Ihre Großmutter sei wohl aus Italien, aber auch zu ihr gibt es keinen Kontakt,« fuhr Karl weiter fort. »Frau Maurer schien uns sehr offen und ehrlich zu sein. Das hat mir gefallen. Alles Eigenschaften, die wir benötigen. Sie wird bereits am 1. September bei uns anfangen und als erstes in den Vertrieb gehen. Dem Hauptgeschäft unserer Niederlassung.«

Der deutsche Vertrieb war aber hier in München. Außer dem Vertrieb wurde hier auch die Technik abgewickelt, die dafür zuständig war, dass die Kessel alle einwandfrei funktionierten. Ein besonderer Service ihrer Firma. Auch die Buchhaltung war hier angesiedelt, allerdings machte diese nur einen kleinen Teil der Firma aus. Diese Abteilung benötigte gerade mal drei Mitarbeiter und eine vierte kümmerte sich um die personellen Angelegenheiten nebenbei. Insgesamt hatte der Sitz dreißig Mitarbeiter. Davon zwanzig im Vertrieb. Ihr Chef war der Leiter der Niederlassung und des Vertriebs.

»Karl, worauf läuft das Gespräch hinaus?« Lisa war misstrauisch. Eigentlich hoffte sie immer noch, dass er bald auf die Stellvertretung zu sprechen kam.

»Du wirst Ausbilderin.« Lisa hörte die Worte, aber verstand sie noch nicht. Karl redete weiter: »Ich möchte, dass Du Dich komplett um Celine Maurer kümmerst. Sie wird am Anfang bei Dir im Büro sitzen und ...« Lisa unterbrach ihren Vorgesetzten an dieser Stelle, in dem sie die Hand hob. Jetzt hatte sie verstanden. Es ging hier gar nicht um seine Stellvertretung. Wie sollte sie das Gespräch möglichst in eine professionelle Richtung lenken, ohne enttäuscht zu wirken? Sie räusperte sich kurz. »Aber bei mir ist kein Platz. Kevin ist doch bei mir im Büro.« Auch wenn sie froh wäre, wenn er dies nicht war, aber das wollte sie niemals offen zugeben. Immerhin war es auch gut einen Kollegen zu haben, der wenig arbeitete. So bekam sie einfach noch seine Kunden dazu, was zwar mehr Arbeit bedeutete, aber auch eine bessere Quote, um am Ende des Monats wieder einmal ganz oben in der Statistik zu sein.

»Und wenn Frau Maurer jetzt bei mir sitzt, kann ich natürlich auch weniger arbeiten, wie regeln wir dies?«

»Das wäre ein Punkt worüber ich mit Dir auch bald reden will. Es geht um die Sache mit der Stellvertretung.« Ein ungutes Gefühl breitete sich in ihrem Magen aus. »Wie Du weißt, hatte ich Dich vorgeschlagen,« fuhr Karl fort. » Nun, wie soll ich es erklären? Wir, also die Zentrale und ich, haben lange darüber gesprochen. Wir finden Dich ein wenig zu jung für die Stellvertretung der kompletten Niederlassung.« Lisa konnte ihre Enttäuschung nicht verbergen. Ihr Gesicht fühlte sich glühend heiß an. Sie hatte das Gefühl unter ihr würde der Boden zusammenbrechen. Zu jung? Sie war immerhin schon 38. Sie hatte eine ideale Ausbildung. Neben dem Beruf hatte sie Wirtschaftswissenschaften studiert. Sie war eine der Besten an der Fernuniversität gewesen. Sie hatte sich die letzten fünf Jahre hart durchgebissen und neben der vielen Arbeit abends hingesetzt und studiert. Sie mag vielleicht jünger als Robert sein, aber sie hatte die deutlich bessere Ausbildung und gezeigt, dass sie ehrgeizig und belastbar war. Außerdem hatte Karl ihr immer versichert, dass sie die Stelle bekommen würde. Wie oft war sie mit ihm in den letzten Wochen mittags zum Essen gegangen. Er lud sie oft ein, erzählte ihr immer wieder, dass die Gespräche gut liefen und er sich keine bessere Kandidatin wünschen könne. Wie kam auf einmal diese spontane Wendung der Ereignisse? Hatte Karl sie angelogen? Sie hatte doch sonst ein gutes und offenes Verhältnis zu ihm. Warum sollte er sie anlügen?

Karl, dem die Reaktion von Lisa nicht entging, faltete seine Hände zusammen. Ihm war es sichtbar unangenehm was er ihr mitteilen musste. »Lisa hör zu, es tut mir leid. Ich sehe Dir an, dass Du enttäuscht bist, aber bitte verstehe, die Entscheidung darüber habe nicht ich alleine treffen können. Du bist in vielerlei Hinsicht eine geeignete Kandidatin gewesen. Das habe ich Dir immer gesagt. Ich vertraue Dir Lisa und ich hoffe, dass wir unser Verhältnis zueinander dadurch nicht verschlechtern. Ich habe Dich immer wieder in den höchsten Tönen gelobt, auch Deine Zahlen waren perfekt und Deine Arbeitsmoral sowieso. Aber die Zentrale hatte Bedenken, dass die fünf Jahre bei uns einfach noch nicht lange genug seien um diese Verantwortung zu übernehmen.« Er schaute kurz auf und über ihre Schulter hinweg und schien erst jetzt zu bemerken, dass die Tür noch immer offen stand.

»Ich glaube, wir sollten lieber die Tür schließen. Ich hatte nicht vor, Dir das jetzt schon mitzuteilen. Ich wollte Dich eigentlich nur auf die bevorstehenden Aufgaben mit unserer Auszubildenden vorbereiten. Ein Kompromiss, ich weiß. Aber ich finde, Du solltest trotzdem mehr Verantwortung bekommen, auch wenn Du keine Stellvertreterin wirst.«

Ohne das er weiterreden musste stand Lisa auf und schloss die Tür. Mit jedem Schritt den sie machte, hatte sie das Gefühl, ihre Beine würden nachgeben. Sie hoffte immer noch auf ein Missverständnis. Als sie wieder auf dem Stuhl saß schaute sie Karl herausfordernd an. Was hatte sie schon zu verlieren? »Karl, ich verstehe, dass Du diese Entscheidung nicht alleine tragen konntest und die Argumente mögen ja auch alle für sich und auf dem Papier stimmen. Aber Du weißt, ich habe hier angefangen und gleichzeitig studiert. Es war immer ein offenes Geheimnis wo ich beruflich hin will und Du hast mich von Anfang an unterstützt. Als Du mir vor ein paar Wochen mitgeteilt hast, dass Siegfried das Unternehmen verlässt, sah es deutlich so aus, als sei klar, dass ich seine Stelle bekomme. Du bist noch regelmäßiger mit mir zum Essen gegangen. Hast mich immer auf den neusten Stand der Gespräche gebracht, und es war nie die Rede davon, dass ich zu jung bin. Erst letzte Woche hast Du mir versichert, dass Du alle auf deiner Seite hast. Also was ist wirklich das Problem? Ist es wirklich mein Alter, oder doch weil ich eine Frau bin? Oder hast Du vielleicht ein Problem mit mir? Ist es wegen der Sache nach der Wiesn? Ich dachte, das war geklärt. Du fandest es im Nachhinein auch lustig.«

Karl war nicht verwundert. Er wusste, dass Lisa ihre letzte Firma verlassen hatte, nachdem ihr da deutlich gesagt wurde, dass sie als Frau sicher nur Kinder haben will. Ein Thema, bei dem Lisa sehr empfindlich reagierte. Und das aus sehr persönlichen Dingen, die hier niemand wusste, außer Karl. Die beiden hatten ein besonders Verhältnis zueinander. Nach dem letzten Wiesn Besuch waren sie sich deutlich näher gekommen, als es zwischen einer Angestellten und ihrem Chef gut gewesen wäre. Aber am nächsten Morgen hatten sie alles geklärt und vereinbart, dass sie sich gut verstanden, sich sympathisch waren und dies alles ihre Arbeit niemals belasten durfte.

»Lisa, hör zu. Natürlich ist das nicht der Grund. Du weißt, wir haben alles geklärt und ich mag Dich. Aber wir waren uns einig, dass es unsere Arbeit nicht belasten soll, was letztes Jahr passiert ist und daran halte ich mich auch. Es liegt auch nicht daran, dass Du eine Frau bist und die Firma denkt, Du könntest noch Kinder bekommen wollen. Alles was Du mir erzählt hast, bleibt unter uns und ich habe es nicht weitergegeben. Ich selbst habe immer wieder vor der Zentrale betont, dass das Thema Frau und Kinder keine Rolle spielen darf und ich Dich wirklich als sehr geeignet finde.

Ich weiß, dass du Dich hier sehr angestrengt hast und es tut mir wahnsinnig leid, dass Du noch nicht diese Art der Beförderung bekommst. Aber ich habe eine andere gute Neuigkeit für Dich. Ich werde mich beruflich etwas zurückziehen müssen. Wir haben ein neues Geschäftsmodell entwickelt, welches ich leiten soll. Hierfür wird meine Anwesenheit in den USA öfter erfordert als geplant. Robert könnte sicher alles alleine schaffen, aber wir haben uns gedacht, bei Deinen Qualifikationen, wäre es fair auch Dir mehr Verantwortung zu übergeben. Wir wollen gerne für den Vertrieb eine eigene Leitung. Und dabei haben wir an Dich gedacht.« Lisa schluckte. Ihr wurde langsam klar, was von ihr erwartet wurde. Sie atmete tief durch. »Warte mal, Robert soll also die stellvertretende Leitung der Niederlassung übernehmen und wäre dann sozusagen mein Vorgesetzter, wenn Du in den USA bist und ich leite den Vertrieb? Habe ich dann auch noch meine Kunden?«

»So in etwa haben wir uns das vorgestellt. Ja, Du hast alle achtzehn Vertriebsmitarbeiter unter Dir und Deine Kunden werden neu strukturiert. Du wirst nur noch unsere VIP Kunden betreuen und Dich gleichzeitig um die Ausbildung von Frau Maurer kümmern, die die ersten Wochen bei Dir sitzen und mit Dir zusammen noch an Deinen Kunden arbeiten wird, bis sie dann umgesetzt wird. Wir dachten daran, sie dann zu Mario zu setzen.«

Lisa stutze. Achtzehn Mitarbeiter? Sie waren zur Zeit zwanzig. Wenn sie die Leitung bekäme wären es nur noch neunzehn.

»Karl, warte mal. Ich komme da nicht mehr ganz mit. Wenn ich also die Leitung übernehme und Kevin umgesetzt wird, warum sind wir dann nur noch achtzehn Mitarbeiter? Und was ist mit Susanne, die zur Zeit bei Mario sitzt?«

»Susanne wird zu Kevin gesetzt. Die Beiden übernehmen das Büro von Sandra und Georg. Georg hat sich entschieden, uns zu verlassen. Wir haben beschlossen, die Stelle nicht neu zu besetzen. Wir setzen Susanne und Kevin in das Büro. Sandra wird rüber gehen zu Mario und ihn mit Celine unterstützen. Das Büro ist groß genug für drei Mitarbeiter.«

Lisa überlegte kurz und wusste jetzt schon, dass Susanne nicht begeistert wäre. Niemand wollte mit Kevin zusammen sitzen, der mehr Zeit bei den Kollegen in der Technik verbrachte um dort die neusten Fußballergebnisse durchzugehen, als wirklich zu arbeiten. Ihr machte das nichts aus. Sie arbeitete wirklich gerne und hart. Aber Susanne war da anders. Susanne war seit acht Jahren in der Firma und träumte immer davon, irgendwann eine Stelle in den USA angeboten zu bekommen. Aber sie war auch sehr unauffällig und nicht gerade strebsam. Daher fiel sie weder negativ noch positiv auf. Die Kollegen in den USA nahmen sie überhaupt nicht wahr und Karl hatte wenig von ihr gesprochen bisher.

Sie schwieg, was Karl dazu veranlasste, weiter zu sprechen. »Celine Maurer würde nun also ein paar Wochen bei Dir sitzen und die Grundlagen lernen. Das gibt uns genug Zeit den Umzug der Büros vorzubereiten. Georg verlässt uns bereits Anfang August. Er nimmt noch seine Überstunden. Du kannst Dir das ganze natürlich noch überlegen. Aber ich denke, Du wirst mir zustimmen, dass unser Angebot fair ist. Robert ist nicht mehr der Jüngste und wer weiß, wann er in Rente geht. Dann wäre diese Stelle wieder offen, oder vielleicht sogar meine.« An dieser Stelle lachte er kurz. Lisa lächelte und nickte. Sie war erleichtert, dass es nichts Persönliches war und sie merkte, dass Karl sich wirklich Mühe gab, ihr die Stelle so schmackhaft wie möglich zu machen. »Also gut, ja. Ich brauche nicht zu überlegen. Bereite den neuen Vertrag vor.« Sie zwinkerte. »Aber ich bin immer noch ein bisschen sauer, dass Du mir das so zwischen Tür und Angel sagst. Das kostet Dich mindestens drei Mittagessen.«

»Schön,« fuhr ihr Chef weiter fort. »Und auch einen Kaffee?«

Lisa grinste. War er etwa eifersüchtig auf Mario? »Gerne auch einen Kaffee, wenn Du möchtest. Ich weiß nur nicht, wie ich dann Mario schonend beibringen soll, dass es einen Kaffee weniger mit ihm gibt.«

Karl lächelte. »Tu nichts Verbotenes.« Lisa schaute erschrocken auf. Störte es ihn etwa wirklich, wenn sie mit Mario flirtete? »Ich meinte,« fügte er hinzu, als er ihren Gesichtsausdruck richtig deutete, »rede erst einmal noch mit niemanden darüber. Das Du nur mich magst, weiß ich doch.« Dabei zwinkert er ihr zu. Das die Beiden einen kleinen Flirt miteinander hatten, nach der Geschichte auf der Wiesn war in Ordnung. Es war ihre Art, damit umzugehen, was passiert war. Aber sie wussten, dass es einmalig passiert war und nie wieder vorkommen würde. Karl liebte seine Frau. »Wir haben wie immer am Dienstag unsere Besprechung. Da werde ich es allen verkünden. Der Vertrag ist fertig Lisa. Mir war klar, dass Du annehmen wirst. Ich kenne Dich doch.« Er grinste breit, stand auf, ging zu seinem Schreibtisch und nahm eine Klarsichthülle vom Tisch mit Papieren.

»Hier. Lies Dir zu Hause alles in Ruhe durch und bei Fragen kannst Du morgen gerne zu mir kommen.«

Lisa nahm die Hülle, dann stand sie auf. Sie verabschiedete sich, öffnete die Tür und ging schmunzelnd zu ihrem Büro zurück. Sie hatte zwar nicht die erhoffte Position bekommen, aber sie hatte eine Beförderung, und das war ein Anfang. Als sie am Büro von Mario vorbeikam, steckte dieser schon den Kopf aus dem Büro. »Kaffee, hübsche Frau?« Lisa lächelte noch mehr. Sie liebte seine Komplimente, auch wenn es nur ein Spiel zwischen den beiden war. Sie war zwar nicht glücklich in ihrer Ehe und sie genoss es mit Mario Zeit zu verbringen. Sie wusste viel über ihn und seine Hobbys und er hörte ihr immer zu, wenn sie Sorgen hatte. Auch wenn er nicht alles über ihre Ehe wusste, so teilte sie zumindest viele andere Sorgen mit ihm.

Susanne schaute die beiden misstrauisch an und stöhnte. »Mario, wir haben heute viel zu tun. Ich kann nicht wieder stundenlang Dein Telefon nehmen.« Wie aufs Stichwort klingelte es. Mario zuckte nur mit den Schultern, zeigte mit den Händen, dass er ihr eine Email schreiben würde und ging ans Telefon. Das siegessichere Grinsen von Susanne bekam Lisa schon nicht mehr mit. Und sie fragte sich einmal mehr, was sie bitteschön Böses getan hatte, dass Susanne sie so gar nicht mochte. Außer das sie ihren Kollegen regelmäßig zum Kaffee entführte, fiel ihr nichts ein.

Als sie in ihr Büro kam, war es leer. Kevin war mal wieder irgendwo. Die Telefone waren nicht umgestellt und sie machte sich daran, die Anrufliste abzuarbeiten.

Damals

Sie ist im Krankenhaus. Die OP sei gut verlaufen, sagt der Arzt. Die Nägel, die den Hüftknochen in ihrer Pfanne halten sollen, haben eventuell deren Nerven getroffen und zerstört. So genau konnten ihr die Ärzte das leider nicht mitteilen. Es würde sich mit der Zeit zeigen. Aber wahrscheinlich würde sie Schmerzen behalten.

Vor zwei Jahren ist der Knochen das erste Mal verrutscht. Bei einem 100m Lauf. Sie war die Beste, und sie wollte gewinnen. Auf einmal spürte sie den Schmerz. Sie brach zusammen und konnte nicht mehr aufstehen. Man hat die Nägel ersetzt. Sie darf das Bein mal wieder nicht belasten. Und wieder die Sorge, wie ihr Leben verläuft. Sie will doch nur ein ganz normaler Teenager sein! Nun liegt sie im Bett und darf sich nicht bewegen. Sie weint. Es war doch alles gut. Erst diesen Sommer hat sie die Gehhilfen in die Ecke stellen dürfen. Sie musste lange eine Schiene tragen. Diese hinderte sie daran, wie andere Teenager zu sein. Diese doofe Schiene passte nicht über moderne Jeans, sie passte nicht unter einen Rock, und bewegen konnte sie das Bein damit auch nicht. Sie trug spezielle Schuhe. Schuhe, die klobig waren, während ihre Mitschülerinnen angefangen haben, Schuhe mit Absatz zu tragen. Doch diesmal brauchte sie keine Schiene tragen, hatte man ihr erklärt. Eine Sorge weniger! Sie würde normale Klamotten anziehen können, brauchte keine widerlichen Trainingshosen wie beim letzten Mal. Das Einzige, was über diese dicke klobige Schiene ging. Aber sie würde noch eine ganze Weile die Gehhilfen benutzen müssen, erklärte der Arzt, und ihre ohnehin sehr besorgten Eltern hatten zwar genickt, aber sie wusste, was das wirklich bedeutete: Wieder schonen, wieder kein Ausgehen mit Freunden! Wobei, welche Freunde? Sie hatte keine mehr. Ihre einzige Freundin hatte die 8. Klasse nicht geschafft und hat daher auf eine andere Schulform wechseln müssen. Und in ihrer Klasse mochte sie keiner. Sie war die »Komische«. Während in ihrer Klasse die Mädchen erste Bekanntschaften mit Jungs machten, erste Küsse austauschten und miteinander gingen, hockte sie daheim vor ihrem Computer und spielte Legend of Zelda. Ihre einzigen Freundinnen waren Sally, die jedoch auch oft mit Marina zusammen war, die sie nicht ausstehen konnte und Alissa, deren Eltern sehr katholisch waren und ihr deswegen nicht erlaubten, sich mit Jungs zu treffen. Sie besuchten sich regelmäßig gegenseitig und verstanden sich gut. Denn auch sie war eine Außenseiterin. Auch sie wurde dafür ausgelacht, noch keinen Freund zu haben und auch sie sei hässlich und fett. Doch sie waren nicht fett. Sie konnten nur eben nicht mit Jungs ausgehen. Auch wenn die Gründe dafür unterschiedlicher Art waren.

Alissa kam ins Krankenhaus. Noch bevor sie ihre Freundin begrüßen konnte, präsentierte diese ihr stolz einen Büschel Haare. Alissa grinste breit. »Meine neuen Freunde und ich haben dich gerächt. Die sind von Melanie.«

Sie schluckte. Das würde noch mehr Ärger geben, wenn sie aus dem Krankenhaus käme. Aber darüber wollte sie im Moment nicht nachdenken.

2. Kapitel

Guten Morgen.« Fröhlich betrat Lisa das Büro. Heute war der 1. September. Heute würde sie ganz offiziell ihre neue Rolle als Vertriebsleiterin antreten. Ihre Beförderung war auf großen Zuspruch gestoßen. Alle, außer einer Person befürworteten ihre Beförderung. Susanne schien ihr diesen Erfolg nicht zu gönnen. Heute würde Susanne auch das erste Mal zusammen mit Kevin in einem Büro sitzen. Susanne war so brüskiert über die Entscheidung, dass sie sich bis zuletzt weigerte, mit Kevin zusammen zu arbeiten. Des lieben Friedens willen hatte Karl zugestimmt, dass sie vorerst alleine im Büro bleiben könne. Lisa war zur Einarbeitung für ihre neuen Aufgaben regelmäßig in Karls Büro und so hatte dieser schon früh mitbekommen, dass Kevin nicht ganz gewissenhaft seine Aufgaben erledigte. Aber da dies bald Lisas Problem werden würde, hatte er nicht mehr die Kraft, sich darum zu kümmern. Lisa selbst war viel zu sehr eingespannt mit ihrer Einarbeitung und ihrer bisherigen Tätigkeit, dass sie daran noch gar nicht gedacht hatte, wie sie mit Kevin und seiner Arbeitseinstellung umgehen sollte. Robert jedoch wusste es sehr wohl. Sie hörte ihn schimpfen, als sie an seinem Büro vorbei kam. »Ich würde ihm ja sofort eine Abmahnung für ein solches Verhalten ausstellen und der Technik auch noch. Aber das muss Mohammed selber wissen, wie er seine Jungs führt. Immerhin ist er der Leiter der Technik. Aber das er das duldet, ist für mich ein Unding. Fußball! Allein wenn ich dieses Wort höre. Da tut Kevin so, als sei er selbst täglich für die Verteidigung in seinem Verein zuständig, schafft es aber nicht ordentliche Zahlen zu bringen und Gespräche anzunehmen. Das wird sich ändern, wenn ich hier das Sagen habe.«

»Hast Du ja bald,« lachte Lisa. Doch Robert hörte ihr

nicht zu, oder wollte es nicht. Er grummelte weiter unverständliches Zeug vor sich hin. Lisa wusste insgeheim, dass er sich nicht mit Mohammed anlegen würde. Die beiden waren zwar keine Freunde, verbrachten aber doch regelmäßig Zeit miteinander und verstanden sich gut.

Wie jeden Morgen schaute sie erst einmal bei Mario rein. Doch diesmal lächelte dieser nicht wie gewohnt zurück, sondern starrte stur auf den Bildschirm. Sandra, seine neue Büropartnerin saß ihm gegenüber. Susanne war auch da und holte ihre letzten Sachen mürrisch aus dem Büro. Ach, daher weht der Wind, dachte sich Lisa und beschloss, Mario sofort eine Email zu schreiben, sobald sie den PC hochgefahren hatte. Die schlechte Laune von der Kollegin schüchterte wohl alle ein.

Ihr Büro wurde renoviert. Der zweite Schreibtisch stand jetzt ein wenig abseits von ihrem und sie bekam einen kleinen Besprechungstisch in den Raum, der gerade montiert wurde von zwei Kollegen der Technikabteilung. »Ja Servus Hansi und Servus Hubi,« grüßte sie die Kollegen. »So netten Besuch direkt in der Früh. Da kann der Tag ja nur gut werden.« Zu den Kollegen aus der Technik hatte sie immer einen guten Draht, weshalb sie auch nie beleidigt war, wenn diese nicht merkten, dass sie Kevin zu sehr in Beschlag nahmen. Hansi sah als erster auf. »Wir sind hier gleich fertig, dann hast Du das Büro wieder ganz für Dich alleine.«

»Schön wär's,« seufzte sie theatralisch. »Heute kommt doch die neue Azubine.«

Hubi pfiff. »Die hab ich heute schon gesehen. Heißer Feger.«

»Ach, sie ist schon da?« Lisa war verwundert. Es war erst halb Neun. Eigentlich sollte die Dame erst um zehn Uhr hier anfangen.

»Nein,« erklärte Hubi, der eigentlich Hubert hieß. »Ich hab heute morgen nur jemanden draußen stehen sehen, als ich um sieben Uhr wie immer aufgesperrt habe und wunderte mich schon. Als ich das Mädchen gefragt habe, ob es vielleicht Hilfe brauche, hat sie mir erklärt, dass sie die neue Auszubildende sei. Sie lief rot an und sagte es sei ihr peinlich, heute so früh hier gesehen zu werden. Sie sei nervös und daher viel zu zeitig los gefahren. Ich wollte sie reinlassen. War ja doch schon ganz schön frisch heute morgen. Sie kam kurz mit. Ich hab ihr dann schon mal gezeigt wo sie später hin muss und dann hat sie sich entschuldigt und meinte, sie würde lieber draußen einen Kakao trinken und in Ruhe frühstücken. Natürlich wollte ich ihr etwas anbieten. So eine Hübsche lässt man nicht sofort gehen, aber sie sagte, es sei ihr zu unangenehm. Sie kommt pünktlich wieder.«

»Ach so, komisch!«

»Ja, fand ich auch, vor allem war es so plötzlich. Sie hatte Deinen Namen noch an der Tür angeschaut, wirkte nachdenklich und dann, auf einmal, sprang sie auf und war weg.«

»Was ist an meinem Namen so komisch?«

»Na, der is net Boarisch.« lachten Hansi und Hubi gleichzeitig. Lisa stimmte ein. »Na nicht wirklich.« Ihr Tag hatte schon gut begonnen. Sie mochte es mit den Kollegen zu spaßen und genoss es, dass die meisten ihrer urbayrischen Kollegen sie ohne wenn und aber akzeptierten, auch wenn es ihr nach all den Jahren immer noch nicht gelang, bayrische Wörter richtig auszusprechen.

Sie ging zu ihrem Schreibtisch, schaltete ihren PC ein, wollte gerade aufstehen und sich einen Kaffee holen, während das Programm hochfuhr, als sie Mario an der Tür fand. Die beiden Techniker waren noch immer mit dem Tisch beschäftigt. Lisa schaute Mario an, lächelte und grüßte: »Guten Morgen, Du. Na, hast Du mich doch vermisst?« Hansi und Hubi wechselten einen vielsagenden Blick, sagten aber nichts und schraubten weiter. »Ähm, ja,« erwiderte Mario. »Ich würde Dich gerne mal sprechen. Alleine!«

Wie aufs Stichwort drehten die zwei anderen Männer den Tisch um und verabschiedeten sich so dezent wie möglich.

»Pfiat›s euch. Bis später, Lisa.« Mit diesem Gruß waren beide aus der Tür.

Mario trat ein, schloss die Tür hinter sich und setzte sich auf den neu aufgebauten Tisch. »Schön ist›s geworden.«

»Deswegen wolltest Du mich alleine bei geschlossener Tür sprechen?« Lisa, die noch immer hinter ihrem Schreibtisch stand, verzog das Gesicht.

»Nein, ähm.. ich.« Mario stotterte.

»Nun sag schon, was ist los. Du warst gestern schon so komisch und das Du mich heute morgen mal nicht angelächelt hast, war sehr merkwürdig. Wir sind doch sonst nicht so verklemmt miteinander.« Sie ging um ihren Schreibtisch herum und ein paar Schritte auf ihn zu. Ihre Hände vergrub sie in den Hintertaschen ihrer Jeans. Sie wusste, es brannte Mario etwas auf der Seele und so nervös hatte sie ihn noch nie erlebt. Ihr war es selber ein wenig unangenehm.

»Du ähm, es tut mir leid. Ich meine, wir verstehen uns super. Sehr gut sogar und so. Aber Du bist ja jetzt meine Chefin und ich weiß nicht, ob es da angebracht ist, weiter so zu tun, als wären wir ... na ja, als würden wir flirten.« Verlegen schaute er auf seine neuen Turnschuhe.

Sie wusste selber nicht was sie darauf sagen sollte. Er räusperte sich und fuhr dann fort. »Außerdem bin ich wieder Single.« Darauf reagierte Lisa sofort. Sie setzte sich auf einen der Stühle, die noch mitten im Raum standen und eigentlich für den Besprechungstisch gedacht waren. Dann schnaufte sie einmal tief durch, bevor sie fragte: »Wie, wann, warum?«

Mario schaute auf: »Seit gestern. Ich will einfach nicht,

dass es zu komischen Gerüchten kommt. Susanne hat sowieso schon immer blöde Sprüche wegen uns gemacht. Von wegen wir würden unsere Partner im Büro betrügen und so. Dabei weißt Du so gut wie ich, dass ich immer offen mit meiner Freundin darüber gesprochen habe. Sie weiß, dass wir uns mögen und uns einfach gut verstehen. Aber na ja, sie hat mich gestern verlassen und ich möchte, dass einfach alles ganz offen geklärt ist. Nicht, dass es zwischen uns und Deiner Position steht. Jetzt, wo ich keine Freundin mehr habe. Ich weiß nicht, wie die Anderen das auffassen, wenn wir weiter so machen, Du weißt schon. Vielleicht ist der Kaffee keine gute Idee mehr? Du weißt wie ich das meine, oder?«

Ja, das wusste sie und sie verstand ihn auch. Sie stand auf, ging auf ihn zu, umarmte ihn und sagte dann leise in sein Ohr: »Danke,« bevor sie zurück trat.

»Ähm, wofür?« fragte er verdutzt.

»Dafür, dass Du mich unterstützt. Wir sind ab jetzt nur noch Kollegen. Aber auf den Kaffee mit Dir nach der Mittagspause verzichte ich nicht, damit das klar ist. Einmal am Tag, das muss sein. Und sei es nur, um Dich in meinem Büro wegen Deiner Zahlen zusammenzustauchen.« Dabei grinste sie frech und wollte gerade noch zu etwas ansetzen, als es klopfte.

»Herein!« rief sie daher und signalisierte Mario mit einem lächelnden Nicken, dass alles in Ordnung ist. Mario schaute sich um. Er sah ein wenig betrübt aus, fand Lisa, aber sie hatte keine Zeit weiter darüber nachzudenken. Robert betrat das Büro und runzelte die Stirn.

»Guten Morgen, Lisa.« Er nickte Mario zu, der sich daraufhin auf den Weg zur Tür machte und das Büro verließ.

Streng schaute Robert Lisa an. »Dir ist klar, dass Euer ... wie soll ich es nennen .... geflirte .... Nun ja, es ist in Deiner Position nicht angebracht.«

Lisa verdrehte die Augen. »Das ist mir klar. Genau deswegen war Mario hier. Wir wollen ab jetzt anders miteinander umgehen. Guten Morgen auch. Also warum bist Du eigentlich hier?«

»Lisa damit das klar ist, ich bin Dein Chef, solange Karl abwesend ist. Den schnippischen Tonfall kannst Du Dir daher sparen. Verstanden?«

Lisa lief leicht rot an. Sie hatte sich hinreißen lassen, emotional zu reagieren. Das war nicht ihre Art. Sie mochte Robert zwar nicht, aber ihr war klar, das Robert auch Respekt verdiente in seiner neuen Position. Sie räusperte sich und entschuldigte sich dann: »Ja, ist klar, tut mir leid. Aber Karl ist doch heute da, oder etwa nicht?«

Robert trat einen Schritt weiter auf sie zu und schaute sich dabei um. »Nein, heute nicht. Er hat sich krank gemeldet. Grippe. Daher bin ich hier. Ich werde heute Celine Maurer empfangen und mich um sie kümmern. Sie kommt dann morgen zu Dir.«

Lisa war verwirrt. »Aber das war so nicht geplant. Celine sollte heute Mittag zu mir kommen und bereits mit den ersten Aufgaben beginnen.«

Auf Roberts Gesicht trat eine Überheblichkeit hervor, die sie vorher bei ihm so nie wahrgenommen hatte, bevor er antwortete: »Ich weiß, aber ich habe gerade entschieden, dass Du bestimmt noch gewisse Dinge klären willst. Mit Deinen alten Kollegen, um vielleicht nicht von Anfang an den Eindruck zu erwecken, dass man sich hier den lauen Lenz machen kann. Das sollte unsere neue Azubine natürlich nicht mitbekommen. Und wie ich eben gesehen habe, hast Du noch einiges zu klären. Ich empfange Celine Maurer um zehn Uhr und führe sie herum. Du wirst sie dabei dann kurz kennenlernen und morgen früh wird sie direkt bei Dir anfangen. Bis später.« Er drehte sich um und ging.

Damit ließ er Lisa stehen, die sich mit offenem Mund auf einen der Stühle setzte und für einen ersten Moment sogar vergaß, dass sie eigentlich einen Kaffee holen wollte.

War Robert schon immer so gewesen, oder hatte er diese neue Wesensart angenommen, seitdem er jetzt die Leitung der kompletten Niederlassung in Deutschland inne hatte. Er wirkte auf einmal so herrisch.

Sie schüttelte den Kopf, stand auf, ging noch einmal zu ihrem Schreibtisch und meldete sich an. Während der PC seine Arbeit tat ging sie raus, ohne den Computer zu sperren.

Als Lisa später in ihrem Büro saß und die Zahlen der laufenden Woche bearbeitete, klopfte es am Türrahmen. Ohne eine Antwort ihrerseits abzuwarten trat Robert schon ein mit der Begrüßung: »So und hier sitzt Lisa Oppenheimer. Hallo Lisa. Das ist Celine Maurer. Unsere neue Auszubildende. Ich führe sie gerade herum.«

Lisa stand hastig auf. Sie war so in ihrer Arbeit eingetaucht, sie hatte ganz vergessen, dass sie die Auszubildende heute kennenlernen würde. »Hallo, ich bin Lisa,« begrüßte sie das blonde Mädchen mit den aufgeweckten blauen Augen, die zwar freundlich aussahen, aber auch eine gewisse Kälte ausstrahlten. »Hallo, Celine,« sagte das Mädchen höflich. »Freu mich, Dich kennenzulernen. Robert hat mir eben schon gesagt, dass ich ab morgen bei Dir im Büro sitzen werde.«

Ganz schön aufgeweckt und gar nicht schüchtern, bemerkte Lisa. Aber sie fand das nicht schlimm. Eher im Gegenteil. Celine würde hier gut rein passen und sich sicher schnell einfinden.

»Ja, ich freue mich sehr darauf. Morgen geht es dann richtig los. Komme heute erst einmal richtig an. Es sind ja auch ganz schön viele Namen im Moment, die Du Dir merken musst. Dein Platz ist schon eingerichtet.« Sie zeigte einladend auf den Schreibtisch.

»Danke.« Celine schaute kurz zu ihrem Schreibtisch. Dieser Stand mit einem Abstand von knapp fünf Schritten gegenüber von Lisas. »Ich freue mich auch darauf.«

»Ja wir gehen dann mal weiter,« mischte sich Robert ein. »Celine muss noch zu Mohammed in die Technik, da wird sie heute dann auch kurz reinschnuppern.«

Lisa runzelte die Stirn, sagte aber nichts. Technik? Ist das nicht etwas zu viel für den ersten Tag? Das arme Mädchen wollte Bürokauffrau werden und war noch jung. In einer Abteilung wie der Technik fürchtete sie, dass sie verschreckt werden könnte, bei den ganzen Männern und den ganzen technischen Daten. Und warum sollte Celine an ihrem ersten Tag in die Technik und nicht wie geplant, zu ihr? Sie verstand nicht, was Robert damit bezwecken wollte, aber ihn hier und jetzt vor Celine darauf ansprechen? Das kam überhaupt nicht in Frage, das würde ihn bloßstellen.

»Bis morgen Celine,« sagte sie daher nur und schaute den beiden kurz hinterher. Danach wollte sie weiter an ihren Zahlen arbeiten. Sie merkte jedoch schnell, dass sie abgelenkt war. Das Verhalten von Robert fand sie merkwürdig. Ein kurzer Blick auf die Uhr verriet ihr, dass sowieso gleich Mittagszeit wäre. Sie beschloss, die Mittagspause ein wenig vorzuziehen, griff zum Hörer und wählte die Kurzwahl zu Marios Büro.

Nach nur einem Klingeln hob er ab. Sie ließ ihn erst gar nicht zu Wort kommen. »Hallo, mein Lieblingskollege. Ich wollte Fragen, ob Du ausnahmsweise mit mir Mittagessen gehen willst.«

Sie hörte, wie Mario am Ende der Leitung schwieg. Vermutlich hatte sie ihn überrumpelt. Ja, sie flirteten, sie tranken gemeinsam ihren Kaffee in der Kaffeeküche, aber Mittagessen? Bis auf ein paar gemeinsame Abende auf Firmenfeiern hatten sie sonst nicht viel Zeit miteinander verbracht. Er atmete einmal tief ein, bevor er antwortete: »Ähm ja, ich muss aber Sandra erst einmal fragen ob es für sie in Ordnung ist.«

Lisa hörte wie er kurz mit der Hand die Sprechmuschel zuhielt und etwas zu Sandra sagte, was sie nicht verstand.

Sandras Antwort hörte sie auch nicht, aber er war kurz darauf wieder für sie da. »Ja, wir können eigentlich sofort los. Soll ich Dich abholen?«

Lisa lächelte. »Nein, mein Büro ist am Ende des Flurs, schon vergessen? Ich bin gleich bei Euch.«

Ohne auf eine Antwort zu warten legte sie auf. Sie stand auf. Mit einem Blick nach draußen entschied sie, sich keine Jacke anzuziehen und ging drei Bürotüren weiter. Sie kam kurz am Büro von Susanne vorbei und sah nur aus den Augenwinkeln, dass Kevin wohl wieder mal nicht an seinem Platz saß. Das fand sie im ersten Moment amüsant, doch dann entsann sie sich wieder, dass sie jetzt auch Kevins Vorgesetzte ist. Sie nahm sich vor, Kevin bei nächster Gelegenheit darauf anzusprechen, dass es so nicht weiter gehen konnte. Als sie bei Mario ankam, stand er schon auf und kam auf sie zu. »Können wir?« fragte sie dennoch und winkte Sandra kurz zu, die jedoch in einem Kundengespräch war und ihr deshalb nur zunickte.

Mario winkte auch kurz zu Sandra und folgte Lisa dann zur Tür. Während sie im Treppenhaus vor dem Fahrstuhl standen und warteten, sagte keiner der beiden ein Wort. Lisa überlegte kurz, aber irgendwie fiel ihr nichts ein. Die Situation war doch merkwürdig. Lisa ging sonst immer alleine oder mit Karl zum Mittagessen und für einen kurzen Augenblick war sie sich nicht sicher, ob sie die richtige Entscheidung getroffen hatte. Warum hatte sie überhaupt so spontan an Mario gedacht? Warum war es ihr so wichtig, Zeit mit ihm zu verbringen? Als sie im Fahrstuhl standen und sich die Türen schlossen, brach Mario endlich die Unangenehme Stille: »Wohin gehen wir eigentlich? Ich meine, wir waren noch nie zusammen Essen in all den Jahren.«

Das stimmte. Mario und Lisa hatten ziemlich zeitgleich angefangen. Mario kam nur einen Monat später und obwohl Lisa immer bemüht war, anfangs auch Mario mit in die Mittagspause zu nehmen, hatte sich nie etwas ergeben. Er war immer gerne alleine in die Pause gegangen.

»An mir lag es nicht,« lachte Lisa. »Ich gehe öfter zum Thailänder um die Ecke. Magst Du den?«

Mario lächelte. »Das wir uns da noch nicht getroffen haben, ich bin gerne da!«

Jetzt lachten beide und auf dem Weg zum Thailänder, der nur ein paar Minuten die Straße weiter runter war, erzählten sie sich wie so oft belangloses über den Tag. Sie bestellten ihr Essen und während sie warteten, fragte Lisa: »Celine hast Du schon kennengelernt?«

Mario nickte. »Ja, schaut nett aus. Wir werden ja bald mehr mit ihr zu tun haben.«

»Mmmmh ...« machte Lisa nachdenklich.

»Was ist los?«

»Sie hatte etwas in ihren Augen. Sie war oberflächlich freundlich. Aber sie hat mich kalt angestarrt. Vielleicht bilde ich mir das auch nur ein. Hubi hat mir heute auch erzählt, dass sie viel zu früh am Büro war.«

Mario schaute ungläubig. »Hubi? Der ist doch morgens immer der Erste. Dann war sie ja viel zu früh da.«

»Ja genau. Und nicht nur das, er hat sie mit hoch genommen und wollte freundlich sein. Als er ihr schon mal zeigen wollte, wo sie später hin muss und wen sie alles kennenlernen wird, ist sie wohl vor meinem Büro länger stehen geblieben und hat auf meinen Namen gestarrt.«

»Das muss ja nichts heißen. Vielleicht wusste sie aus dem Vorstellungsgespräch Deinen Namen? Der Chef macht ja kein Geheimnis daraus, dass er den gut findet. Immerhin hast Du den gleichen Nachnamen wie der Trainer seiner Lieblingsfußballmannschaft,« versuchte Mario zu erklären. Wieder lachten beide. Die Geschichte war lustig. Karl hatte einmal gestanden, dass er Lisa nur deswegen unbedingt kennenlernen wollte und den Headhunter auf sie angesetzt hatte. Nachdem sie aber auch nett war und ruhig erklärte, dass Fußball sie nicht interessiert, hatte er sie sofort eingestellt.

Es war eine entspannte Pause und Lisa versuchte nicht mehr zu sehr über Celine nachzudenken oder über Robert. Es tat gut, Zeit mit Mario zu verbringen. Sie sprachen noch über dies und das und versuchten dabei, die beruflichen Dinge möglichst auszuklammern. Als die Beiden nach einer Mittagspause mit vielen Lachern und einem dicken Bauch zurück zum Büro kamen und wieder auf den Aufzug warteten, schaute Mario sie an. Sie standen dicht beieinander. Lisa bemerkte zum ersten Mal, dass er nach Parfüm roch und sie mochte den Geruch. In ihrem Bauch machte sich kurz ein warmes Gefühl breit, das sie aber sofort verdrängte. Mario stupste sie freundschaftlich an.

»Danke. Es hat gut getan. Ich hatte wirklich die Befürchtung, es wird verkrampfter mit uns werden. Aber egal was die anderen sagen, das Mittagessen tat gut. Viel besser, als es alleine zu genießen.«

Sie wusste, was er meinte. Auch ihr tat es gut. Sie freute sich auf die Veränderung, hatte aber auch das Gefühl, nun nicht mehr Teil des Teams zu sein. Umso mehr freute es sie, Zeit mit Mario zu verbringen, der ihr wirklich etwas bedeutete. Das spürte sie, wenn auch nur rein platonisch.

»Danke,« begann auch Lisa. »Mir ist es wichtig, weiter mit Dir in Kontakt zu bleiben. Kaffee?« Sie grinste und wie aufs Stichwort kam der Aufzug und beförderte sie nach oben.

3. Kapitel

Müde wachte Lisa auf. Sie hatte am Abend viel über den Tag nachgedacht, der ereignislos geendet hatte. Trotzdem war ihr die Mittagspause mit Mario in Erinnerung geblieben. Es war Neuland für beide und sie hatten mehr als nur die üblichen fünf Minuten Kaffee trinken miteinander verbracht. Sie merkte, dass sie sich bei ihm wohl fühlte und er eine Wärme ausstrahlte, die sie vermisste. Er ist nur ein Kollege, sagte sie sich und durfte da keine falschen Gefühle hinein interpretieren.

Sie drehte sich um und suchte ihren Mann Markus. Das Bett war leer. Er war wie so oft bereits leise vor ihr aufgestanden. In der Wohnung waren keine weiteren Geräusche zu hören. Sie kannte das bereits von ihrem Mann. Seit die beiden erfolglos versucht hatten, Kinder zu bekommen und die ernüchternde Diagnose kam, dass Lisa auf natürlichem Weg nur schwer Kinder kriegen würde, war es nicht mehr wie vorher zwischen den beiden. Lisa hatte keine Ahnung, wie sie es schaffen sollte, dass es wieder so wird, wie es einmal war. Ihr fehlte dazu auch die Kraft. Nach der Diagnose hatte sie sich auf die Arbeit gestürzt. Sie fing bei ihrer jetzigen Firma an, studierte neben der Arbeit und lebte für ihren Beruf. Irgendwann in diesem Zeitraum hatten Markus und sie sich auseinander gelebt und keiner der beiden hatte bisher Anstalten gemacht, das zu ändern. Am Wochenende ging jeder seinen eigenen Interessen nach. Markus war ein Riesenfan vom FC Bayern und unterstützte seinen Verein nicht nur bei Heimspielen, sondern auch auswärts. Seit der Diagnose sogar noch verbissener als vorher.

Lisa liebte den Sport. Sie boxte leidenschaftlich gerne und gerade am Wochenende nutzte sie die Zeit für Fitnessboxen im Studio und einem anschließendem Krafttraining und Spaziergängen in der Natur. Außerdem war sie mit einem eigenen Fitnessblog sehr aktiv auf Facebook und da sie auch gerne Bücher las, tauschte sie sich in diversen Gruppen darüber aus. Keiner der beiden wollte mit dem Anderen über das Thema Kinder sprechen. Bisher hatte Lisa sich auch keine Gedanken darüber gemacht. Es war eine schleichende Routine geworden. Doch nun spürte sie einen Stich in ihrem Herzen. Sie erinnerte sich an die Vertrautheit, die zwischen ihr und Markus mal vorhanden war. Sie waren ein Team, hatten zwar nie viele gemeinsame Interessen, aber verbrachten vor der Diagnose trotzdem gerne Zeit miteinander. Damals liebten es beide, gemeinsam zu kochen, ins Kino zu gehen, oder stundenlang im Bett zu kuscheln und den Tag zu vertrödeln. Lisa dachte nach. Heute war Freitag. Wenn der Tag vorbei war, würde sie also wieder Zeit mit Markus verbringen. Freitags kam er gerne mal etwas früher nach Hause. Der FC Bayern hatte ein Heimspiel am Sonntag. Er war vermutlich am Samstag daheim, wenn er ihr nicht wieder aus dem Weg ging. Vielleicht sollten sie mal wieder etwas zusammen unternehmen, dachte sie und nahm sich fest vor, ihn heute Abend darauf anzusprechen. Sie hatte nach der Mittagspause mit Mario das Bedürfnis, diese Nähe auch wieder bei ihrem Markus zu spüren. Der Mann, in den sie sich vor Jahren verliebt hatte, als sie ihn das erste Mal auf der Party sah. Es war Liebe auf den ersten Blick und sie erinnerte sich mit einem wohligen Gefühl an diesen Moment. Sie wollte es nochmal versuchen. Sie nickte, als würde sie diesen Gedanken laut aussprechen. Mit einem Schwung stand sie auf und machte sich bereit fürs Büro. Auf ein Neues, war noch ihr Gedanke, bevor sie ins Bad ging.

Als Lisa zwei Stunden später frisch geduscht und geschminkt im Büro ankam, saß schon ihre neue Auszubildende im Büro und las sich die Vertriebsprospekte durch.

Du meine Güte, durchfuhr es Lisa innerlich. Bin ich etwa zu spät? Ein Blick auf die Uhr zeigte ihr, es war erst viertel nach acht. Sie war sogar recht früh dran. Sie begann immer erst um halb neun. Normalerweise war sie immer erst kurz vor knapp da. Lisa kam gerne auf den letzten Drücker und verbrachte lieber die Zeit in der Bäckerei und frühstückte gemütlich. Sie ging fröhlich auf ihre neue Kollegin zu und grüßte freundlich.

»Guten Morgen, Du bist aber früh dran.«

Celine schaute auf. »Guten Morgen. Ja, acht Uhr, wie immer, oder?«

»Oh nein, ich fange immer erst um halb neun an. Du kannst auch gerne erst zu dieser Uhrzeit kommen, wenn Du magst. Du musst jetzt am Anfang nicht hier alleine sitzen.«

Celine schaute auf die Uhr und überlegte. »Aber dann komme ich nicht auf meine Stunden. Robert meinte, man legt da viel Wert drauf und das es auch in meine Bewertung mitspielt und die Kunden ja auch gerne früher jemanden am Telefon haben wollen.«

Lisa schmunzelte. Ja, das klang original nach Robert. Aber Lisa nahm es nicht ganz so genau. Sie machte im Winter oft genug Überstunden und konnte es sich daher leisten, im Sommer, oder in den Monaten wo weniger los war, pünktlich zu gehen und trotzdem erst um halb neun zu beginnen. Andere Kollegen waren dafür bereits früh genug da, um ihr Telefon zu übernehmen. Sie schaute ihre Auszubildende freundlich an, bevor sie sagte: »Celine, wir lassen uns da was einfallen. In der ersten Zeit, wo Du noch nicht viel alleine machen kannst, darfst Du gerne länger schlafen. Ich kläre das mit Robert, keine Sorge. Möchtest Du auch einen Kaffee?«

Celine nickte. »Gerne. Ich kann uns einen holen.«

»Das musst Du nicht,« warf Lisa sofort ein. »Du bist unsere Auszubildende, nicht unser Dienstmädchen. Du sollst was lernen. Was hältst Du davon: Ich hole uns beiden einen Kaffee, wir schließen die Tür und dann unterhalten wir uns kurz bevor wir richtig loslegen? Wie magst Du deinen Kaffee am Liebsten?«

Celine schaute weder verwirrt noch schüchtern, wie es Lisa erwartet hätte, von einem so jungen Mädchen, dass das erste Mal so weit weg von zu Hause ist und zum ersten Mal arbeiten geht. Celine lächelte selbstsicher bevor sie »Okay, gerne. Schwarz bitte,« sagte. Lisa runzelte die Stirn. Sie wurde im Moment noch nicht ganz schlau aus dem Mädchen. Sie legte ihre Jacke ab, fuhr wie jeden morgen den PC hoch und während die Programme nach der Anmeldung luden, ging sie in die Küche.

Auf dem Weg dorthin stieß sie auf Robert, der sie abfing und in sein Büro holte.

»Guten Morgen, Robert.«

»Guten Morgen, Lisa. Ich hatte gestern nicht mehr die Zeit Dir ein Update zu geben. Ich möchte, dass Du mich regelmäßig über die Fortschritte mit Celine informierst. Der Ausbildungsplan muss bitte akribisch eingehalten werden. Und ich möchte jeden Tag über die neusten Entwicklungen informiert werden. Mittags und Abends.«

»Wirklich? Dein Ernst? Wir haben noch nicht mal angefangen mit arbeiten und Du willst jetzt schon ein Update zu dem aktuellen Leistungsstand unserer Azubine?« Lisa war sichtlich verärgert. Karl war zwar oft anstrengend und nervig, aber er ließ ihr ziemlich freie Hand in ihrer Arbeit und hatte vollstes Vertrauen. Robert war anscheinend süchtig nach Kontrolle. Eine Seite, die Lisa nun neu an ihm kennenlernte.

»Lisa,« sagte er ruhig und seine raue Stimme durch das Rauchen, nahm einen väterlichen Tonfall an. Er spielte sichtlich mit den Methoden des Vertriebs. Er wollte sie Beruhigen. »Ich weiß, das Karl eine andere Arbeitsweise hat, mit Dir zu arbeiten und ich verstehe, dass Du Dich erst einmal an meine Methode gewöhnen musst. Ich habe auch gestern Abend noch mit Karl telefoniert. Er wird die nächsten zwei Wochen daheim bleiben. Die Grippe hat ihn voll erwischt. Wir sind übereingekommen, dass ich so lange die volle Verantwortung für unsere Niederlassung habe. Und da möchte ich nicht, dass ihr denkt, ich bekomme nichts mit. Ich weiß, dass Du gerne mit Mario flirtest statt zu arbeiten. Und das ihr jetzt auch zusammen die Mittagspause verbringt. Weiß das auch Dein Mann?«

Lisa errötete vor Wut.

»Das, lieber Robert, geht Dich ja mal so gar nichts an. Und nur, damit Du es weißt, Karl hatte nie etwas dagegen und hat sich da auch nie eingemischt. Mario und ich verstehen uns gut. Mehr ist da nicht.«

»Ja, weil der liebe Karl da noch keine Ahnung hatte, was es bedeutet, wenn die neue Leiterin des Vertriebs ein Techtelmechtel mit einem ihrer Angestellten anfängt.«

»Wie bitte? Du gehst zu weit! Wir trinken nur Kaffee und gehen ab und an zusammen in die Mittagspause. Mehr nicht. Was Du hier unterstellst, ist fast Rufmord.« Lisa schnaufte wütend. Sie hatte den Tag so genossen gestern und nun drehte ihr Robert eine Strick daraus.

Doch Robert ließ sich nicht aus der Ruhe bringen. »Liebe Lisa, bevor Du so mit mir redest, erinnere Dich bitte daran, dass ich im Moment Dein Vorgesetzter bin! Ich habe die volle Verantwortung. Schon vergessen? Also, ich erwarte heute Mittag ein kurzes Update. Wir treffen uns heute nach der Mittagspause in meinem Büro. Also bis später. Und bitte, schließe wieder die Tür hinter dir, wenn Du draußen bist! Ich brauche Ruhe beim Arbeiten.«

Lisa sagte darauf nichts mehr. Sie war sprachlos. Warf er ihr wirklich vor, sie würde Mario bevorzugen? Sie drehte sich wortlos um und schloss die Tür beim herausgehen etwas lauter als beabsichtigt. Verdammt, dachte sie. Das wird sicher noch Ärger geben! Schnell machte sie sich auf in die Küche, befürchtete sie doch, dass Robert ihr Tür knallen noch rügen würde.

In der Küche angekommen, traf sie wie aufs Stichwort Mario. Ihr Herz machte einen kleinen Sprung. Sie versuchte, es zu ignorieren und so lässig wie möglich zu wirken. Doch sie bemerkte auch, dass Marios Augen strahlten, als er sie sah. »Hey Du, heute morgen hattest Du es aber eilig ins Büro zu kommen. Hab noch gewunken, aber ich glaube, Du hast mich nicht gesehen. Alles in Ordnung?« begrüßte er Lisa, bevor er zu bemerken schien, dass etwas nicht stimmte. Er kam auf sie zu und wollte einen Arm auf ihre Schulter legen, doch Lisa zuckte zurück. »Ja ja, guten Morgen.« Sie stotterte ein wenig. Die Worte von Robert gingen ihr nicht aus dem Kopf. »Du, ich hab gerade keine Zeit. Celine wartet in meinem Büro auf ihren Kaffee. Robert hatte mich noch abgefangen.« Sie zögerte kurz und Mario sah sie mit fragendem Blick an, bevor sie schnell frage: »Sag mal, kannst Du mir bitte deine private Nummer geben?« Mario schaute verwirrt. »Hä? Willst Du ein Date?«

»Nein, es ist nur … ach vergiss es! War eine blöde Idee,« sagte Lisa schnell. Ihr wurde auf einmal bewusst, wie dumm das alles war. Eben noch hatte Robert sie ermahnt, weniger mit Mario zu unternehmen und jetzt wollte sie seine Nummer? Was dachte sie sich nur dabei?

Lisa ging zum Kaffeevollautomaten und stellte die Tasse unter.

»Was ist los?« Mario ließ nicht locker.

»Du, ich kann jetzt nicht darüber reden. Deswegen wollte ich Deine Nummer. Ich glaube, wir sollten einfach besser den privaten Kontakt über Mail in der Firma unterlassen. Aber ist jetzt auch egal. Es war eine blöde Idee. Tut mir leid. Lass uns später reden, einverstanden?« Ihr war es nun doch unangenehm, ihn so spontan gefragt zu haben.

Mario nickte nur und ging raus. Sie seufzte. »Dumm,

dumm, dumm,« schimpfte sie leise vor sich hin, während sie wartete, dass der Kaffee in die Tasse lief. Als Lisa die zweite Tasse unter die Maschine stellte, kam Mario zurück mit einem Zettel in der Hand.

»Meine Nummer und bitte melde Dich wirklich bei mir, wenn Du reden magst. Vergiss welche Bedenken ich gestern hatte. Ich bin für Dich da.«

Er legte den Zettel neben ihre Tasse und bevor Lisa antworten konnte war er schon verschwunden.

Als Lisa wieder in ihrem Büro war, schloss sie die Tür und setzte sich an den Besprechungstisch. Die beiden Tassen stellte sie vor sich hin.

»Entschuldige bitte, dass es so lange gedauert hat. Zweimal Kaffee schwarz, da haben wir was gemeinsam. Komm setz Dich doch zu mir.« Lisa winkte Celine zu sich. Diese kam und setzte sich Lisa gegenüber. Lisa fuhr fort: »So, also wir werden dann jetzt die nächsten Wochen zusammen arbeiten. Ich weiß von Dir, Du kommst aus Köln und hast gerade die Schule nach der 12. Klasse verlassen?«

Celine nickte. »Ja, und ich weiß, dass Du auch aus Köln bist, und Dein Studium erst nach der Ausbildung abgeschlossen hast.«

Lisa war überrascht. Celine war nicht auf den Kopf gefallen. Sie wusste nicht, ob ihr das gefiel oder ob sie es frech fand. »Ähm, ja, hat Karl Dir das erzählt?«

»Nein, Robert,« sagte Celine sofort.

Robert? Langsam ging ihr Robert auf die Nerven. Das waren persönliche Dinge, die sie selber hätte erzählen wollen. Lisa war leicht aus dem Konzept gebracht, wollte aber trotzdem weiter mehr über ihre neue Büropartnerin erfahren.

»Ich bin in Köln groß geworden. In Köln-Nippes. Kennst Du sicher.«

»Ich mag es da nicht besonders.«

»Warum?« wunderte sich Lisa.

»Meine Mutter ist da gestorben.«

Es trat eine kurze Stille ein. Lisa wusste nicht, wie sie darauf reagieren sollte.

»Das tut mir leid.«

»Schon okay!« Celine klang leicht und ohne Trauer. »Sie war eh krank. Wir haben in Chorweiler gewohnt. Das kennst Du sicher auch. Es war eine kleine Wohnung, aber es reichte für uns.«

Lisa konnte darauf nichts erwidern. Vielleicht erklärte das Celines Verhalten? Ihr fiel auf, dass Celine keine Emotionen zeigte. Während sie darüber redete, dass ihre Mutter gestorben ist, verzog sie keine Miene. Lisa stand auf. »Na gut, ähm ja …. Also erst einmal nochmal Willkommen. Ich denke, wir werden uns im Laufe der Zeit sicher noch besser kennenlernen. Also, ich zeig Dir für den Anfang am Besten unser Programm. Wenn Du magst, komm doch einfach mal mit rüber zu mir.« Mit diesen Worten ging sie zu ihrem PC herüber. Celine nahm sich ihren Stuhl, setzte sich neben Lisa und die beiden fingen konzentriert an zu arbeiten. So konzentriert, dass die Damen nicht merkten, dass bereits die Mittagszeit begonnen hatte. Lisa wollte Celine mit zum Essen nehmen, aber diese winkte ab. Sie habe heute etwas mitgenommen und würde gerne noch etwas Sonne genießen.

Also ging Lisa alleine raus und schaute noch einmal kurz bei Mario vorbei. Doch der Platz war leer. Sandra saß jedoch an ihrem Platz. »Hi,« grüßte sie daher ihre Kollegin. »Ist Mario schon in Mittag?«

Sandra schaute kurz auf. »Hallo Lisa. Nein Mario hat schon Feierabend gemacht. Ihm ging es heute morgen anscheinend nicht so gut. Wie geht es Dir? Hast viel zu tun mit der Neuen, oder?«

Lisa war irritiert. So krank sah Mario heute morgen doch gar nicht aus. Oder war sie so abgelenkt, dass sie nichts gemerkt hatte?

»Ähm ja. Ist ja auch neu für mich. Wobei Celine sich gut macht. Sie weiß mehr, als ich dachte und lernt schnell.«

Sandra nickte. »Na dann.« Lisa und sie verstanden sich immer ganz gut, aber meist war Sandra immer sehr beschäftigt und Lisa merkte, dass sie das Gespräch anscheinend gerne beenden wollte.

»Ich bin dann mal in Mittag. Warst Du schon?«

Sandra nickte wieder. »Ich war eben mit Kevin. Der scheint total unglücklich zu sein, dass er jetzt arbeiten muss.« Sie lachte. »Mohammed hat ihm heute gesagt, er darf nicht mehr rüber kommen und Robert steht immer an der Tür sobald er mitbekommt, das Kevin sein Telefon auf Susanne umstellt. Der kann das wohl sehen.«

Lisa grinste. »Geschieht ihm eigentlich recht. Aber irgendwie tut es mir auch leid, dass er jetzt so ins kalte Wasser geworfen wird. Du, ich geh dann mal. Bis später.«

Sie winkte noch und ging dann nachdenklich nach draußen. Sie holte ihr Handy heraus und wollte Mario eine Nachricht schreiben, die Nummer hatte sie ja jetzt, als sie sah, dass sie eine Nachricht von Markus hatte. Ihr Mann? Der schrieb ihr doch sonst nie. Sie öffnete das Nachrichtenprogramm und war sofort in einer anderen Welt, als sie den Anfang las.

»Lisa, ich habe Dich verlassen. Ich kann es Dir nicht persönlich sagen, es würde nur im Streit enden. Nur soviel: Ich werde Vater. Bitte frag nicht nach den Hintergründen. Du weißt so gut wie ich, dass wir uns auseinander gelebt haben. Ich war eben in der Wohnung und habe einige Sachen genommen. Den Rest hole ich später. Ich wähle diesen Weg, weil ich Dir die Zeit geben will, es zu verdauen. Aber ich möchte, dass Du weißt, dass es endgültig ist. Ich habe Dich lange geliebt, aber die Umstände haben sich so ergeben. Es tut mir leid. Ich melde mich die nächsten Tage und dann können wir reden und ich erkläre Dir alles. Versprochen!«

Lisa stand da und wusste nicht mehr weiter. Sicher, die Zeit mit Markus war nicht mehr wie vor dem Wunsch, ein Kind zu bekommen. Die Diagnose, dass es an Lisa liegt, keine Kinder bekommen zu können, hatte beide total schockiert. Markus wollte für sie da sein und Lisa war dankbar. Als er aber vorschlug, es mit einer künstlichen Befruchtung zu versuchen, haben sich beide auseinander gelebt. Der erste Versuch klappte nicht und Markus wollte nicht aufgeben, aber für Lisa war es eine sehr emotionale und anstrengende Zeit. Die Hormone machten sie müde und taten ihr weh. Und die Entnahme der Eizellen war einfach nur steril und anstrengend. Dann das warten, ob der Test positiv ist, die Enttäuschung, dass es wieder nicht geklappt hat. Lisa konnte und wollte nicht mehr. Dies war ihr Körper und dieser Körper will nun mal keine Kinder. So sehr sie sich auch Kinder wünschte. Markus konnte und wollte das nicht akzeptieren. Er wollte ihr Zeit geben, dachte, sie würde irgendwann wieder bereit sein, es nochmal zu probieren. Zu einem großen Streit kam es, als Lisa ihrem Mann vorschlug, den Vertrag der eingefrorenen Eizellen zu kündigen. Sie wollte diese emotionale Achterbahnfahrt nicht noch einmal durchmachen. Irgendwann gab Markus nach und unterschrieb die Kündigung. Am Ende redeten beide nur noch selten miteinander und seit gut einem halben Jahr sah sie Markus sogar immer weniger. Das Thema Kinder wurde nicht wieder neu begonnen. Sie hatten zwar zwischendurch gute Phasen, aber man merkte einfach, es war nicht mehr wie früher. Und jetzt hatte er hinter ihrem Rücken eine andere Frau geschwängert?

Lisa kehrte um, setzte sich in ihr Büro und lenkte sich

sofort wieder mit Arbeit ab. Sie wollte gar nicht darüber nachdenken, was sie daheim erwarten würde. Sie ließ sich nichts anmerken, selbst als Celine wieder zurück ins Büro kam, tat sie so, als sei alles in Ordnung.

Als der Tag vorbei war und sie bereits die Letzte im Büro war, musste Lisa sich eingestehen, dass es Zeit war, zu gehen. Sie konnte sich nicht ewig ablenken. In ihrem Magen machte sich ein ungutes Gefühl breit. Sie hatte Angst vor dem, was sie daheim erwarten würde. Die Leere der Wohnung war sie gewohnt. Markus kam oft deutlich später als sie nach Hause. Meistens erst, wenn sie schon schlief. Aber der Gedanke, dass sie heute morgen noch Pläne hatte, es neu zu versuchen und er sie betrogen hatte, schmerzte. Sie packte ihre Sachen, schaute kurz wehmütig zurück und machte sich auf den Heimweg.

Kurz bevor sie den Zugang zum U-Bahnhof hinunter ging, blieb sie stehen. Sie zögerte und holte ihr Handy heraus. Dann fummelte sie den Zettel, den Mario ihr heute morgen gegeben hatte, aus der Tasche und tippte seine Nummer ein. Bevor sie es sich anders überlegen konnte nahm auch schon eine ihr bekannte Stimme ab. »Brandl? Hallo?«

Lisa schluckte. »Ähm, Mario, hallo, ähm ... ich bin es Lisa,« stotterte sie.

»Lisa!« Mario klang ehrlich erfreut. »Was ist los? Du warst heute morgen schon so anders.«

»Mario, hör zu. Ich weiß wir sind nur Kollegen und ich bin sogar deine Vorgesetzte. Aber ich weiß nicht zu wem ich sonst soll. Meine Freunde will ich noch nicht einweihen.«

Mario klang nun leicht besorgt. »Was ist denn passiert?«

»Kann ich zu Dir kommen? Oder Du zu mir?«

Lisa hörte Mario atmen. Aber er sagte nichts. Daher redete sie weiter. »Ich weiß, dass wird jetzt alles privat, aber ...«

Mario unterbrach sie. »Das ist es nicht. Lisa, bei mir geht es gerade noch nicht. Meine Exfreundin wohnt noch bei mir, bis sie was Neues gefunden hat. Wir haben uns zwar darauf geeinigt Freunde zu bleiben, aber ich weiß nicht, wie sie reagiert, wenn eine andere Frau hier auftaucht. Lisa, hör zu, ich weiß nicht, was passiert ist bei Dir. Aber bevor wir uns sehen solltest Du eines wissen. Du bist der Grund für die Trennung von meiner Freundin.« Er machte eine Pause.

Lisa wollte sich am liebsten setzen. Sie sah sich um. Sie stand mitten auf einem der belebtesten Plätze Münchens. Am Stachus. Aber es gab weit und breit keine Bank. Sie ging daher auf die Stufen zu und setzte sich kurzerhand. Ihr Herz hämmerte. Warum war sie der Grund? Mario sprach weiter. »Ich muss Dir das sagen. Es tut mir leid, wenn es so plötzlich ist. Ich meine, ich kann zu Dir kommen, aber Du solltest es vorher wissen.«

Lisa war verwirrt. »Ja, klar.« Sie wollte noch nicht darüber nachdenken. Die Trennung von Markus, das Geständnis von Mario. Das alles war gerade ein wenig viel für sie. Daher fuhr sie einfach fort: »Warte, ich gebe Dir meine Adresse. Treffen wir uns da?«

Sie gab Mario ihre Adresse durch. Er versprach ihr in zehn Minuten da zu sein, ohne weitere Fragen zu stellen. Die beiden stellten fest, dass sie jahrelang sogar in der Nähe voneinander wohnten, ohne es zu wissen.

Lisa brauchte knapp 20 Minuten mit der Bahn zu sich nach Hause und Mario wartete schon an der Tür. Als sie auf ihn zukam, breitete er einfach nur die Arme aus, umarmte sie fest und flüsterte: »Ich weiß nicht was passiert ist, aber ich bin für Dich da. Versprochen!«

Lisa sah ihn an. Ihr Herz pochte. Die ganze Fahrt über hatte sie über seine Worte nachgedacht. Hatte über Markus nachgedacht und ihren Entschluss von heute morgen, einen neuen Versuch mit ihm zu starten. Doch jetzt, wo sie

Mario gegenüberstand, ließ sie die Gefühle zu, die schon länger in ihr schlummerten. Ehe sie darüber nachdenken konnte küsste sie ihn. Er erwiderte ihren Kuss sofort. Es wurde ein leidenschaftlicher Kuss. Mario stöhnte dabei und flüsterte zwischendurch, wie sehr er sich danach gesehnt hatte. Doch dann ließ Lisa ihn abrupt los. »Es tut mir leid, es ist nur, ich bin verwirrt.« Und das meinte sie ehrlich. Mario sah sie an. »Ich weiß, ich auch. Wir sollten reden, oder?

Lisa nickte. Sie schloss die Tür zu ihrer Wohnung auf. Ihr Herz hämmerte. Was tat sie da? Warum hatte sie Mario geküsst und warum war sie so nervös? Ist es wirklich nur wegen Markus?

Sie betrat die Wohnung und sah sich um. Rechts neben der Eingangstür lag das Schlafzimmer. Sie betrat es. Mario folgte ihr und bemerkte nun, warum Lisa ihn angerufen hatte. Ein großer Teil der Sachen war unordentlich. Markus hatte sich nicht einmal die Mühe gemacht, seine Sachen ordentlich zu packen. Er hatte ein ziemliches Chaos hinterlassen. Ein kompletter Schrank war leer, aber ein großer Teil der Sachen lag achtlos auf dem Boden. Seine Betthälfte hatte er abgezogen. Mario stand da und beobachtete, wie Lisa langsam durch den Raum ging und dabei versuchte ein wenig Ordnung zu schaffen. Dann kombinierte er: »Dein Mann hat Dich heute verlassen, oder?«

Lisa nickte. Komischerweise tat es aber nicht mehr weh. Im Gegenteil. Sie spürte das Gefühl dieser Freiheit. Aber auch den Schmerz. Aber es war mehr der Schmerz, dass Markus Vater wurde und sie nicht die Mutter war, als mehr, dass er sie verlassen hatte. Sie ließ die Sachen, die sie noch in der Hand hatte fallen, dann nahm sie Marios Hand. »Mario, Du hast Dich von Deiner Freundin getrennt, weil Du mich liebst, oder?«

Mario nickte. »Ja, ich will ehrlich sein. Das ist mein Problem in der Firma und ich wollte es Dir daher nie sagen, aber als Du gefragt hast ob ich kommen mag, musste ich. Ich kann Dir nichts vormachen. Manuela hat es gemerkt. Sie hat gemerkt, dass ich sie nicht mehr liebe. Wir haben uns getrennt. Sie leidet darunter, aber ich kann nicht in einer Beziehung leben mit einer Frau, die ich nicht liebe und Du bist täglich da, aber Dich darf ich nicht lieben.«

Lisa sah ihn nur an. Sie musste nicht weiter darüber nachdenken. Auch sie hatte öfter gemerkt, dass sie Mario mehr mochte, als ihr lieb ist, aber es nicht zugelassen. Aber nun wollte sie nur eins. Sie wollte Markus vergessen und nicht über ihre Gefühle nachdenken. Sie wollte Mario. Sie zog ihn zu sich heran und küsste ihn noch einmal. Diesmal zärtlicher, bevor ihre Küsse drängender wurden und sie sich schließlich aufs Bett zurückzogen.

Als Lisa aufwachte lag sie nackt neben Mario, der friedlich schnarchte. Sie schmunzelte und dachte an die letzten Stunden zurück, in der sie sich erst geliebt und dann über alles geredet hatten.

Mario hatte sich bereits vor Jahren in Lisa verliebt. Eigentlich, seit sie zum ersten Mal in sein Büro kam um ihn zu begrüßen. Aber da er wusste, dass Lisa verheiratet ist, hatte er nicht gewagt sie näher kennenzulernen. Doch Lisa und er verstanden sich auf Anhieb. Er wollte immer mehr, hatte sich aber nie getraut es Lisa zu sagen, oder mehr mit ihr zu unternehmen, als Kaffee trinken im Büro. Und vor ein paar Tagen dann konnte er nicht anders. Es wurde persönlicher mit Lisa und ihm und seine Freundin merkte dies. Sie redeten darüber. Seine Freundin war verständnisvoll. Sie trennten sich und Mario wusste, er muss die Firma verlassen. Er hatte im Kopf bereits eine Kündigung vorbereitet, weil er es nicht ertragen konnte, Lisa täglich zu sehen. Lisa erklärte ihm ihrerseits, dass sie und Markus sich auseinander gelebt hatten und sich endlich eingestehen sollte, dass auch sie mehr für Mario empfindet. Danach küssten sie sich wieder innig, liebten sich erneut und schliefen dann nebeneinander ein.

Lise wachte mitten in der Nacht auf. War es das richtige? So kurz nach einer Trennung? Sie dachte nicht weiter darüber nach. Wollte für den Moment auch nicht mehr an Markus denken. Sie schmiegte sich an Mario. Genoss seinen Duft und die Wärme und schlief schließlich wieder ein.

DAMALS

*S*ie sitzt im Büro des Direktors. Sie kann zwar nicht laufen, aber immerhin durfte sie nach vier Wochen aus dem Krankenhaus entlassen werden. Der Direktor, Herr Schilling, schaut ihre Eltern an, die neben ihr sitzen. »Ich weiß nicht, wie ich es sagen soll. Melanie ist erst 17. Sie ist schon zweimal sitzen geblieben. Wenn sie jetzt auch noch eine Anzeige wegen Körperverletzung bekommt, ihr Leben wird dadurch nicht leichter. Sie kommt aus einem ... na ja schwierigen Haus.«

Ihr Vater schaut verbittert zu dem Direktor: »Herr Schilling, ich habe wirklich vollstes Verständnis, wenn Kinder Dummheiten machen. Aber dieses Mädchen hat meine Tochter krankenhausreif geprügelt. Sie wissen selber das meine Tochter es auch nie leicht hatte. Erst die Hüfte, dann das Tragen der Schiene und monatelang durfte sie nicht einmal zur Pause auf den Hof, um das Risiko eines Sturzes zu minimieren. Melanie wusste von alledem. Immerhin hat sie im letzten Schuljahr unsere Tochter mehrmals ausgelacht und ihr beim Feueralarm sogar eine Gehhilfe entwendet und sich lustig gemacht, dass sie nicht mehr die Treppe runter kam, mit nur einer Gehhilfe. Was wäre gewesen, wenn der Feueralarm keine Übung gewesen wäre? Wofür soll ich bitte Verständnis haben?«

Herr Schilling seufzt. »Herr Günter, es ist nicht mal bewiesen, dass Melanie ihre Tochter überhaupt angerührt hat. Die ganze Klasse hat abgestritten irgend etwas gesehen zu haben. Das ist schon ungewöhnlich. Keiner kann bezeugen, dass Melanie ihre Tochter so stark getreten hat. Vielleicht ist ihre Tochter auch nur unglücklich gestolpert und Melanie stand zufällig im Weg?«

»Wie bitte? Selbst das Krankenhaus hat deutlich einen blauen Fleck am Auge und klebrige Haare feststellen können. Der blaue Fleck kam vom Apfel, den Melanie in der Hand hatte. Können Sie sich das erklären, wenn meine Tochter nicht mal

Äpfel mag? Und der blaue Fleck an ihrem Hintern? Wie soll man bitte so unglücklich stolpern, dass man sowohl im Gesicht, als auch am Gesäß blaue Flecken hat und deutliche Abdrücke von einem Schlag? Ich bitte Sie, selbst die Polizei sieht hier eine Fremdeinwirkung und es mag Aussage gegen Aussage stehen, aber diese Melanie hat einen gewissen Ruf an der Schule, und Frau Krüger, die Mathematiklehrerin, hat uns bestätigt, dass auch sie des öfteren Probleme mit diesem Kind hat. Außerdem war sie diejenige, die meine Tochter am Boden hat liegen sehen, während sich die ganze Klasse gaffend über sie gebeugt haben muss. Was ist denn das bitte für ein Verhalten? Keiner hilft ihr? Haben Sie diese Thematik auch schon besprochen, oder ist es auch unglücklich, dass keiner sich in der Lage gesehen hat, meiner Tochter zu helfen?«

»Herr Günter ...«

»Kommen Sie mir nicht mit Herr Günter, ich will, dass Melanie von der Schule verschwindet und Sie endlich etwas gegen das Mobbing unternehmen. Dieser Vorfall war der Schlimmste, aber nicht der einzige, den meine Tochter durchmachen musste. Sie wissen selber, wie oft ich schon hier war. Und wie oft dabei der Name Melanie fiel.«

Sie schaltet ab, erinnert sich wieder an andere Vorfälle und weint. Aber sie weiß auch, dass es mit Melanie nicht enden wird.

Sie erinnert sich, als man sie auf der Toilette von einer anderen Kabine aus fotografiert hat. Das war nicht Melanie.

Sie erinnert sich, dass sie bei einem Kunstprojekt keiner als Partnerin haben wolle. Auch da war Melanie nicht die Schuldige.

Sie erinnert sich, wie man ständig ihre Sachen versteckt. Wie sie ständig wegen ihres Sprachfehlers ausgelacht wird. Oder dieser gefälschte Liebesbrief. In der Hoffnung ihren Schwarm zu treffen, stand ein dicker Junge plötzlich vor ihr, der einen ähnlichen Brief erhielt.

Sie will doch selber nur von dieser Schule gehen. Das alles

endlich hinter sich lassen und neu beginnen. Irgendwo, wo keiner ihre Vergangenheit kennt und sie einfach nur ein normaler Teenager sein kann.

Und wie so oft fragt sie sich, warum sie nicht einfach die Schule wechseln durfte. Warum ist es ihren Eltern so wichtig, dass sie auf dieser Realschule bleibt, wenn sie sowieso danach ihr Abitur machen will? Sie bleibt ruhig. Still kullert eine Träne an ihrer Wange herab. Reden hat bisher nie geholfen bei ihren Eltern. Ihr Vater ist der Meinung, dass sie erst einmal eine Ausbildung machen sollte und dann das Abitur machen kann. Das sei sicherer. Sie soll auf ihren eigenen Beinen stehen, weil ihre Eltern auswandern wollen, sobald sie 18 ist. Aber sie hat einen Wunsch. Sie will Lehrerin werden. Sie will es soviel besser machen als die Lehrer an ihrer Schule. Aber das behält sie für sich. Sie hat sich heimlich entschieden, ihr Abitur zu machen und sich gegen ihre Eltern zu stellen, sobald sie den Realabschluss hat. Sie wird ihren Weg gehen. Ob ihre Eltern wollen, oder nicht. Und dann wird sie etwas gegen die Ungerechtigkeiten tun. Sie wird dafür sorgen, dass es kein Mobbing mehr gibt. Sie muss nur noch ein wenig aushalten. Ein ganz klein wenig ruhig sein. Sie ist bald in der Abschlussklasse, dann dauert es nicht mehr lange und sie hat ihren Abschluss. Das würde sie schaffen. Einmal tief durchatmen. Der Rest des Gesprächs geht an ihr vorüber. Sie fokussiert sich nur noch auf die Zukunft und das Alles besser wird.

4. Kapitel

Das Wochenende war schön. Lisa hatte es sehr genossen. Nachdem sie am Samstagmorgen neben Mario aufgewacht war und er sie mit seinen blauen Augen angestrahlt hat, war es ihr im ersten Moment peinlich. Kaum getrennt von ihrem Mann, die Fronten noch nicht mal geklärt und schon landet sie mit dem nächsten Mann im Bett. Anderseits überrascht es sie nicht, dass es Mario ist. Sie fing in der Firma an, als klar war, dass sie keine Kinder bekommen kann. Sie liebte Markus zu diesem Zeitpunkt sehr, aber es fing an, anders zu werden. Markus hatte weniger Interesse daran, mit ihr intim zu werden. Nach den vielen Versuchen, die sie unternommen hatten, war die Luft raus. Und Lisa zog es vor, sich in Arbeit zu vergraben. Sie arbeitete am Tag und studierte am Abend und die wenigen intimen Momente waren wie geplant. Es waren ihr Geburtstag, oder seiner. Ihr Jahrestag, oder auch der Hochzeitstag. Lisa gab es irgendwann auf, sich Mühe zu geben und als sie merkte, dass Mario anfing, mit ihr zu flirten, ging sie gerne darauf ein. Das daraus aber mal mehr werden würde, daran dachte sie nie. Mario war vergeben. Sie genoss die Aufmerksamkeit und fühlte sich begehrenswert. Doch mehr war da nie. Bis sich jetzt eben die Gelegenheit ergeben hatte. Es hatte Lisa verwirrt, dass auf einmal alles so schnell ging. Doch Mario erzählte ihr ruhig und ausführlich, was er fühlte und warum es sich für ihn richtig anfühlte.

Er erzählte ihr, dass es schon lange kriselte in seiner Beziehung. Er hatte Manuela schon einmal verlassen und ging dann doch wieder zu ihr zurück, weil sie schwanger war. In Lisas Herz zog sich alles zusammen. Sie wünschte sich auch so sehr ein Kind und kannte das Gefühl, dass Manuela erleiden musste, auch zu gut. Denn Manuela verlor das Baby und insgeheim war Mario froh, denn er hatte selber Sorge, dass ein Baby die Beziehung alleine nicht retten konnte. Auch wenn es ihm natürlich selber leid tat und auch er erst einmal eine Weile brauchte, um zu verstehen, was passiert war. Durch den Vorfall war Manuela anfangs leicht depressiv. Mario traute sich nicht, ihr die Wahrheit zu sagen und die Beziehung doch noch zu beenden. So lief das Ganze noch ein paar Jahre, bis zu Lisas Beförderung. Mario hatte Angst, es würde anders werden zwischen Lisa und ihm, und das merkte auch Manuela. Sie bemerkte, dass Mario innerlich mit sich kämpfte und so kamen beide zu dem Schluss, sich zu trennen. Seine Freundin hatte wohl schon länger gespürt, dass sein Herz nicht mehr bei ihr war.

Über Lisas Mann redeten sie auch. Lisa war ehrlich. Sie wollte eigentlich den Freitag nutzen, um Markus dazu zu überreden, wieder mehr mit ihr zu unternehmen, aber insgeheim wusste sie, dass es vorbei war. Was sie jedoch verletzte, war, dass er anscheinend eine heimliche Beziehung hatte zu einer Frau, die nun schwanger war. Sie fühlte sich leer und ausgenutzt und konnte daher diesen intimen Moment mit Mario anfangs nicht richtig genießen. Mario hatte dafür Verständnis. Nachdem sie gemeinsam duschten, bereiteten sie das Frühstück vor. Er half ihr beim aufräumen und dann beschlossen sie, es langsam angehen zu lassen. Er fuhr nach Hause und Lisa verbrachte den Rest des Wochenendes alleine in der Wohnung und mit dem Gedanken, wie es weiter gehen solle. Sogar den Fernseher hatte der Mistkerl mitgenommen. Prima, dachte sie. Hat vermutlich eine Frau, die er beeindrucken will. Sie überlegte, was sie machen sollte. Wie jeden Samstag ging sie in ihr Fitnessstudio und trainierte hart, um nicht über Markus nachzudenken. Nachdem Lisa sich richtig ausgepowert hatte, fühlte sie sich besser. Mario schrieb ihr, wie verabredet, keine Nachrichten. Sie brauchte Zeit für sich und wollte in Ruhe überlegen, ob sie das richtige tat mit Mario. Vor allem wollte sie einen Plan haben, wie sie Markus gegenüber treten sollte, wenn es soweit war. Trotzdem freute Lisa sich, als sie am Montag morgen erwachte und eine Nachricht von Mario auf ihrem Handy sah: »Freue mich auf Dich. Aber lass uns bitte erst nach Feierabend reden. Ich befürchte, man sieht mir an, was wir getan haben.« Dahinter ein küssender Smiley. Lisa wurde rot. Die Erinnerungen an die Nacht kamen zurück und sie merkte die leichten Schmetterlinge in ihrem Bauch. Noch halb verschlafen antwortete sie: »Ich freue mich auch auf Dich. Hab viel nachgedacht und würde mich freuen, wenn Du heute Abend zu mir kommst!«

Die Antwort folgte sofort. »Gerne, ich bringe Wein mit und eine Tasche, falls es länger dauert.« Dahinter ein zwinkernder Smiley. Lisa lächelte und drückte das Handy fest an ihre Brust, als könne sie Mario damit umarmen. Sie freute sich wirklich und so ging es deutlich leichter ins Büro.

Als sie beschwingt die Treppen der Bahnstation hoch ging und lächelnd zum Bürogebäude ging, sah sie Robert, der rauchend vor der Tür stand.

»Guten Morgen Lisa, haben wir Freitag Abend nicht etwas vergessen?«

Verdammt. Es fiel ihr glühend heiß ein. Lisa sollte ihm doch ein Update zu Celine geben. Sie hatte durch die Geschichte mit Markus total vergessen, sich bei Robert zu melden. Aber auch er schien es vergessen zu haben. Immerhin sprach er sie erst jetzt darauf an. Sie wollte ihn lieber nicht darauf hinweisen. Sein Verhalten in der letzten Woche hatte ihr gezeigt, dass er den Respekt genoss und lieber den Chef spielen wollte.

»Es tut mir leid, Robert. Ich hatte gestern wirklich viel zu tun. Soll ich gleich in Dein Büro kommen?«

»Ja bitte, es gibt da eh ein paar Fragen, die ich Dir gerne stellen würde in Bezug auf Mario.«

Mario? Wie kam er denn darauf? Hatten die Kollegen etwa schon etwas mitbekommen? Sie lief leicht rot an. Hatte Mario vielleicht mit jemanden darüber geredet? Er war sicher schon im Büro. Sie versuchte sich dennoch nichts anmerken zu lassen und sagte daher so gelassen wie möglich: »Ja klar, ich geh schon mal nach oben und fahre den PC hoch, dann komme ich zu Dir.«

Lisa verzichtete auf den Aufzug, sie brauchte Bewegung. Die drei Stockwerke würde sie zu Fuß gehen. Dank ihres regelmäßigen Trainings bekam sie dabei sogar noch genug Luft.

Sie ging schnellen Schrittes den Flur entlang zu ihrem Büro und schaute nicht, wie sonst, bei Mario rein. Zu groß war die Angst, sie würde erröten. Sie hoffte, es würde keiner merken. Als sie ankam war Celine schon da.

»Guten Morgen.« grüßte sie. Celine winkte kurz und widmete sich dann wieder der Tabelle, die sie am Freitag nicht beendet hatte. Als Lisa den PC hochfahren wollte, stutze sie. Er war schon an. Oh Mist, war ihr erster Gedanke. Vermutlich hatte sie am Freitag vergessen, ihn auszumachen. Sie war sehr durch den Wind. Während sie den Bildschirmschoner wegwischte und das Passwort eingab, kam eine Textnachricht an. Sie war von Markus. Musste wieder alles auf einmal passieren? Sie verdrehte die Augen, bevor sie die Nachricht las:

»Hat Dich ja nicht sehr berührt, dass ich weg bin. Egal. Ich würde heute Abend gerne kommen und die restlichen Sachen holen.«

Was hatte er erwartet? Das sie ihn heulend anrief, nachdem er ihr deutlich machte, dass es endgültig aus sei? Sie wurde wütend, wollte dieses Gefühl aber nicht nach außen hin zeigen. Und was meinte er mit »heute Abend«? Nein, dass ging nicht! Sie dachte an den schönen Abend, den sie sich mit Mario gönnen wollte. Schnell tippte Lisa zurück: »Geht nicht, bitte mache einen Termin aus, der weniger kurzfristig ist.« Sie wartete kurz auf eine Antwort, aber nachdem nichts kam, stand sie auf und ging zu Robert. Mario kam gerade um die Ecke gebogen, wo sich die Kaffeeküche befand und lächelte sie kurz an. Sie lächelte zurück und für einen kurzen Moment war die Welt in Ordnung. Mario gab ihr zu verstehen, dass es okay war und sie später reden würden.

Als sie bei Robert ankam, deutete dieser an, die Tür zu schließen. Sie tat wie geheißen und setzte sich ihm gegenüber an den Schreibtisch.

»Lisa, erzähl mir bitte erst einmal, was da mit Dir und Mario läuft.«

Lisa runzelte die Stirn. Wusste er also doch etwas? Aber wer hatte es verraten? Mario ganz bestimmt nicht, da war sie sich ganz sicher.

»Wie meinst Du das, Robert?«

»Nun ja, ich habe gehört, dass Mario Freitag Abend zu Dir nach Hause gekommen ist.«

Sie erschrak. Sie wollte eigentlich keine Mimik zeigen, aber sie merkte, wie es ihr deutlich zu warm wurde und sie errötete.

»Woher weißt Du davon?«

Robert grinste selbstgefällig.

»Das tut nichts zur Sache! Die Frage ist, ob Dir klar ist, dass Du Marios Vorgesetzte bist? Wir hatten das Thema doch schon!«

»Robert, es tut schon etwas zu Sache, wenn man mir Dinge zur Last legt, die ich in meiner Freizeit tue. Und ja, mir ist bewusst, dass Mario mir unterstellt ist, aber sei Dir gewiss, dass das was ich in meiner Freizeit mache, keinen Einfluss auf die Arbeit hat. Mario erreicht seine Zahlen auch ohne mich. Das kann ich gar nicht beeinflussen!«

Robert schaute sie eindringlich an. »Bist Du Dir da sicher? Die Zahlen, die Du mir am Freitag geschickt hast, sagen was anderes.«

Lisa war überrascht. Sie wusste, dass sie am Freitag viel gearbeitet hatte. Aber sie war sich ganz sicher, dass sie zwar angefangen hatte, die Statistik für die Monatszahlen zu bearbeiten, hatte diese aber nicht beendet und auch Robert noch nichts geschickt. Sie wollte das ganze nochmal mit einem klareren Kopf kontrollieren.

»Ich habe Dir Freitag gar nichts geschickt,« antwortete sie daher nur knapp. Sie konnte sich nicht vorstellen, was Robert meinte.

»Nein?« Robert zeigte ihr eine ausgedruckte Email. »Abgeschickt um 19.20 Uhr.«

»Das kann nicht sein. Ich war alleine und habe das Büro um 19 Uhr verlassen. Meine Zeitdaten müssten das bestätigen.«

»Lisa, das wäre tatsächlich das nächste, worüber ich mit Dir sprechen wollte. Du hast am Freitag nicht einmal ausgestempelt.«

Hat sie nicht? Stimmt, sie war durcheinander. Wollte nur noch nach Hause und mit jemandem reden.

»Robert, es tut mir leid, aber ich bin wirklich um 19 Uhr gegangen. Ich kann dir zeigen, dass ich kurz danach Mario angerufen habe.«

»Ach schau, dann stimmt es also?«

»Ich habe nie etwas anderes behauptet. Nur, dass mein Verhältnis zu Mario keinen Einfluss auf unsere Arbeit haben wird. Aber ich verstehe noch nicht so ganz. Sag mir bitte, was das mit der Email zu tun hat?«

»Also, in dieser Statistik hast Du eingetragen, dass Mario fast siebzig Prozent der Telefonate positiv abgeschlossen hat. Das ist sehr ungewöhnlich. Normalerweise haben wir beide solche Zahlen gehabt, dass weißt Du. Alle anderen lagen bei eher fünfzig Prozent. Das ist auch die Zahl, die Mario normalerweise erbringt. Wie willst Du mir erklären, dass Mario auf einmal so hohe Werte hat? Du hast die Statistik schließlich erstellt!«

Lisa war verwirrt. Sie hatte die Statistik angefangen, aber nicht beendet. Sie hatte keine Gelegenheit dazu, nachdem sie soviel Zeit mit Celine verbracht hatte, um ihr alles zu erklären. Und sie war am Ende auch nicht mehr konzentriert genug.

Sie versuchte sich zu erklären. »Ich weiß nicht, worauf das hier hinaus führen soll. Ich habe die Statistik nur angefangen, aber ich war noch lange nicht fertig damit.«

»Ich kann Dir sagen worauf ich hinaus will. Susanne hat auf einmal deutlich weniger Abschlüsse als vorher. Sie saß mit Mario bis letzte Woche Donnerstag in einem Büro. Das ließe sich leicht erklären. Aber die arme Susanne weiß noch nichts von ihrem Glück und wenn ich mir die Abschlüsse im System anschaue, dann sieht man ganz deutlich, dass die Zahlen nicht stimmen. Mario hat seinen Kundenstamm behalten, er kann nicht auf einmal deutlich mehr Abschlüsse haben!«

Lisa war klar, was er damit sagen wollte. Man konnte über das System eine Auswertung starten, wer wie viele Abschlüsse gemacht hat. Man konnte die Zahlen aber auch manuell ändern. Aber warum sollte sie das tun? Sie merkte wie ihr langsam heiß wurde. War sie Freitag so abgelenkt gewesen? »Robert, hör zu, ich weiß nicht, wie es dazu kommen konnte, aber ich kann Dir versichern, dass war keine Absicht.«

Robert sah sie eindringlich an. Seine Stimme nahm jetzt wieder diesen vertrauten väterlichen Tonfall an. »Lisa, ich möchte Dir gerne glauben, aber was ich von Freitag weiß, sagt etwas anderes. Man hat gesehen, wie Du Mario geküsst hast.«

»Wie bitte?« Lisa war sichtlich schockiert. »Wer hat das gesehen und warum?«

»Das muss ich Dir nicht sagen. Ich habe versprochen,

den Namen nicht zu verraten, aber das Du und Mario sich, sagen wir mal, sehr gut verstehen, ist hier kein Geheimnis. Es war nur eine Frage der Zeit, bis das passiert. Aber es darf eben nicht passieren, so lange Mario Dein Mitarbeiter ist. Daher werde ich mit Karl darüber reden, dass Du die Vertriebsleitung aberkannt bekommst. Ich denke, ich kann diesen Teil auch noch übernehmen.«

Lisa hörte die Worte, sie verstand sie aber nicht. Was sollte das alles? Woher wusste Robert von dem Kuss? Und was redete er da über Karl? Sie flehte ihn förmlich an. »Robert bitte, hör mir zu. DAS, was der oder diejenige da gesehen haben will, wirkt sich nicht auf meine Arbeit aus. Ich verspreche es! Ich habe nichts falsch gemacht. Mir will da jemand einen üblen Streich spielen. Du weißt, die Zahlen kann man leicht ändern, wenn man die entsprechenden Rechte auf dem Computer hat.«

Robert lachte nur. »Wer denn? Du bist diejenige, die sich hier verhaspelt! Du hast die Rechte und es ist dein PC. Die Email wurde eindeutig von Deinem Account geschrieben. Lisa, ich muss Karl informieren. Und jetzt geh bitte raus!«

Lisa schluckte. »Ich verhaspel mich? Wie meinst Du das?«

Nun stand Robert auf, kam um den Schreibtisch herum und stellte sich vor ihr hin. »Ich weiß, dass Du meine Position haben wolltest und sie nicht bekommen hast. Man kann eben nicht alles mit weiblichen Reizen erreichen! Lisa, mach Dir nichts vor. Bei Mario, dem armen kleinen Jungen, mag es funktionieren. Aber Karl ist seit Jahren glücklich verheiratet, hat zwei Kinder und Du magst ihm schöne Augen machen. Und daher fühlte er sich in der Verantwortung, Dir die Stelle zumindest vorzuschlagen, aber mehr wird da nicht passieren, weil er eben nicht mit Dir ins Bett geht! Ach, und was bei der letzten Wiesn ablief, ist auch kein Geheimnis!«

Oh mein Gott, dachte Lisa. Sie wusste, dass die Wiesn letztes Jahr ihr noch zum Verhängnis werden würde. Ihr wurde heiß und kalt zugleich. An die Wiesn dachte sie nur ungern zurück. Sie hatte sich mal wieder mit Markus gestritten und hatte sich ziemlich betrunken. Und Karl leider auch. Karl, der in einem Vorort von München wohnte und an dem Abend nicht mit der Bahn nach Hause fahren wollte, hatte sich ein Hotelzimmer genommen. Am Ende landeten beide in ebendiesem Zimmer, aber nichts war passiert. Dennoch tauchte ein Foto auf, wo man Lisa mit Karl sehen konnte. Beide angezogen in einem Bett. Sie hatten in ihrem Rausch vergessen die Tür zu schließen und der Vertriebsaußendienst, der im gleichen Hotel übernachtete, sah es und schoss ein Foto und stellte es ein paar Tage später zu den anderen Bildern der großen Feier ins Intranet. Aber es war nichts passiert und die Kollegen sagten zwar nichts, aber seit Monaten hoffte sie, dass es alle genauso sahen. Karl löschte die Bilder aus dem Intranet und die Beiden hatten seitdem ein engeres Verhältnis zueinander, aber es blieb immer freundschaftlich. Karl schätze Lisa, dass erzählte er ihr, aber er wahrte auch den Abstand und er betonte immer wieder, dass ihm klar war, dass Karl ihr Vorgesetzter war, man aber trotzdem miteinander etwas unternehmen könne. Er hatte sie auch mehr als einmal privat zum Essen eingeladen, aber Lisa lehnte immer ab. Sie wollte nicht, dass es doch noch zu Gerüchten kam und wie sich jetzt zeigte, war diese Entscheidung sehr gut gewesen. Deswegen ist es nie zu weiteren Treffen, außer den Mittagessen gekommen.

»Du kannst mir nicht zum Vorwurf machen, was da an diesem einen Abend passiert ist,« sagte sie lauter als beabsichtigt. »Karl würde das genauso sehen. Es mag nicht richtig gewesen sein, aber wir waren nicht die Einzigen, die betrunken waren.«

»Das ist richtig, aber Ihr seid zusammen im Bett gelandet.«

»Robert, nimm das zurück Du .... Du .... Ach, weißt Du was .... Du kannst mich mal! Ich gehe jetzt und mache meinen Job. Du wirst schon sehen, dass Karl das auch nicht gut findet und dann bist Du bald deinen Job los! Du ... ach, dafür gibt es keine Worte. Hauptsache Du lässt mich in Ruhe meine Arbeit machen. Ich mache einen guten Job. Das ich Deine Stelle nicht bekommen habe liegt daran, dass ich zu jung bin und Du halt alt. Ja genau, alt und verbittert. Du wirst irgendwann bereuen, dass Du so bist, weil Dich eh keiner leiden kann.«

Sie bereute die Worte sofort, nachdem sie gesagt wurden, aber es musste raus. Sie schnaufte einmal tief durch. Robert unterbrach die Pause.

»Ist das so Lisa? Gut, ich werde mit Karl dann wohl auch über Deinen mangelnden Respekt gegenüber Vorgesetzten reden müssen. Geh ruhig. Wir sehen uns am Mittag zum Update über Celine.«

»Mistkerl ...« murmelte Lisa, als sie das Büro verließ und Robert schrie: »Das habe ich gehört!«

Soll er doch, dachte sie noch, ehe sie stampfend zurück lief. Stöhnend ließ sie sich auf ihren Stuhl nieder. Celine runzelte die Stirn. »Kaffee? Sieht so aus, als könntest Du einen gebrauchen.«

»Ja gerne.« Lisa war in diesem Moment dankbar, dass Celine das Büro verließ und schaute kurz auf ihr Handy um Mario zu schreiben, doch der hatte ihr schon geschrieben: »Ärger?«

»Ja! Wegen der Sache am Freitag. Man hat uns wohl beobachtet. Können wir heute Abend darüber reden?«, antwortete sie knapp und schaute auch gleich ob Markus geantwortet hatte, doch von ihm kam keine Reaktion. Die Nachricht hatte er aber gelesen, dass sah sie an den zwei blauen Häkchen dahinter.

Der Tag kann nur besser werden, sagte sie sich und schon war Celine wieder zurück mit Kaffee.

»Schwarz mit Zucker, wenn ich es mir richtig gemerkt habe?«

Lisa seufzte innerlich. Sie hasste Zucker im Kaffee. »Nur schwarz, aber ein bisschen Zucker kann heute sicher nicht schaden.« Sie nahm einen Schluck und verzog das Gesicht. Die Plörre war arg süß, aber sie fand es so nett von Celine, dass sie ihr Kaffee gebracht hatte, sie wollte ihr kein schlechtes Gewissen machen. Sie fand Celine zwar immer noch merkwürdig, aber sie machte sich gut und auch ihr Lerntempo erlebte sie positiv. Und so machte sie sich daran, Celine neu einzuweisen und gleichzeitig ihre Arbeit zu erledigen.

Nach etwa zwei Stunden merkte Lisa ein starkes Grummeln im Magen. »Ich bin mal kurz für kleine Ausbilder,« sagte sie schnell zu Celine, die sie fragend anschaute. Lisa schaffte es gerade so auf die Toilette, bevor sie sich von innen heraus reinigte. Auch das noch, dachte sie. Ihr war überhaupt nicht gut. Als sie nach einer gefühlten Ewigkeit merkte, dass es ihr langsam besser ging, ging sie zurück zu ihrem Büro. Ihr war immer noch schlecht, daher beschloss sie, für den Rest des Tages nach Hause zu gehen. Lisa meldete sich bei Robert ab, der das Ganze mit einem »War ja klar, dann geh halt, aber wenn Du morgen krank bist, will ich ein Attest sehen.« kommentierte und machte sich dann auf den Heimweg. Sicher hatte sie nur etwas falsches gegessen, oder den Zucker im Kaffee nicht vertragen? In der Bahn schrieb sie Mario kurz eine Nachricht, dass es besser wäre, wenn er heute nicht käme, ihr ginge es nicht besonders gut. Sie würde sich hinlegen und vielleicht könnten sie später telefonieren. Es tat ihr so leid. Sie hatte sich gefreut auf Mario, nachdem ihr am Wochenende klar wurde, welche Gefühle sie wirklich für ihn hatte.

Mario schickte ihr sofort ein Herz zurück.

Zu Hause angekommen, stutze Lisa. Die Haustür war nicht abgeschlossen, dabei war sie sich zu 100 Prozent sicher, dass sie das heute morgen getan hatte. Leicht alarmiert schloss sie vorsichtig auf. Ihr fiel ein, dass Markus einen Schlüssel hatte und sicher heimlich hier war, oder sogar bereits auf sie wartete. Und so war es auch. Markus war zwar nicht da, aber es gab Anzeichen dafür, dass er die Wohnung betreten hatte. Es fehlte der Laptop, worüber sie sich sehr ärgerte, weil sie den eigentlich für sich gekauft hatte und noch weitere Sachen aus dem Schrank. Lisa schrie leise in sich hinein. Ihr war immer noch schlecht und nun musste sie sich auch noch über ihren Mann aufregen, der so mir nichts dir nichts mit einer Anderen rummacht, diese schwängert und zu feige ist, ihr unter die Augen zu treten.

Sie setzte sich in die Küche, nahm sich die angebrochene Flasche Sprudel und nahm ein paar große Schlucke daraus. Sie wollte die verlorene Flüssigkeit wieder auffüllen und nahm nochmal ein paar Schlucke, bevor sie entschied, sich vor den Fernseher zu legen, bis ihr einfiel, dass sie nun weder einen Fernseher noch einen Laptop hatte. »Mistkerl ...« murmelte sie und schmunzelte noch, weil ihr einfiel, dass sie das heute schon mal gesagt hatte, bis sie auf einmal sehr müde wurde. Die Welt um sie herum fing an, sich zu drehen, sie sah die Dinge nur noch verschwommen. Irgend etwas stimmt doch nicht, waren ihre letzten Gedanken, bevor sie sich mit letzter Kraft in ihr Bett legte und in einen tiefen Schlaf fiel.

Als Lisa aufwachte war es bereits dunkel. Sie wurde gerüttelt und jemand rief laut ihren Namen.

»Lisa, bitte wach auf. Lisa! Hörst Du mich.«

»Was los?«, nuschelte Lisa benommen und versuchte herauszufinden, wer sie da rüttelte.

»Oh mein Gott, zum Glück geht es Dir gut. Lisa warte hier trink was.«

Lisa sah nur einen Schemen, aber dieser half ihr hoch und hielt ihr ein Glas an den Mund. Sie schluckte mühsam und langsam und so nach und nach wurde sie wieder etwas klarer im Kopf und erkannte Mario. Ihre Worte kamen jetzt deutlicher.

»Mario? Wie bist Du hier rein gekommen? Was ist denn los?«

Ihr Kopf fühlte sich an, als würden tausend kleine Hämmerchen darin arbeiten.

Mario nahm sie nur in den Arm. »Ich bin froh, dass Du wach bist. Du warst ziemlich weggetreten.«

»Was ist denn los? Ich hab einen Magen Darm Infekt. Glaube ich. Auf einmal wurde mir ziemlich schwindelig und ich muss wohl eingeschlafen sein. Ich war bestimmt nur dehydriert.«

Mario schaute sie ernst an. »Du warst nicht dehydriert. Du warst wie betäubt. Ich habe Dir mehrmals eine Nachricht geschrieben und keine Antwort bekommen. Daraufhin habe ich versucht, Dich anzurufen und auch keine Antwort bekommen. Dann bin ich los. Ich habe mir Sorgen gemacht. Als ich ankam, stand Deine Tür offen und das hier habe ich auf der Türschwelle gefunden.«

Er hielt einen Karton hoch und Lisa schrie auf, als sie sah, welchen Karton er in der Hand hielt. »Wo hast Du das her?«

»Es war an der Tür. Habe ich doch gesagt. Was ist denn los? Warum bist Du so erschrocken?«

»Woher weißt Du davon?« Lisa Kopf dröhnte. Dieser Karton brachte üble Erinnerungen in ihr hoch.

»Lisa, ich weiß nicht, wovon Du sprichst. Ich hab den Karton nur hoch genommen, habe Dich gerufen aber keine Antwort erhalten, also bin ich sofort rein und habe Dich hier liegen sehen. Mehr weiß ich nicht. Ist alles in Ordnung? Soll ich einen Arzt rufen? Oder besser die Polizei?«

Lisa fing an zu weinen. »Nein, ich will nicht daran erinnert werden. Tu den Karton weg. Hast Du reingeschaut?« Sie schluchzte richtig.

Mario schüttelte den Kopf, nahm den Karton und stellte ihn wieder vor die Tür. Dann ging er zurück, nahm die weinende Lisa in den Arm und strich ihr über das Haar. Er sagte nichts und wartete, bis sie sich beruhigt hatte.

»Alles okay?«, fragte er vorsichtig, als ihr Weinen langsam nachließ. Mario wollte sie zu nichts drängen.

»Ja, es ist nur. Der Karton ... Weißt Du, Markus und ich, wir können keine Kinder bekommen. Es liegt an mir. Ich habe eine Hormonstörung. Ich kann nur schwer schwanger werden und wenn es doch klappt, ist das Risiko hoch, dass es ein Kind mit Behinderung wird. Meine Eizellen sind nicht gut entwickelt. Die Ärzte vermuten, es ist, weil ich als Kind zu oft geröntgt wurde. Aber so richtig weiß es keiner. Markus und ich haben lange versucht schwanger zu werden. Wir haben sogar eine künstliche Befruchtung hinter uns, aber ich habe es seelisch nicht durchgehalten. Irgendwann sagte man mir, ich solle mich damit abfinden. Das tat ich. Ich fing in unserer Firma an, absolvierte ein Abendstudium, wollte ein eigenes Leben.« Lisa machte eine kurze Pause. Sie schluckte schwer, dann fuhr sie fort: »Erinnerst Du Dich, als ich Anfang letzten Jahres für längere Zeit krank war?«

Mario nickte. Er sagte nichts, nahm sie nur weiter in den Arm und strich ihr dabei über das Haar und den Rücken. »Ich war schwanger.« Auch diesmal sagte er nichts, ließ Lisa aber los und schaute sie an. »Lisa, Du musst nicht weiter reden. Ich habe das mit Manuela auch hinter mir und ich weiß, dass manche Dinge nicht angesprochen werden wollen.«

»Doch ich will darüber reden.« Sie schluchzte wieder leicht. »Weißt Du, Markus und ich hatten damals schon große Probleme, aber der Sex war weiterhin gut, wenn wir denn welchen hatten, und ich machte mir um Verhütung irgendwann keine Gedanken mehr. Mein Leben spielte sich hauptsächlich im Büro ab, ich arbeitete hart und wollte unbedingt Karriere machen. Und viele Freunde hatten wir auch nicht. Wenn ich nach Hause kam, spielte Markus oft Computer, oder er war selbst noch im Büro. Und manches Mal braucht man eben doch den Sex im Leben. Und bei diesem einen Mal ist es passiert. Ich habe es erst in der 8. Woche bemerkt. Und Markus war sofort Feuer und Flamme. Wir gingen zum Frauenarzt und man sah eine kleine Kugel und ein schlagendes Herz. Wir waren so glücklich, wollten es aber vorerst noch niemandem erzählen. Dies war ein wahrer Glücksfall. Es brachte ihn und mich erst einmal wieder näher zusammen. Als die 12. Woche erreicht war, brachte er mir ein Geschenk. Kleine Baby Schühchen. Ich war bis dahin wöchentlich beim Ultraschall. Es war alles in Ordnung und wir atmeten langsam auf. Dann stand das erste große Screening an und man riet mir zu einer Fruchtwasseruntersuchung. Wir stimmten zu, waren uns aber darüber einig, dass eine Trisomie 21 kein Grund für eine Abtreibung war. Aber es war keine Trisomie 21. Unser Baby war gesund. Kerngesund und es lebte. Aber es gab Komplikationen. Ich bekam vorzeitige Wehen in der Nacht nach der Punktion. Markus fuhr mich noch ins nächstgelegene Krankenhaus. Die Fruchtblase platzte währenddessen und die Wehen wurden stärker. Ich konnte es nicht mehr aufhalten und die Ärzte konnten nichts mehr tun. Wir verloren unser Baby. Es wäre übrigens ein Mädchen geworden. Ich war in der 19. Woche. In diesem Karton ....« Lisa schluchzte heftiger. »In diesem Karton sind alle Erinnerungen an unser Baby. Die Schuhe, der Mutterpass inklusive aller Unterlagen und Ultraschallbilder und meine Babydecke, die mir meine Mutter einmal geschenkt hatte. Markus hat alles in diesen Karton getan und den Karton in den Keller gestellt. Ich weiß nicht, warum er vor der Tür lag.«

»Scheiße«, entfuhr es Mario. »Das war bestimmt Markus.«

»Ich weiß nicht. Es passt nicht zu ihm. Es hatte ihn auch sehr getroffen damals. Und Markus wird Vater. Ich glaube nicht, dass er mich in der Hinsicht ärgern will. Er hat endlich was er will.«

»Aber wer soll es sonst gewesen sein? Hast du was genommen? Du warst so weggetreten, ich habe Dich kaum wach bekommen. Markus ist doch der Einzige der noch einen Schlüssel für die Wohnung hat, oder?«

»Ja, aber warum sollte er mir schaden wollen?«

Mario zuckte mit den Schultern. Ich weiß es nicht. Aber ich bleibe bei Dir. Ich habe Manuela von uns erzählt. Sie möchte, dass ich vorerst ausziehe und ich dachte, ich kann zu Dir ziehen.

»Wie bitte?«, die Reaktion kam von Lisa heftiger als erwartet. »Es tut mir leid, es ist nur. Vielleicht hättest Du das mit mir besprechen sollen?«

»Das wollte ich ja heute Abend. Du erinnerst Dich? Der Wein, die Tasche? Aber dann hast Du Dich krankgemeldet und jetzt das. Lisa, ich bleibe hier, ob Du willst oder nicht. Jemand wollte Dir schaden und ich glaube immer noch, dass wir die Polizei informieren sollten.«

»Nein!«, sagte Lisa heftig und bestimmt. Sie wollte den Karton keiner wildfremden Person erklären. Zu sehr schmerzte es sie. »Ich glaube es ist nur ein böser Scherz von Markus. Du hast recht, er war heute morgen sauer, weil ich mich nicht gemeldet hatte am Wochenende. Ich denke, er könnte doch sauer sein. Und Du ...«, dabei sah sie ihm tief in die Augen. »Es tut mir leid. Bitte bleib. Lass mich für heute nicht mehr los ja?«

Mario küsste sie zärtlich auf die Stirn und flüsterte »Niemals mehr. Ich liebe Dich!«

Lisa schluckte. Sie konnte diese Worte noch nicht sagen. Zu verwirrt war sie und auch froh, dass Mario nicht weiter darauf einging.

Den Rest des Abends lagen sie einfach Arm in Arm im Bett, bis sie beide einschliefen. Und Lisa war dafür dankbar. Sie mochte Mario. Ja, das stimmte. Aber die Gefühle an ihr Baby und die Zeit mit Markus kamen wieder hoch.

Warum? Fragte sie sich. Warum sollte er so etwas tun? Aber was verstand sie schon von ihm? Er hatte sie per Textnachricht verlassen, nachdem sie soviel miteinander durchgestanden hatten. Einfach so per Textnachricht! Ein letzter Gedanke, bevor sie in Marios Arme einschlief: Sie würde Markus morgen anrufen und zur Rede stellen und danach das Schloss austauschen. Einen Anwalt würde sie auch kontaktieren. Es war soviel zu tun!

DAMALS

Melanie musste die Schule verlassen. Im Gegenzug verzichtet die Familie auf eine Anzeige. Sie weiß nicht wo Melanie ist, es ist ihr auch egal, denn es wurde nicht besser. Melanie war ja nicht die Einzige. Sie hat wieder diese Gehhilfen. Keiner der anderen Schüler nimmt sie ihr weg, aber jeder lacht sie aus. Wegen der Klamotten, die sie trägt, weil sie ihr Bein nicht richtig bewegen kann. Es sind keine Markenklamotten, nur ganz stinknormale einfache Kleidung, die ihr auch noch zu groß ist. Damit hat sie es leichter, schnell hineinzusteigen, ohne sich anstrengen zu müssen. Sie kann die Hüfte nicht gut beugen. Darüber ein weiter Pullover, damit niemand sieht, dass die Hose zu groß ist.

Es ist ihr eigentlich auch egal, wenn die anderen lachen. Aber was sie nicht erträgt ist, dass sogar einige der Lehrer mitmachen. Ihre Deutschlehrerin zum Beispiel. Sie merkt, wie diese sie anders behandelt als die anderen Kinder, und sie merkt auch, wie oft diese ihr zu verstehen gibt, dass sie »dreckig« sei. Dabei zieht sie jeden Tag frische Klamotten an. Sie hat nur von dieser Hose mehrere, damit sie nicht lange suchen muss. Warum soll sie verschiedene Klamotten tragen, wenn ihr dieses eine Model am Besten gefällt und es gut zu ihrer aktuellen Situation passt?

Sie erträgt die Kommentare und das Gelächter. Sie erträgt die Abweisungen. Aber sie hofft jeden Tag, mit dem neuen Schuljahr vielleicht endlich aufs Gymnasium gehen zu dürfen. Um sich abzulenken, lernt sie härter als alle anderen. Es lenkt sie ab, vor allem dann, wenn ihre einzige Freundin mal krank und in der Pause nicht bei ihr ist. So hört sie das Gelächter nicht mehr. Aber sie merkt dadurch auch nicht, wie sich jemand an sie heranschleicht und ihr etwas klaut, was ihr wichtig ist: Das Haargummi. Denn sie hasst es, mit offenen Haaren zu laufen. Sie spürt, wie jemand an ihren Haaren ist. Dann geht alles sehr schnell. Als sie sich umsieht, sieht sie noch mehr Schüler lachen. Weil sie strubbelig aussieht. Sie läuft rot an und sieht den Jungen, der das Haargummi hat. Er rennt los und sie kommt nicht hinterher. Sie weint. Sie weint sehr, verlässt die Schule und geht nach Hause. Mit ihren Gehhilfen. Sie hat mehr Kraft als sie denkt. Sie geht die ganze Strecke mit einem grimmigen Ausdruck auf dem Gesicht. Keiner weiß, wo sie ist. Und es ist ihr egal. Sollte sie doch von der Schule fliegen und keinen Abschluss haben. Sie will nicht mehr in die Schule. Sie will einfach nur noch ein Leben haben.

Als sie endlich zu Hause ankommt ist sie erschöpft. Aber der Zorn gibt ihr Auftrieb. Zum ersten Mal in ihrem Leben schließt sie sich ein. Sie hat die Schnauze voll, schnappt sich ihren Walkman und dreht diesen volle Pulle auf. Traurige, melancholische Musik, die gerade perfekt zu ihrer Stimmung passt. Sie fängt langsam an, über Rache nachzudenken. Rache an allen, die ihr das angetan haben. Ja, denkt sie, irgendwann werdet ihr alle bereuen, was ihr getan habt.

5. KAPITEL

Das Erste was ihr auffiel, als sie am nächsten Morgen aufwachte und die Küche betrat war: Es fehlte ihre offene Wasserflasche. Also doch! Markus muss hier gewesen sein. Anders konnte sie sich nicht erklären, warum die Flasche, aus der sie noch getrunken hatte, auf einmal weg war. Sicher wollte er Spuren verwischen. Sie war sich mittlerweile ganz sicher, dass ihr baldiger Exmann damit etwas zu tun hat. Sie konnte sich keinen Reim darauf machen, welche Motive er verfolgte, aber wer sonst sollte die Tür wieder geöffnet haben, nachdem sie bewusstlos in der Wohnung lag?

Mario und Lisa meldeten sich beide krank. Beide konnten nach dem Vorfall nicht arbeiten gehen. Lisa hoffte, dass keine Fragen kommen würden, warum beide gleichzeitig krank waren. Sie wollten erst einmal Pläne schmieden, wie es weiter gehen sollte. Lisa war froh, dass sie nicht alleine war. Es fühlte sich immer noch merkwürdig an, dass Mario jetzt doch mehr als nur ein Kollege war. Aber sie wollte jetzt nicht alleine sein. Sie hatte Angst vor dem, was passiert war, und überlegte noch, ob sie nicht doch die Polizei verständigen sollte.

Mario war voller Tatendrang und versuchte, einen kühlen Kopf zu bewahren: »Als erstes rufst du bitte Markus an, keine Textnachricht. Ich kümmere mich um das neue Schloss und dann sehen wir weiter.«

Lisa seufzte: »Robert will ein Attest sehen. Ich muss zum Arzt. Jetzt, wo du dich auch krank gemeldet hast, erst recht.«

Mario schaute sie verwundert an. »Aber ein Attest will die Personalabteilung doch erst am dritten Tag sehen. Warum will Robert jetzt so früh eins? Und was hat das mit mir zu tun? Wir können uns doch beide eine Magen Darm Grippe eingefangen haben!«

Lisa klärte ihn kurz über das Gespräch mit Robert auf, das sie am Vortag in seinem Büro hatte. Sie war bisher noch nicht dazu gekommen.

Mario war nicht einmal erstaunt darüber.

»Susanne!« rief er.

»Susanne?« Lisa kam bei seinen Gedankengängen nicht mehr mir.

»Ja, es muss Susanne gewesen sein, die uns gesehen hat!« Mario war sichtlich verärgert. Er ballte, während er redete, seine Hände zu einer Faust, aber Lisa verstand erst mal gar nicht, wie er auf Susanne kam.

»Hä? Wieso? Sie wohnt doch in Wolfratshausen. Das ist nicht mal München und sie kann mich doch unmöglich so sehr hassen, dass sie mich nach der Arbeit ausspioniert. Wolfratshausen ist immerhin noch gut eine viertel Stunde von hier entfernt. Und das mit dem Auto.«

Mario seufzte. »Nein, eben nicht mehr. Ihr hattet noch nie das beste Verhältnis. Ich weiß. Aber sie hat mir erzählt, dass sie und ihr Mann sich ein Haus hier in der Gegend angeschaut haben. Weil sie wusste, dass ich hier auch in der Nähe wohne, hat sie mich gefragt, wie es hier ist. Und am Freitag hab ich sie kurz gesehen, als ich auf dich gewartet habe. Ich wollte es dir nicht sagen, weil ich mir nichts dabei gedacht habe. Vermutlich wohnt sie näher als wir denken. Ich rede mit Susanne. Ich vermute, dass sie gar nicht weiß, was sie damit anrichtet. «

»Mario, ich glaube wir sollten generell offen auf alle zugehen. Ich meine, du wohnst jetzt hier. Vorerst zumindest.«

Mario schaute sie verwundert an. »Was heißt vorerst?«

»Du ich weiß es nicht. Bitte sei mir nicht böse. Ich habe eben erst erfahren, dass mein Mann mir fremd geht, gleichzeitig lande ich mit dem Kollegen im Bett, den ich seit Jahren total interessant und attraktiv finde und ich werde bedroht. Ich weiß gerade nicht wo mir der Kopf steht.« Lisa war wieder kurz davor zu weinen. Es war zu viel passiert in der letzten Zeit.

Mario sah sie nur an. Dann sagte er ruhig, aber auch sehr entschlossen: »Ich liebe dich! Und das meine ich ernst! Ich gebe dir gerne Zeit, wenn du die brauchst. Nur jetzt, da lasse ich dich nicht alleine.« Dann nahm er sie einfach nur in die Arme und Lisa war dankbar, dass er so viel Verständnis hatte. Ihr war klar, dass ihn ihre Worte sicher verletzt hatten, aber sie wusste wirklich nicht, wo ihr gerade der Kopf stand.

Der Vormittag verging schnell.

Lisa kümmerte sich um einen Termin beim Arzt, erklärte ihm die Situation und bekam ohne Probleme ein Attest für den Rest der Woche. Er schob die Magenprobleme auf den Stress, nachdem sie ihm von der Trennung erzählte.

Mario hatte in der Zwischenzeit einen Schlüsseldienst angerufen, der gegen einen horrenden Preis das Türschloss tauschen ließ. Und nun kam die schwerste Aufgabe. Markus!

Lisa hatte ihn bereits angerufen und neutral darum gebeten ihn heute Abend zu sehen. Markus klang ruhig. Er stellte keine Fragen und willigte ein, zu kommen.

Sie wartete mit Mario in der Wohnung und immer wieder streichelte Mario einfach ihren Handrücken, während sie in der Küche saßen. Sie war nervös. Aber sie wollte auch Antworten. Immer wieder schaute Lisa auf den Platz, wo die Wasserflasche gestanden hatte. Immer wieder zog es sich in ihrem Magen zusammen, wenn sie daran dachte, wie sie nach dem trinken von ebendieser Flasche, umgefallen ist.

Plötzlich hörten sie, wie an der Tür versucht wurde, einen Schlüssel ins Türschloss zu stecken. Mario stand auf, nahm Lisa an die Hand und bevor Markus klingeln konnte, öffneten beide die Tür.

Markus stand sichtlich irritiert davor und starrte zuerst auf Mario, bevor er Lisa ansah.

»Hast du das Schloss getauscht?«, fragte er und klang dabei leicht wütend.

Lisa, immer noch an Marios Hand, zeigte mit einer Bewegung in den Flur.

Ihre Beine zitterten. Ihr Magen rumorte.

»Bitte komm erst mal rein. Lass uns im Wohnzimmer reden.«

»Was soll der Heini hier?«, deutete Markus wütend auf Mario. »Hast ja nicht lange getrauert!«

»Getrauert?«, Lisa wurde wütend. Er betrog sie und das Erste, was ihm einfiel, war, ihr Vorwürfe darüber zu machen, dass sie hier mit Mario stand? Nun konnte sie sich nicht mehr beherrschen. »DU schreibst mir einen Nachricht auf dem Handy! AUF DEM HANDY!«

Sie schrie. »Du schreibst, du wirst Vater und verlässt mich deswegen! Und ich soll trauern?«

»Lisa.« Mario versuchte sie zu beruhigen und drückte leicht ihre Hand.

Sie nickte nur, ging einen Schritt zurück, ließ Markus eintreten und schloss die Tür.

Es musste ja nicht die ganze Nachbarschaft mitbekommen, was hier los war. Sie blieben im Flur stehen.

»Hör zu Lisa,« begann Markus. »Ich wollte das doch selber nicht.«

»Du wolltest es nicht, aber es ist passiert,« unterbrach Lisa ihn. Sie klang ironisch und rollte die Augen.

»Können wir das in Ruhe bereden? Vielleicht ohne den da?« Markus zeigte auf Mario.

»Der da,« sagte Lisa bestimmt, »ist mein Freund und derjenige, der mich aufgefangen hat und gestern vielleicht sogar gerettet hat!«

»Gerettet? Übertreibst du nicht ein wenig?« Markus schnaufte verächtlich.

»Ach, und wie würdest du dich fühlen, wenn man dir K.O.-Tropfen verabreicht?«, mischte sich Mario ein, der jetzt nicht mehr an sich halten konnte. Dabei drückte er Lisas Hand etwas fester. Sie merkte, es war ihm wirklich ernst mit ihr. Ein warmes Gefühl breitete sich in ihrem Magen aus. Aber sie spürte auch diesen Kloß im Hals. Jemand wollte ihr Schaden zufügen und sie hatte Angst. Sie brauchte endlich Antworten. Doch plötzlich schien die ganze Situation zu eskalieren.

Markus stieß Mario gegen die Schulter. »Pass mal auf, du Heini. Misch dich da ja nicht ein! Ich weiß nicht was du für einen Müll redest. Lisa kann ja wohl alleine antworten, oder?«

Mario ließ Lisas Hand los, trat einen Schritt vor und stieß Markus zurück. Markus setzte an, um Mario zu schlagen, doch Lisa ging dazwischen. Sie packe Markus am Arm und wäre fast gestolpert, bei dem Versuch, ihn in der Bewegung zu stoppen. Er war zu kräftig für sie. Dann sah Markus sie an, nahm den Arm herunter und trat wieder zurück.

Lisa schnaufte einmal tief durch, bevor sie die Führung übernahm: »Jungs, halt! Wir gehen jetzt ins Wohnzimmer und reden über alles.«

Lisa ging voraus. Die beiden Männer folgten ihr. An der Lautstärke ihrer Schritte konnte man ihre Erregung immer noch deutlich erkennen. Lisa setzte sich auf das zweier Sofa, welches rechts von der Tür stand. Mario nahm neben ihr Platz. Markus setzte sich auf das dreisitzer Sofa, das im rechten Winkel zum zweisitzer Sofa stand. Er sah alleine etwas verloren aus, schien sich aber endlich zu beruhigen.

Lisa fing an zu erzählen: »Markus, gestern bin ich heimgekommen und habe gesehen, dass du nochmal einen großen Teil der Sachen mitgenommen hast. Die von Freitag haben ja nicht gereicht.« Dabei verdrehte sie die Augen und gab ihm zu verstehen, dass sie sichtlich genervt war. »Tja, und da es dir nicht reicht, meinen Laptop mitzunehmen, den ich für mich gekauft habe und den Fernseher, der uns beiden gehört, hast du mir auch direkt etwas ins Wasser gemischt, richtig?«

Markus schaute sichtlich irritiert. Er hob abwehrend die Hände. »Oh ha, warte mal. Ja, ich war hier und ja, ich habe ein paar Sachen mitgenommen, nachdem du mir geschrieben hattest, dass du mich nicht sehen willst. Ich hab gedacht, ich komme halt so vorbei, sobald du zur Arbeit gehst. Meine Freundin kann das bestätigen.«

In Lisas Magen zog sich was zusammen.

»Du warst mit ihr hier?«

Markus beachtete ihren Tonfall nicht. Er wollte sich erklären: »Ja, sie musste danach zur Uni und es wäre sonst knapp geworden, also habe ich sie mit dem Auto gefahren und vorher sind wir schnell hier vorbei. Aber nur ganz kurz. Wir haben gewartet, bis du das Haus verlassen hast. Dann sind wir schnell rein, haben gemeinsam alles eingepackt und sind wieder ins Auto. Ich hätte nicht mal die Zeit gehabt deine Wasserflasche zu suchen!«

»Uni? Markus, wie alt ist deine Freundin?« Lisa, die ebenso wie Markus, das Studentenalter deutlich überschritten hatte, hatte vor drei Jahren den Abschluss an einer Fernuni gemacht. Sie war daher irritiert, dass ihr Mann mit 41 eine Freundin hat, die noch zur Uni geht. Sie selber war vier Jahre jünger als Markus.

»25, aber das ist doch egal.« Es war Markus sichtlich unangenehm.

Lisa lachte höhnisch. »Warte mal, willst du mir gerade erklären, du hast eine fast 20 Jahre jüngere Freundin, mit der du hinter meinem Rücken seit Monaten rummachst? Die zu blöd zum Verhüten ist, nicht mal ihr Studium fertig hat und sich dann auch noch schwängern lässt!«

»Lisa, bitte.« Markus versuchte es versöhnlich. »Unsere

Ehe war seit Monaten schon kaputt. Seit ....« Er machte eine Pause und schluckte. Das Thema schien auch ihm nahe zu gehen. »Du weißt, seit wann. Ich habe sie zufällig kennengelernt. Es war nicht gewollt und anfangs hab ich ihr immer gesagt, ich bin verheiratet. Sie hatte Verständnis. Wir waren nur Freunde, die zusammen zum Fußball gegangen sind. Wir waren nur einmal zusammen im Bett und dabei ist es passiert. Die Pille wirkte wohl nicht. Ich schätze dich, wir waren eine tolles Team, aber ich liebe dich nicht mehr so wie früher. Sonst hätte ich dich nicht betrogen.«

Lisa war fassungslos. »Warte mal, du gehst mir fremd, schwängerst direkt beim ersten Mal die Olle und dann erst verlässt du mich, obwohl dir vorher schon klar ist, dass du mich nicht mehr liebst? Wenn sie jetzt schwanger ist, hast du mich schon vor letzter Woche betrogen.«

Ihr Mann faltete die Hände ineinander. Es war ihm nun doch sichtlich unangenehm. »Ich weiß, wie das klingt, aber bitte sei vernünftig. Ich meine, du weißt so gut wie ich, wir hatten kaum noch Gemeinsamkeiten. Und mit Karina, so heißt meine Freundin, bin ich einfach auf einer Wellenlänge. Sie mag den FC Bayern, geht auch gerne mal mit uns ein Bierchen trinken und ist total offen für meine Interessen. Ich wollte es dir sagen, aber wir haben uns ja kaum gesehen.«

Lisa lachte noch mehr. »Ja, weil sie 20 ist und du ihr Sugardaddy bist! Markus sei ehrlich, was sollte das mit den K.O.- Tropfen und dem Karton unseres Babys? Das passt doch alles nicht zusammen!«

Markus war immer noch sichtlich irritiert. Mario legte nun den Arm um Lisa, die angefangen hatte zu weinen. Markus nahm das zur Kenntnis und schnaufte: »Ich weiß nicht wovon du redest. Den verdammten Karton habe ich nicht mehr gesehen, seit ich ihn für dich in den Keller gelegt habe. Und mit K.O.- Tropfen habe ich nichts am Hut.

Karina kann das bestätigen. Ich war nur hier um meine Sachen mitzunehmen, damit ich dich, wie gewünscht, nicht nochmal sehen muss. Und lange hast du ja auch nicht gebraucht um dich zu trösten. Also lass die Vorwürfe.«

»Du bist so ein ....«, sie schluckte die Worte herunter. »Wenn du so glücklich mit Karina bist, dann geht dich das mal gar nichts an, mit wem ich mich treffe. Weißt du was, ja Mario und ich kennen uns länger, aber ich habe dich nie betrogen! Ich wollte es sogar nochmal mit dir versuchen. Genau an dem Abend, an dem du mit der frohen Botschaft kamst. Aber weißt du was? Ich bin froh, dass ich es nicht mehr versuchen muss. Und nun raus hier.«

Wütend stand sie auf und stampfte zur Tür. Markus folgte ihr. Sie hielt die Tür auf und gab ihm wortlos zu verstehen, dass er nun gehen sollte. Bevor er jedoch ging, drehte er sich hinter dem Türrahmen noch einmal um. »Wir klären den Rest am Besten nur noch über unsere Anwälte!« Seine Unsicherheit war verflogen.

»Worauf du einen lassen kannst!« sagte Lisa ruhig und gelassen, bevor sie die Tür mit einem lauten Knall schloss und sich weinend in Marios Arme warf.

Dieser drückte sie fest an sich. »Möchtest du nun doch zur Polizei?«

Lisa schüttelte den Kopf. »Nein, bitte, ich denke es reicht, dass wir das Schloss gewechselt haben. Lass uns jetzt einfach nur neu anfangen. Mario?«

Er schaute sie an und sie sah ihm dabei tief in die Augen. »Ich bin dabei mich auch in dich zu verlieben!«

Sie küssten sich und für den Rest des Tages versuchte Lisa einfach nur alles zu vergessen und wirklich neu anzufangen.

Damals

Sie bekommt einen Anruf. Es ist der Junge, der ihr das Haargummi geklaut hat. Er heißt Dominik und hatte gehofft, sie würde ihm folgen. Sie ist verwirrt, woher hat er ihre Nummer. Dominik erklärt ihr, dass er gar nicht auf ihre Schule geht. Aber er kennt Alissa und hat sie öfter mit ihr zusammen gesehen. Er ist auf Alissas Schule. Eine Klasse über ihrer Freundin. Und er will sie gerne näher kennenlernen. Also hat er Alissa gefragt, wo er sie findet und ist heimlich auf den Schulhof gekommen. Dafür hat er sogar den Unterricht auf seiner Schule geschwänzt. Er hat sich heran geschlichen und wollte sie ansprechen, hat sich dann aber doch nicht getraut und ihr stattdessen diesen Streich gespielt. Erst später wurde ihm bewusst, dass sie ihm nicht folgen konnte, weil sie die Gehhilfen hat. Er schämte sich und ruft sie deswegen an, um sich zu entschuldigen. Sie weint, erzählt ihm, dass sie dachte, er wollte sich über sie lustig machen. Sie weiß nicht warum, aber sie erzählt ihm alles. Sogar alles über Melanie. Er hörte einfach nur zu und fragt am Ende, ob er mit ihr ein Eis essen gehen dürfe. Sie sagt zu und ist nur eine halbe Stunde später am vereinbarten Treffpunkt. Ihre Haare trägt sie bewusst offen. Sie kennt Dominik nicht. Aber sie hat das Gefühl ihm vertrauen zu können und so zu sein, wie sie wirklich ist.

Dominik ist schon da, als sie ankommt. Lächelnd gibt er ihr das Haargummi zurück, lädt sie auf eine Kugel Eis ein und dann gehen sie spazieren. Sie genießt das Beisammensein und im Anschluss gehen sie, so gut wie es die Krücken zuließen, spazieren. Sie nehmen den Weg über den Friedhof und er erzählt ihr, dass er auch nicht besonders beliebt ist in seiner Schule. Alissa aber akzeptiert ihn. Sie weiß, was er meint. Er ist anders als andere Jungs und sie ist sich noch nicht sicher, ob es ihr gefällt.

Dominik ist einfach jemand, der sie in diesem Moment zu verstehen scheint. Auch er ist ein Außenseiter an seiner Schule und hat in Alissa endlich eine gute Freundin gefunden. Ja, so kennt sie ihre Alissa. Ein Mädchen, dem es egal ist, wie man aussieht, wen man liebt und woher man kommt. Hauptsache dieser jemand hat einen guten Charakter. Doch sie wundert sich, warum Alissa ihn nie vorgestellt hat. Er erklärt ihr, dass er Angst hatte. Aber heute hat er endlich allen Mut zusammen genommen. Sie ist froh darüber. Sie hat das Gefühl einen Seelenpartner gefunden zu haben. Wie sie, liebt er die Stille des Friedhofs. Sie hat nie jemanden erzählt, dass sie gerne hier ihre Zeit verbringt. Hier kommt niemand der anderen Schüler hin um sie zu ärgern. Hier kann sie einfach nur auf einer Bank sitzen, den stummen Engel anschauen und davon träumen, wie es auf der neuen Schule sein würde. Es ist Frühling. Nach diesem Schuljahr wird sie endlich in die Abschussklasse gehen. Ihre Noten sind hervorragend und sie hat sich schon verschiedene Schulen ausgesucht, die sie bald beim Tag der offenen Tür besuchen möchte. Dominik versteht sie. Für ihn brechen die letzten Wochen an seiner Schule an. Er hat eine Lehrstelle gefunden und auch er freut sich auf einen Neuanfang. Sie setzten sich auf eine Bank und beobachten den stummen Engel. Dann nimmt er ihre Hand. Sie merkt, dass seine Hand genauso verschwitzt ist, wie ihre. Er streichelt sanft mit der anderen Hand ihren Arm. Sie bekommt eine Gänsehaut. Das fühlt sich gut an. So hat sie noch kein Junge berührt. Beide sagen kein Wort. Schauen nur stumm auf den Engel.

»Weißt du,« sagte er nach einer gefühlten Ewigkeit. »Engel gibt es sicher wirklich. Sie sind der Grund warum ich noch lebe.«

Ja, sie versteht sehr gut, was er meint. Auch sie spürt diese Kraft. Eine Kraft, die sie täglich daran hindert, einfach alles aufzugeben. Sie weiß nicht, woher sie diese Kraft hat, täglich in die Schule zu gehen. Sie hat sie einfach! Trotz aller Demütigungen und trotz aller Ängste die sie verspürt! Aufgeben war noch nie eine Option für sie. Sie zwingt sich, ihren Ängsten ins

Auge zu sehen und sich ihnen zu stellen. Sie hat das Gefühl, irgend etwas treibt sie dazu.

Sie mag diesen Jungen wirklich und auch wenn es keine Liebe ist, als er ihr einen kleinen Kuss auf den Mund gibt, lässt sie es zu. Seitdem glaubte sie, sie hat einen Freund. Und Dominik wird ein guter Freund. Dessen ist sie sich ganz sicher. Zum ersten Mal hat sie das Gefühl ein normaler Teenager zu sein.

6. Kapitel

Die Woche verging ohne große Zwischenfälle, worüber Lisa froh war. Das Zusammenleben mit Mario gestaltete sich harmonisch und es war fast so, als würden die beiden schon ewig ein Paar sein. Mario, der nach dem Treffen mit Markus wieder zur Arbeit ging, verließ morgens das Haus, verabschiedete sich mit einem Kuss von Lisa und kam abends zurück. Ohne dass sie ihn daran erinnern musste brachte er sogar noch Einkäufe für das Abendessen mit. Sie kochten, scherzten, aßen, landeten danach auch manchmal im Bett. Meistens kuschelten sie eng umschlungen auf dem Sofa und lasen gemeinsam ein Buch oder unterhielten sich einfach nur. Lisa fand es angenehm, hatte aber zugleich Angst, dass dies alles nur ein Traum sei. Einmal kam sogar Manuela vorbei und brachte eine Tasche mit Sachen von Mario. Mario wollte die Sachen holen, aber Manuela bestand darauf selber zu kommen. Sie grüßte nur, stellte sich vor und sah zwar traurig aus, wünschte den beiden aber viel Glück. Soviel Harmonie kam Lisa fast unwirklich vor und so war es für sie hart, nach einer Woche wieder ins Büro zu müssen.

Karl war immer noch krank, wie Mario berichtete. Robert lies keinen Tag vergehen ohne Mario zu fragen, was da zwischen ihm und Lisa sei und Mario versicherte mehrmals, dass er das gerne klären wolle, wenn Karl wieder da sei. So hatten sich Lisa und Mario verständigt. Sie konnten die Beziehung nicht geheim halten. Aber sie würden Karl involvieren und wenn Lisa die Stelle verlieren würde, dann wäre das halt so. Mario wäre bereit gewesen zu kündigen, aber Lisa war der festen Überzeugung, dass es entweder geduldet wird, dass beide ein Paar sind, oder es besser wäre, wenn Lisa sich umsähe, da sie dann eh den »gewissen Ruf« in der Firma hätte. Mario war so viel verständnisvoller als Markus. Vielleicht auch deswegen, weil sie beide in der gleichen Firma arbeiteten. Er verstand sofort was Lisa meinte und erhob keine Einwände. Markus hätte gesagt, dass sie die Stelle niemals aufgeben dürfe und lieber alles verheimlichen sollte.

Als Lisa an diesem neuen Montagmorgen ins Büro kam, stand Susanne im Flur und starrte sie grimmig an.

»Guten Morgen, Susanne.« Lisa war wie immer freundlich, auch wenn sie das unbestimmte Gefühl hatte, das Susanne irgend etwas vor hatte. Im Laufe der Woche hatte Mario ihr mehrmals erzählt, dass er Susanne des Öfteren in der Nähe der Wohnung getroffen habe. Fast so, als würde sie sie beobachten. Er hatte Susanne darauf angesprochen, aber sie erklärte ihm ruhig, dass sie nur ein paar Häuser weiter wohne und rein zufällig hier sei. Aber dieses Gefühl, dass es doch Absicht war, lies die Beiden nicht mehr los.

»Morgen,« grüßte Susanne zurück und wollte sich umdrehen, doch Lisa nutze ihre Chance auf ein Gespräch.

»Susanne, ich weiß, das es dich stört, dass Mario bei mir ist. Er hat mir erzählt, was du gesehen hast. Und du hast sicher auch mit Robert über mich geredet, aber bitte, sag mir doch warum? Was hast du davon?«

Susanne lachte höhnisch. »Was ich davon habe? Du kommst hier rein, meinst, du seist so toll, hast die besten Zahlen, machst eine gute Ausbildung und bekommst sogar die Stelle als Vertriebsleitung. Du schaffst es, mir meinen Arbeitsalltag endgültig zu versauen in dem ich mit Kevin in ein Büro muss. Und dann machst du mit Mario rum, damit er besser wird und bessere Zahlen bekommt!«

Lisa blieb ruhig, aber innerlich zog sich in ihr alles zusammen. »Ich weiß nicht worauf du hinaus willst! Ich verstehe immer noch nicht, was du davon hast es schlecht zu reden, dass Mario und ich uns geküsst haben und uns gut verstehen!«

Susanne grinste nun fast diabolisch. »Ich habe nie gesagt das ihr euch geküsst habt, aber du gibst es ja selber zu!«

Lisa seufzte. »Du hast es nicht mir gesagt, aber du hast es Robert gesagt. Es ist sehr offensichtlich, nachdem Mario dich mehrmals gesehen hat. Und es stimmt, Mario und ich sind zusammen und wir werden es öffentlich machen, sobald Karl wieder im Büro ist. Soweit ich weiß, will er Ende der Woche wieder da sein. Aber was das mit dir zu tun hat, dass weiß ich immer noch nicht!«

Susanne kam nun nah an Lisa ran. »Du, liebe Lisa, bist zu selbstgefällig, um das zu sehen, oder? Du bist die Neue gewesen, die alles bekam! Und dann hast du die besten Zahlen. Ich hab dich noch nie leiden können! Schon gar nicht, als du Mario dauernd von der Arbeit abgehalten hast und jetzt noch weniger, weil ich mit Kevin in einem Büro sitzen muss!«

»Warte mal!« Lisa kam ein Verdacht. »Kann es sein, dass du eifersüchtig bist? Bist du etwa in Mario verknallt?«

Susanne lief rot an. »Mario ist fünf Jahre jünger als ich. Was du mir da unterstellst ist Schwachsinn! Ich mag dich einfach nicht und fertig! Und mir ist egal, ob du nun meine Vorgesetzte bist, oder nicht. Ich wende mich mit allem lieber an Robert und das du Zahlen manipulierst, ist klar.«

Lisa schüttelte den Kopf. »Ich habe gar nichts manipuliert! Seit ich die Position habe, habe ich nicht mal Zahlen heraus gegeben! Aber gut, dass Robert hier über Interna plaudert! Das wird Karl sicher noch interessieren!«

»Karl!« Nun lachte Susanne laut und höhnisch. »Den hast du ja auch schon gevögelt!«

»Nimm das zurück! DU weißt, dass das Bild gegen unseren Willen ins Netz gestellt wurde und wir waren beide angezogen!« Lisa zitterte innerlich. Was bildete sich diese Frau eigentlich ein? Ihr so etwas zu unterstellen war eine Frechheit! Auf dem Bild war gar nichts zu sehen. Sie lagen beide angezogen auf dem Bett. Mehr nicht!

»Was nicht heißt, dass ihr es nicht doch getan habt,« antwortete sie pampig.

Lisa platzte fast und verlor die Fassung. »Jetzt pass mal auf, du neidische Natter! Ich habe mir meine Position hart erarbeitet. Etwas, was du nicht kennst! Wenn ich mir deine Zahlen anschaue, warst und bist du gut, aber eben nicht gut genug und das kannst du auch nicht werden, wenn du dauernd neidisch auf andere schaust! Kümmer dich doch um dein eigenes Leben und halte dich aus meinem raus, sonst wird es noch böse Enden!«

Damit drehte Lisa sich um, bevor Susanne noch etwas sagen konnte und wollte in ihr Büro. Mario war bereits vor ihr losgefahren. Die beiden wollten nicht zusammen gesehen werden, so lange es nicht offiziell war. Nun stand er am Türrahmen, ebenso wie alle anderen Kollegen. Sie hatte nicht mitbekommen, dass sie raus gekommen waren und sie wusste auch nicht, wie viel die Anderen von dem Gespräch mitbekommen hatten. Aber sie merkte, dass es ihr unangenehm war. Dieser Ausbruch hätte nicht sein dürfen! Nicht in ihrer Position! Ihr war warm und sie lief rot an. Sie war fast an ihrem Büro angekommen und sah schon Celine an ihrem Tisch sitzen, die als einzige nicht im Flur stand, als sie Robert über den Flur rufen hörte: »Lisa, bitte sofort in mein Büro!«

Na toll, dachte Lisa, der Tag kann auch nur noch besser werden.

Sie drehte sich wieder um, die Kollegen gingen alle beschämt in ihr Büro, nur Mario schaute sie an und formte die Worte »Ich liebe dich« wortlos auf seinen Lippen, bevor auch er sich zurück an seinen Platz setzte.

Lisa ging in Roberts Büro, schloss, ohne das er etwas sagen musste, die Tür und setzte sich. Robert sah sie streng an. »Lisa, was sollte das gerade? Noch unprofessioneller ging es nicht, oder? Was fällt dir ein, derart mit deinen Mitarbeitern umzugehen? Das werde ich Karl melden müssen und wie es der Zufall will, hat er mich eh gebeten, ihn anzurufen und ihn auf den neusten Stand zu bringen, was hier passiert. Wir können gleich eine Telefonkonferenz mit ihm abhalten.«

Lisa sagte nichts. Sie schäumte innerlich vor Wut und wollte jetzt auf keinen Fall etwas Falsches sagen. Alles wurde ihr langsam zu viel. Ihr Leben war doch eigentlich in Ordnung. Bis sie die Stelle als Vertriebsleiterin angenommen hatte. Seitdem ging es irgendwie bergab, bis auf die Sache mit Mario. Sie dachte an Mario und ihr wurde warm ums Herz, aber sie bekam auch Herzrasen. Mario! Wenn Robert jetzt bei Karl anrief, müsste sie ehrlich sein, denn sicher hatte Susanne bereits Robert darüber in Kenntnis gesetzt, dass Mario regelmäßig bei ihr war. Das er bereits bei ihr wohnte, konnte noch niemand wissen, denn offiziell war Mario noch in seiner alten Wohnung gemeldet.

Robert griff zum Hörer und wählte eine Nummer. Er wartete kurz, bevor er sich meldete: »Guten Morgen, Karl. Passt es gerade?« Es trat wieder eine Pause ein. »Ja, du ich hab Lisa gerade hier, wir würden gerne gemeinsam mit dir reden, wenn dir das recht ist?« Wieder eine Pause. Dann schaltete Robert den Lautsprecher ein und deutete Lisa an näher zu kommen, damit Karl sie auf jeden Fall verstehen konnte. »Ich habe dich auf Lautsprecher gestellt und Lisa kann jetzt mithören.« Aus dem Lautsprecher ertönte Karls Stimme. »Hallo Lisa, ich hoffe dir geht es gut? Ist jetzt dumm gelaufen, dass ich ausgerechnet zu deinem Einstand krank bin, aber Robert hat mir schon erzählt, dass es dich auch erwischt hat. Hoffe es geht dir wieder besser?« Lisa bemerkte, dass Karl heiser war und sich beim Sprechen leicht räusperte. Anscheinend unterdrückte er seinen Husten. Ihn scheint es wirklich schlimm erwischt zu haben, aber er klang freundlich wie immer. Robert hatte anscheinend noch nichts verraten.

»Hallo Karl,« sagte sie. »Ja, alles in Ordnung. Ich hatte nur einen kleinen Magen Darm Infekt. Nichts schlimmes.«

Robert sah Lisa scharf an und sagte dann. »Mario hatte es anscheinend auch, aber er war nur einen Tag krank.« Lisa lief rot an. Also doch, Robert wusste mehr und wollte sie ins kalte Wasser werfen.

Karl meldete sich wieder. »Gut dass nicht noch mehr krank geworden sind! Der Norovirus ist wieder aktiv! Wie sieht es aus bei euch? Kommt ihr soweit klar? Habt ihr die Preiserhöhung berücksichtigt und sind schon Informationen über das neue Incentive gekommen? Paul Young wollte die Informationen eigentlich Anfang September geben, damit wir pünktlich im Oktober starten können.«

Robert gab ihm alle Informationen die er brauchte. Es entstand ein Wortwechsel über Preise, Margen und auch, wie sie mit dem Incentive umgehen würden, und was Lisa zu beachten hätte, um die Mitarbeiter zu motivieren und anzuleiten. Danach kam Robert auf den Punkt. »Karl, warum ich Lisa mit in die Leitung genommen habe ist aber eigentlich ein anderer.«

Karl unterbrach Robert sofort. »Ist irgendetwas passiert?«

»Kann man so sagen. Vielleicht mag Lisa es dir aus ihrer Sicht erzählen, bevor ich etwas falsches sage?« Robert sah Lisa an. Lisa schaute zurück und wirkte mit einem mal verunsichert. Robert sah sehr selbstsicher aus. Eigentlich passte es nicht zu ihm, nicht direkt selber mit Karl zu sprechen. Er musste irgendetwas wissen, oder denken zu wissen, womit er sie verletzen konnte! Nach allem was sie in letzter Zeit erlebt hatte, war er ihr nicht gut gestimmt.

»Karl, ich wollte es dir eigentlich nächste Woche persönlich sagen,« fing Lisa daher an. »aber nachdem Robert heute ein kleines Wortgefecht zwischen Susanne und mir mitbekommen hat, denke ich, dass er dich sofort informieren wollte. Karl, ich ...« Lisa wusste nicht so recht wo sie anfangen sollte, daher machte sie eine kleine Pause, atmete noch einmal tief durch und fuhr dann fort: »Karl, es ist einfach viel passiert in der einen Woche, die du krank bist. Um es kurz zu machen: Ich bin mit Mario zusammen.«

Es entstand eine längere Pause. Karl hustete kurz, dann fuhr Robert fort. »Ich glaube, das ist noch nicht alles, Lisa.«

Lisa seufzte und erzählte weiter. »Wir treffen uns täglich und Susanne hat das beobachtet und unterstellte mir heute Morgen, ich würde damit Mario helfen und ihn bevorzugen. Was aber nicht der Fall ist! Karl, ich war eine Woche krank. Am Tag, als ich krank wurde, hatte Robert mich darüber in Kenntnis gesetzt, dass die Wochenauswertung zugunsten von Mario verändert wurde. Aber ich bin mir sicher, dass ich das nicht gewesen bin! Ich hatte das Büro gegen 19 Uhr verlassen. Die Email an Robert wurde später geschickt. Die Zeiterfassung schien an dem Tag leider nicht funktioniert zu haben, daher kann es keiner wirklich prüfen. Aber ich schwöre, ich habe keine Zahlen verändert.«

Robert räusperte sich. »Karl, wenn ich auch etwas dazu sagen darf?«

Karl stimmte zu, sonst sagte er aber nichts weiter dazu. Lisa hoffte er war nicht sauer. Sie konnte die Stimmung gerade nicht einfangen. »Was Lisa privat macht, geht mich wirklich nichts an. Sie kann mit Mario gerne machen was sie will, aber Susanne hat nicht nur beobachtet, wie sich beide geküsst haben, sie hat auch beobachtet, wie Lisa ihm schon Informationen zum Incentive gezeigt hat. Das heißt, Mario ist klar im Vorteil. Er weiß schon einen Monat vorher worauf er achten muss und kann die Kunden entsprechend darauf hinlenken, um das Incentive zu gewinnen.«

»Das ist gelogen!« Lisa schrie fast. »Ich habe keine Informationen weiter gegeben! Mario und ich haben Arbeit und privates strikt voneinander getrennt!«

»Ach ja, und was ist das?« Robert zeigte Lisa ein Foto auf seinem Smartphone. Es zeigte Mario und sie tatsächlich, wie sie vor der Tür standen. Das Foto muss an dem Abend entstanden sein, an dem Mario auf Lisa gewartet hatte. Der Abend, an dem die Beiden sich das erste Mal geküsst hatten. Es zeigte, wie Mario Lisa in den Arm nahm. Den Moment, wo er ihr ins Ohr flüsterte, er sei für sie da, und man sah von der Seite, was Lisa in den Händen hielt. Sie hatte in der Bahn gedankenverloren in den Unterlagen für das Incentive geblättert. Die Informationen kamen erst am späten Nachmittag und nach der Hiobsbotschaft von Markus hatte sie den Kopf nicht frei um sich mit der umfangreichen Email, die in Englisch verfasst war, auseinanderzusetzen. Sie hatte sie daher nur ausgedruckt und wollte sie am Wochenende in Ruhe studieren. In der Bahn packte sie es aus um sich abzulenken und nicht in die Gesichter der anderen Leute starren zu müssen. Ihr Handy wollte sie schonen, denn der Akku war fast leer und falls Mario sie anrief, wollte sie bereit sein. Sie hatte die Blätter noch in der Hand, als sie am Haus ankam und nicht mehr daran gedacht. Und man sah auf den Bildern deutlich das Deckblatt der Informationsbroschüre. So ein Mist! Lisa fühlte sich ertappt. »Karl, du kannst es nicht sehen, aber ich erkläre dir, was man auf dem Bild sieht, dass ich Lisa gerade zeige.«

Lisa hörte schon gar nicht mehr hin. Ihr wurde sehr heiß und um sie herum schien alles zu verschwimmen. Ihr kamen die Tränen und sie wollte nur noch raus. Sie hatte Mario nichts davon gesagt, aber wie sollte sie das glaubhaft erklären können? Auf einmal hörte sie ihren Namen. Es war Karl, der sie direkt ansprach. »Lisa, stimmt das?«

»Ja, aber Karl, bitte glaube mir, Mario weiß nichts davon!

Er hat auch nicht daheim in meinen Sachen gestöbert. Es war vielleicht nicht richtig, sich die Arbeit mit nach Hause zu nehmen, aber mir ging es an dem Tag nicht gut. Mein Mann hat sich von mir getrennt. Ich will ehrlich sein. Er schrieb mir, dass er eine andere Frau hat. Ich habe mich an dem Tag zwar mit Arbeit ablenken wollen, war aber nicht ganz bei der Sache. Daher habe ich die Mail ausgedruckt und wollte sie in Ruhe am Wochenende zu Hause bearbeiten. Das Mario an dem Abend zu mir kommt und wir danach ein Paar wurden, war so nicht geplant.«

Karl hustete nochmal, dann sagte er: »In Ordnung, ich glaube dir Lisa. Robert, wir sollten das Ganze beobachten. Wenn Mario wirklich nichts weiß, wird er nicht anders arbeiten als bisher. Sollte er etwas wissen, dann müsste er jetzt deutlich weniger Abschlüsse haben und alle Abschlüsse auf den Oktober legen, damit er das Incentive gewinnt. Ich denke das können wir erst mal so stehen lassen. Was deine Beziehung angeht Lisa, ich sehe darin kein Problem. Ich glaube dir auch was die Zahlen angeht. Immerhin sah man sofort, dass sie manuell geändert wurden und das ist nicht deine Art. Der Zeitstempel passte nicht bei der Tabelle. Was auch immer da passiert ist. Klärt es bitte, überprüft euch gegenseitig und Lisa, bitte achte darauf, dass du die Zeiterfassung korrekt benutzt. Bitte ändere auch dein Passwort.« Lisa stimmte zu. Der Rest des Gesprächs war relativ belanglos. Sie blieben bei Smalltalk und Karl versicherte, dass er am Donnerstag wieder im Büro sein würde. Dann legten sie auf.

Lisa war erleichtert. Wusste aber, dass Robert sich damit nicht zufrieden geben würde und sie hatte recht. Kaum war das Telefonat beendet sagte er: »Da hast du aber Glück gehabt, Lisa!«

Robert sah sie streng an. »Ich werde dich trotzdem beobachten und was das Gespräch mit Susanne angeht, mäßige dich im Ton!«

Lisa nickte nur. »Darf ich jetzt gehen?«

»Ja geh nur. Lisa, ich mach mir halt einfach auch nur Sorgen, auch wenn ich streng klingen mag. Aber ich bekomme diese Infos und du sagst nichts dazu. Bedenke, wenn Karl nicht da ist, bin ich dein Ansprechpartner. Vielleicht solltest du offener mit mir umgehen?«

»Ja sollte ich, aber woher sollte ich wissen, dass Susanne heimlich Bilder von mir macht, die später dann komplett falsch interpretiert werden?«

»Ist das so?« Robert schaute wieder scharf.

»Ja das ist so und wenn du mir nicht glaubst, dann kannst du mich auch gleich entlassen. Ich weiß nicht was ihr alle gegen mich habt und vor allem warum. Ich versuche nur meinen Job zu machen, in Ordnung?«

Lisa wartete auf keine Antwort mehr. Sie drehte sich um und ging. Sie wollte sofort weiter in Susannes Büro. Sie brauchte ein klärendes Gespräch und es war ihr egal was Robert darüber dachte. Die Information, dass Susanne wohl Bilder von ihr und Mario gemacht hatte und falsche Informationen verbreitete, machte sie wütend.

Kevin war mal wieder nicht am Platz. Vermutlich war er, obwohl Robert ja eigentlich ein Machtwort gesprochen hatte, wieder mal in der Technik. Lisa hatte noch nicht die Gelegenheit gehabt mit Kevin zu sprechen, nahm sich aber wieder einmal vor, dies zu tun und ihre Pflicht als Vertriebsleiterin ernster zu nehmen. Doch erst einmal brauchte sie Klarheit. Sie ging ohne eine Begrüßung hinein und sagte nur: »Wir müssen reden!« Lisa schloss die Tür und wartete gar nicht erst auf eine Antwort von Susanne. Diese war viel zu überrascht, um schnell genug reagieren zu können.

»WAS GENAU IST DEIN PROBLEM?« Sie schrie und diesmal war es ihr egal, was die anderen hörten oder dachten. »Ich war eben bei Robert und du hast ein Foto von mir und Mario gemacht? Toll, ganz toll! Jetzt weiß ich, dass dein

Handy scharfe Bilder aus der Entfernung machen kann. Aber weißt du was? Statt mit mir zu reden, machst du uns fertig. Ist dir klar, dass du auch Mario damit schadest? Warum?« Ihre letzten Worte schrie sie nicht mehr ganz so laut. Sie hatte mit so viel Kraft in ihrer Stimme geredet, dass sie am Ende fast müde klang.

Susanne stand auf, kam nah auf Lisa zu, plusterte sich vor ihr auf und sagte dann ganz ruhig. »Liebe Lisa, du liegst verdammt falsch, wenn es dir darum geht, dass ich was von Mario will. Ich kann dich einfach nur nicht leiden. Das konnte ich noch nie. Von Anfang an nicht! Und weißt du auch warum?« Lisa sagte nichts. Sie starrte Susanne in die Augen und war bereit zum Angriff. Sie hatte keine Ahnung was jetzt kommen würde. Aber was Susanne nun sagte, traf sie wie ein Schlag ins Gesicht.

»Weil du die Frau bist, die mir alles genommen hat.«

Lisa war verwirrt. »Was soll ich dir genommen haben? Wir sind Kollegen und seit ich hier arbeite, hast du versucht, mich zu ignorieren.«

»Du kapierst es immer noch nicht, oder?« Susanne schnaufte dabei verächtlich.

Lisa schüttelte den Kopf und langsam machte sich wieder das ungute Gefühl in ihrem Magen breit. Sie wusste, dass das, was Susanne ihr gleich erzählen würde, ihr nicht gefallen würde. Und so war es auch!

»Weißt du eigentlich, dass ich deinen Markus schon lange kenne?«

Lisa schüttelte abermals den Kopf. Nein, dass wusste sie nicht. Sie hatte nicht einmal Ahnung davon, dass Susanne Markus überhaupt kennt.

»Dein Markus, meine Liebe, und ich, wir haben uns vor sechs Jahren auf einer Feier eines gemeinsamen Freundes kennengelernt. Du warst damals nicht dabei. Markus erklärte mir, dass er verheiratet ist, ich war es auch. Aber wir waren beide unglücklich. Bei euch im Bett lief es nicht mehr, erzählte er mir. So auskunftsfreudig war er, dein Mann.« Sie grinste höhnisch. Dann fuhr sie fort: »Und mit meinem Mann war es auch nicht rosig. Wir sind eigentlich nur noch auf dem Papier verheiratet und führen eine offene Ehe, wenn du weißt, was ich meine?« Lisa ahnte böses. In ihr kochte es, aber sie zwang sich ruhig zu bleiben. Sie wollte wissen, was passiert war. Auch wenn sie eine Vermutung hatte.

»Der Abend war lustig und wir hatten Spaß. Soviel Spaß, dass ich am Ende mit deinem Markus in einem Hotelzimmer gelandet bin. Ganz spontan!« Lisa erinnerte sich. Die Geburtstagsfeier von Ernesto, einem Freund von Markus. Sie mochte seine Freunde nicht besonders. Alle liebten sie Fußball und waren insgesamt eher Proleten. Es ging mehr ums Saufen und darum, Frauen zu erniedrigen. Sie hatte ihm an dem Abend vorgegaukelt, sie fühle sich nicht gut. Nur um Markus nicht zu verletzen. Den Abend verbrachte sie daheim und machte sich Sorgen, weil ihr Mann erst am nächsten Morgen nach Hause kam. Er erzählte ihr jedoch, dass er bei Ernesto auf dem Sofa übernachtet hätte, nachdem er zu betrunken gewesen sei um noch nach Hause zu kommen.

»Ja, da staunst du Lisa, oder?« Susanne strahlte nun. »Es blieb nicht bei dem einen Mal. Immer wenn dein Markus erzählte, er sei beim Auswärtsspiel, trafen wir uns und verbrachten die Nächte miteinander. Tja, und dann kamst du in die Firma und dein Name kam mir direkt bekannt vor. Wie viele Lisa Oppenheimer wird es wohl in München geben, die auch noch mit einem Markus verheiratet sind? Markus hat oft über dich gesprochen und wollte dich mehrmals verlassen. Doch dann bekam er Angst, als du in meiner Firma einen Job bekamst. Er wusste bis dahin nicht einmal, wo ich arbeitete, und als ich ihm das erzählte, fand er es sogar komisch. Er bekam Panik und wir trafen uns ab da nicht mehr. Er beendete das Ganze und sagte mir nur, er wolle es wirklich noch einmal mit dir probieren. Der neue Job sei eine neue Chance.«

Lisa erinnerte sich. Sie hatte nach der gescheiterten künstlichen Befruchtung neu anfangen wollen und Markus hatte damals noch die Hoffnung, sie könnte sich doch noch entscheiden, sich eine der eingefrorenen Eizellen einsetzen zu lassen. Doch die Hoffnung konnte sie ihm nicht geben. Sie kündigten den Vertrag kurz nachdem sie den neuen Job hatte. Seitdem stritten sie sich oft. Die Versöhnung endete oft im Bett, aber es war anders als früher. Bis sie schwanger wurde. Der schwarze Tag in ihrem Leben! Ob Susanne auch davon wusste? Sie atmete tief ein und sprach dann Susanne an. »Und deswegen soll ich leiden? Für etwas, was fünf Jahre zurück liegt?«

Susanne lachte höhnisch. »Fünf Jahre? Er wollte dich nur nicht mehr verlassen. Das wir keinen Sex mehr hatten, habe ich nie behauptet!«

Lisa konnte nicht fassen, was sie da hörte. Betrog Markus sie etwa noch länger? Und nicht nur einmal? Sie schrie nun: »Du lügst!« Lisa war kurz davor Susanne eine Ohrfeige zu geben.

»Nein, tu ich nicht! Ich weiß von eurem Verlust. Ein Mädchen wäre es geworden, richtig? Und ich weiß sogar, dass ich nicht die Einzige bin, oder war. Markus hat jetzt komplett alles beendet. Für eine Karina, wenn ich das richtig verstanden habe, mit der er glücklich werden will. Und soll ich dir was sagen? Wenn du dumme Kuh, damals nicht den Job hier angenommen hättest, er hätte sich von dir getrennt! Damals war er bereit mit mir ein neues Leben anzufangen. Bis er mir von seinem Wunsch erzählte, Vater zu werden und ich ihm leider erzählen musste, dass ich keine Kinder will. Er hatte diesen einen sentimentalen Moment, als du hier anfingst. Als alles besser werden sollte und er Angst hatte, das mit uns könnte auffliegen. Tja ... dumm gelaufen! Aber ich hatte trotzdem meinen Spaß.«

Lisa schluckte. »Du Miststück. Du willst dich an mir rächen? Wozu? Ich bin diejenige, die sich an dir rächen sollte. Und das werde ich auch. Denn DU hast mich jahrelang hintergangen. Markus war nicht unschuldig, aber wenn du nicht gewesen wärst, hätten wir vielleicht mehr Zeit miteinander verbracht. Ich bin deine Vorgesetzte und weißt du was? Ach, vergiss es ....« Lisa schnaufte einmal tief durch. »Ich lasse dich leiden! Das wirst du bereuen!«

Susanne lachte. »Im Moment spricht eher alles gegen dich, meine liebe Lisa!«

Lisa sagte nichts mehr. Sie drehte sich um, öffnete die Tür und erschrak, als sie Celine vor der Tür stehen sah.

»Was willst du denn hier?«, sagte Lisa strenger als beabsichtigt.

»Ich wollte eigentlich nur die fertigen Briefe an Susanne bringen, die sie mir aufgetragen hatte zu schreiben, während du weg warst.«

Celine schien kein bisschen verunsichert und das überraschte Lisa wieder einmal.

»Ähm ...klar, tut mir leid, du kannst nichts für meine Stimmung.« Sie ging an Celine vorbei und begann dann ihren Arbeitstag. Endlich. Doch das Markus sie nicht zum ersten Mal betrogen hatte, geisterte ständig in ihren Gedanken herum. Sie spielte immer wieder die letzten fünf Jahre in ihrem Kopf ab. Ja, es war leicht gewesen Lisa, zu betrügen. Und sie hatte nichts gemerkt. Weil sie es nicht wollte? Oder hatte sie es gespürt und wollte sich damit nicht beschäftigen? Sie versuchte in sich hinein zu horchen, was sie für Markus empfand. Es war Enttäuschung! Sie war enttäuscht, weil er so unehrlich war! Weil er sie nicht liebte, sondern nur ein Kind von ihr wollte! Weil er nicht mit ihr geredet hatte! Weil .... Es war so viel, was sie jetzt bemerkte, was sie störte. Doch sie musste sich konzentrieren. Die Karriere hatte auch diesmal für sie Vorrang. Sie lenkte sich so gut es ging von allem ab und nahm sich vor, auch die Mittagspause durchzuarbeiten. Sie schrieb Mario, dass er ruhig vor ihr nach Hause gehen solle. Sie würde heute gerne länger im Büro bleiben und ihm später alles erklären. Und wie immer reagierte Mario sehr verständnisvoll. Er versprach ihr, daheim zu kochen und auf sie zu warten. Lisa fing langsam an, ihn zu lieben. Zum ersten Mal seit langem fühlte sie sich gut aufgehoben.

Damals

Mit Dominik läuft es richtig gut. Sie treffen sich täglich, hören Musik auf ihrem Zimmer, wobei er sie immer in den Arm nimmt und mehr als einmal fällt ihr auf, er ist anders, als andere Jungs. Aber sie mag ihn. Sie ist nicht verliebt, aber sie genießt einfach die Zeit mit ihm. Er bewunderte gerne ihre Sachen, ihre Klamotten. Sie hat angefangen sich Kleider zu kaufen, die sie zwar nicht in der Schule anzieht, aber in ihrer Freizeit gerne trägt. Er kennt sich gut aus was das Schminken angeht und er zeigt ihr gerne ein paar Kniffe. Es wundert sie, aber sie denkt nicht weiter darüber nach. Sie genießt einfach die Zeit mit ihm und ist froh, dass er nicht mehr will. Ihm reicht Händchen halten, kuscheln und ein kleiner, zärtlicher Kuss zum Abschied. Sie ist 15 und zu mehr einfach noch nicht bereit. Es war ein wundervoller Sommer und Alissa fand es schön, dass sie sich mit Dominik so gut verstand. Ihre Freundin hatte ihr erklärt, dass Dominik den Ruf hatte, schwul zu sein, weil er immer nur mit den Mädchen etwas unternahm. Ja, das mochte sein, aber es war ihr egal. Wenn Dominik eher auf Jungs steht und es noch nicht weiß, dann soll es eben so sein. Sie fühlt sich gut dabei, endlich einmal etwas mit anderen zu unternehmen und sie ist glücklich, mit Alissa, Dominik und Nina Zeit zu verbringen. Nina ist auch in Alissas Klasse. Direkt nach der Schule kommt Dominik zu ihr und im späteren Verlauf des Tages auch Alissa und Nina. Dann stromern sie durch ihr Viertel. Mal hier, mal da, eben das, was Teenager so machen, wenn sie versuchen, möglichst cool zu sein. Sie hat das Gefühl, endlich angekommen zu sein. Dann sieht sie Melanie.

»Oh nein, nicht die schon wieder,« stöhnt Dominik.

»Ihr kennt euch?« fragt sie verwundert.

»Ja, sie ist meine Nachbarin und ziemlich schräg drauf. Ihre Familie schreit den ganzen Tag und wenn sie mit ihrer Gang unterwegs ist, fühlt sie sich stark. Ich bin schon mehr als einmal von denen verprügelt worden.«

Sie drückte seine Hand. »Ich auch. Das ist das Mädchen von dem ich dir erzählt habe,« flüstert sie und auch Nina und Alissa sehen sich alarmiert um. Doch Melanie ist alleine und nicht nur das. Sie ist überrascht! Melanie hat eine deutliche Wölbung am Bauch. Sie ist schwanger! Ist das wirklich möglich? Sie kann es sich nicht vorstellen. Melanie ist doch erst siebzehn und es ist ein halbes Jahr her, dass sie von der Schule geflogen ist! Aber ja, sie ist schwanger. Der Bauch ist eindeutig nicht vom Essen so rund geworden. Mit gesenktem Kopf geht sie an der Gruppe vorbei. Melanie hat sie erkannt, aber fühlt sich alleine wohl nicht stark genug. Sie sagten einander nichts.

»Wusstest du davon?« Nina sieht Dominik an.

»Nein.« Dominik sieht genauso überrascht aus wie alle anderen. »Ich habe das heute zum ersten Mal bemerkt. Sie war in letzter Zeit aber auch nicht mehr so oft mit ihren Freunden unterwegs.«

Komisch. Aber sie denkt nicht weiter darüber nach. Sie ist jetzt die Coole, mit Freunden und einem festen Freund, auch wenn dieser anders ist, als andere Jungs. Sie fühlt sich gut. Endlich ist sie ein Jemand und das letzte Schuljahr würde bald beginnen. dann kann sie endlich auf das Gymnasium und neu anfangen. Mit neuen Freunden! Dieser Gedanke beflügelt sie. Sie sieht Melanie noch einmal hinterher. Ja, sie ist im Moment zufrieden. Egal, wie sehr andere über sie lachten. Sie kann endlich ohne Sorgen in die Schule gehen, denn egal, was ist, sie denkt dann an Dominik und das gibt ihr Kraft. Es ist egal ob es Liebe ist, was zwischen ihnen ist, oder nicht. Sie sind sich sympathisch und das zählt für diesen Moment.

7. Kapitel

Lisa beschloss, an diesem Tag doch nicht so lange, wie ursprünglich geplant, im Büro zu bleiben. Nachdem sie einiges abgearbeitet hatte, fühlte sie sich besser und dachte viel an Mario. Sie beschloss Feierabend zu machen und merkte, fast alle sind schon gegangen. Es war einer der letzten warmen Herbsttage im September und alle Kollegen wollten vermutlich lieber die Zeit im Biergarten verbringen.

Im Büro von Susanne brannte jedoch noch Licht. Lisa schaute kurz rein, da sie die Hoffnung hatte, Kevin statt Susanne zu sehen und ihm wenigstens einen schönen Abend wünschen zu können. So sehr sie sich auch immer über ihn geärgert hatte, sie vermisste diese Zeit mit ihm. Eigentlich war er schon ganz nett und lustig. Er arbeitete halt nur nicht gerne. Ihr größtes Problem war, dass Susanne sie ständig so böse ansah, sobald sie mit Mario einen Kaffee trinken ging. Ihr wollte es einfach nicht in den Kopf, warum Susanne sie all die Jahre so sehr hasste, obwohl doch sie diejenige war, die mit ihrem Mann ins Bett ging.

Lisa hätte es besser wissen müssen. Es war Susanne, die noch im Büro saß. Sie schaute kurz zu Lisa auf, blickte aber schnell wieder, Konzentration vortäuschend, vertieft in ihre Arbeit. Lisa ging ohne ein Wort nach Hause und dachte nicht mehr an ihre Kollegin. Sie hatte bereits einen Termin beim Anwalt diese Woche vereinbart und es konnte ihr schließlich auch egal sein, was Susanne dachte. Die Scheidung sollte auf jeden Fall schnell über die Bühne gehen. Vielleicht ließ sich das blöde Trennungsjahr ja irgendwie übergehen, nachdem was Lisa heute erfahren hatte. Beflügelt von diesem Gedanken fuhr sie nach Hause und freute sich auf einen wunderschönen Abend mit Mario.

Sie erzählte ihm alles und er schüttelte ungläubig den Kopf, als sie ihm von der Liaison von Susanne und Markus berichtete. Als sie geendet hatte war Mario fassungslos.

»Das darf nicht wahr sein. Dieses Schwein betrügt dich all die Jahre und wollte dir ein schlechtes Gewissen machen, dass wir beide jetzt zusammen sind? Und Susanne spielt das ganze Spiel mit und lässt sich nichts anmerken!« Lisa konnte selber nicht glauben, wie abgebrüht die Beiden sind. Erleichtert war sie dennoch darüber, dass sie jetzt endlich Bescheid wusste. Wie sie aber jetzt mit Susanne weiter vorgehen würde, das konnte sie sich immer noch überlegen. Wichtiger war erst einmal, dass sie sich von Markus ganz offiziell trennte. Da gab es einiges zu regeln.

Als Lisa am nächsten Morgen aufwachte, hatte sie bereits mehrere Anrufe in Abwesenheit auf ihrem Handy, welches sie über Nacht auf lautlos gestellt hatte. Mario schlief noch neben ihr, reckte sich aber langsam, als der Weckers auf seinem Handy Alarm schlug. Auch er stutzte kurz, als er ihn ausstellte. Beide sagten gleichzeitig »Robert? Was will der denn so früh?« und schauten sich verdutzt an. »Ich ruf an, sagte Lisa. Es war 7.15 Uhr. Robert würde normalerweise erst gegen acht ins Büro kommen, wie immer. Sie wählte die Rückruftaste und es hatte noch nicht einmal geklingelt, so schnell war Robert am anderen Ende der Leitung dran. »Lisa, gut das du anrufst. Bleib bitte daheim. Es ist etwas passiert. Die Polizei wird gleich bei dir sein und muss dir ein paar Fragen stellen.«

Lisa verstand nicht. »Was ist los? Was ist passiert?«

»Ich darf dir noch nichts sagen, aber sag bitte auch Mario, dass er zu Hause bleiben soll. Er ist doch bei dir, oder? Das Büro bleibt heute geschlossen!«

»Robert? Was ist denn passiert?« wollte Lisa noch wissen, doch da klingelte es bereits an der Tür. Lisa deutete

Mario an, zu öffnen. Er zog sich schnell ein T-Shirt über seine Boxershorts und schloss die Tür zum Schlafzimmer. Lisa informierte Robert darüber, dass vermutlich soeben die Polizei geklingelt habe, verabschiedete sich und zog sich schnell an.

Sie hörte im Flur bereits die Stimmen, konnte aber nicht verstehen, was gesprochen wurde. Lisa zog sich schnell etwas über. Als sie die Schlafzimmertür öffnete, sah sie eine junge Polizistin und einen männlichen Kollegen gerade mit Mario sprechen. »Ach, da ist sie ja. Das ist Frau Oppenheimer,« stellte Mario Lisa vor und legte den Arm um sie.

»Guten Morgen,« begrüßte sie der männliche Beamte. »Mein Name ist Reitlinger und das ist meine Kollegin Gartner. Wir müssen kurz mit ihnen reden.«

»Ähm, ja sicher, lassen sie uns ins Wohnzimmer gehen. Möchten Sie einen Kaffee oder so? Ich könnte einen kochen?«

»Nein danke,« winkte Herr Reitlinger ab. »Wir haben nur ein paar Fragen an Sie und müssen dann weiter. Wir sind beauftragt worden auch noch andere Kollegen von ihnen zu befragen. Frau Gartner würde sich gerne mit ihrem ...« Er stutzte kurz und sah auf seine Notizen. »Herr Brandl und Sie sind Kollegen und Partner?«

Lisa bejahte.

»Okay, Frau Gartner müsste mit Herrn Brandl alleine reden. Ihr Chef hat uns schon informiert.« Der Beamte schaut auf Mario. »Herr Brandl, Sie sind auch ein Kollege, oder? Können wir in ein separates Zimmer gehen?«

Mario antwortete: »Ja, wir können in die Küche.«

Lisa zeigte Herrn Reitlinger den Weg ins Wohnzimmer und wies ihm einen Platz an.

Der Beamte setzte sich, nahm wieder seinen Notizblock und einen Stift zur Hand und fing an.

»Frau Oppenheimer, wann haben sie gestern das Büro verlassen?«

Lisa stutze. Warum wollte der Beamte das von ihr wissen? Was war überhaupt passiert, dass diese Information wichtig sein könnte?

»So gegen achtzehn Uhr. Die Zeiterfassung der Firma müsste das erkannt haben. Außerdem hat mich noch Frau Susanne Riedl aus dem Büro nebenan gesehen.«

Herr Reitlinger räusperte sich. »Frau Oppenheimer, da ist das Problem, die Zeiterfassung haben die Kollegen schon überprüfen lassen. Es gibt keinen Eintrag! Laut Stempeluhr sollten Sie noch im Büro sein.«

Lisa schaute den Polizisten erschrocken an. Schon wieder? Hatte sie etwa schon wieder vergessen sich auszustempeln?

»Das stimmt nicht,« warf Lisa ein. »Mein Freund kann bestätigen, dass ich gegen halb sieben zu Hause war. Und wie gesagt, Frau Riedl hat mich gesehen, als ich das Büro verlassen habe.«

Herr Reitlinger räusperte sich nochmal. »Frau Oppenheimer, ich muss ihnen leider mitteilen, dass Frau Riedl ermordet wurde.«

Lisa sog die Luft ein und wollte schreien. Sie wollte gestern lange im Büro bleiben, was wäre, wenn sie es getan hätte, wären sie dann beide tot? Wie konnte das passiert sein? Als sie ging, hatte sie wie immer, die Tür fest hinter sich zugezogen. So wie es alle taten, damit ohne Schlüssel niemand Fremdes in die Räume kam. Sie überlegte.

»War es ...« stotterte sie. » ...ein Überfall?«

Der Beamte schüttelte den Kopf. »Wir sind noch am Anfang unserer Ermittlungen. Aber der Grund, warum wir zuerst zu ihnen kommen ist, es wurden keine Spuren von einem Einbruch gefunden. Der Täter hatte also einen Schlüssel und am Tatort wurde Ihre Schere gefunden.«

Lisa fehlten die Worte. Sie hatte all ihre Bürosachen mit Namen markiert. Eine doofe Angewohnheit, da sie es hasste, wenn sich Kollegen etwas ausliehen und nicht mehr zurück gaben. Die Schere lag sicher aufbewahrt in ihrer Schreibtischschublade. Warum sollte jemand zuerst in ihr Büro gehen, sich die Schere nehmen und diese am Tatort lassen? Und wie war Susanne eigentlich ermordet worden? Dann dämmerte es ihr. »Sie wurde doch nicht etwa erstochen und ich stehe unter Mordverdacht?«

Der Beamte räusperte sich. »Im Moment versuchen wir alle Puzzleteile zusammenzufügen. Und es erschien uns sinnvoll, erst einmal mit Ihnen zu beginnen, nachdem ihre Schere die Mordwaffe zu sein scheint. Es gibt Hinweise, dass Sie sich in letzter Zeit nicht gut mit Frau Riedl verstanden haben. Ihr Vorgesetzter, Robert Fischer, hat uns berichtet, es gab einen Streit zwischen ihnen und Frau Riedl. Sie sei eifersüchtig gewesen auf ihre Beziehung mit Mario Brandl?«

Lisa hätte fast gelacht, wenn die Situation nicht so ernst gewesen wäre.

»Da hat Herr Fischer aber nur die halbe Wahrheit mitbekommen. Es ist richtig, Susanne und ich hatten Meinungsverschiedenheiten. Mein Mann hat mich erst vor gut einer Woche verlassen. Mein Kollege und jetziger Freund Mario sind dadurch erst zusammengekommen. Susanne filmte mich heimlich als wir uns küssten und gab die Bilder ungefragt an Herrn Fischer weiter, der übrigens in erster Linie nur der Stellvertreter unseres Chefs ist. Aber das nur am Rande.

Susanne hegte schon lange einen Groll gegen mich und ich konnte mir diesen nie erklären. Aber die Sache mit dem spionieren ging mir zu weit. Also sprach ich sie spontan gestern darauf an. Die Kollegen bekamen den Streit mit. Sie hörten auch, wie ich Susanne unterstellte, sie sei eifersüchtig, weil sie selber in Mario verliebt sei. Sie stritt es ab, also nutzte ich später nochmal die Ruhe in ihrem Büro, um sie abermals zu fragen und um ihr dann die Wahrheit über Mario und mich zu erzählen. Sie eröffnete mir dann, dass sie bereits seit fünf Jahren ein Verhältnis mit meinem baldigen Exmann habe. Der hat nun aber auch die Beziehung zu ihr beendet, nachdem er mir gestanden hatte, mit einer 20 Jahre jüngeren Frau im Bett gewesen zu sein, die nun ein Kind von ihm erwartet. Ziemlich kompliziert, oder?«

Herr Reitlinger machte sich Notizen, als es an der Tür klopfte. Seine Kollegin kam herein, teilte ihm mit, dass sie mit Mario fertig sei und setzte sich neben ihren Kollegen, der daraufhin wieder das Wort an sich nahm. »Frau Oppenheimer, danke. Kann jemand bestätigen, wo Sie gestern Abend waren?«

Lisa überlegte. »Ich bin mit der Bahn nach Hause und war, wie bereits gesagt, gegen halb sieben hier. Mario und ich haben zusammen gekocht und den ganzen Abend daheim verbracht. Und nein, Nachbarn haben mich nicht gesehen. Sie sehen ja, wir haben einen separaten Eingang zur Wohnung und sind im Erdgeschoss.«

Herr Reitlinger nickte. »Ja und sonst haben sie auch niemanden getroffen?«

Lisa schüttelte den Kopf. »Nein, wie gesagt, ich bin gegen achtzehn Uhr aus dem Büro, direkt zur Bahn und dann hierhin.«

»Das können wir vielleicht trotzdem überprüfen, wird nur dauern. Die U-Bahn Station bei ihrem Büro hat eine Videoaufzeichnung, soweit ich weiß.«

Lisa atmete fast erleichtert aus. »Wie geht es denn jetzt weiter?« wollte sie wissen.

»Wir überprüfen ihre Angaben, der Rest wird sich zeigen. Haben sie vielleicht eine aktuelle Kontaktadresse ihres Mannes?«

Lisa gab den Beamten die Telefonnummer von Markus, dann verabschiedeten sie sich voneinander. Als sie mit Mario alleine war rief sie sofort Robert an, der auch diesmal wieder sofort am Apparat war. »Lisa?«

»Robert, was genau ist passiert?«

Robert erklärte ihr daraufhin was er wusste.

»Hubi war wie immer der Erste im Büro. Heute früh war er sogar schon vor sechs Uhr da, weil er über Nacht einen Anruf über einen Notfall, einen nicht funktionierenden Brenner, erhalten hatte und sich so schnell wie möglich darum kümmern wollte. Er öffnete die Tür und sah, dass im Büro von Susanne schon Licht brannte. Was ihn natürlich wunderte.« Lisa nickte, was Robert aber nicht sehen konnte. Das um diese Zeit schon jemand aus dem Vertrieb im Büro war, war doch mehr als ungewöhnlich. Die Telefonleitungen waren erst um acht Uhr offen.

»Er wollte nicht unhöflich sein und grüßte laut, doch als keine Antwort kam, machte er sich Sorgen. Es sei zu ruhig gewesen. Also ging er nachsehen und sah sofort das Blut und dann Susanne auf dem Boden liegen. Er informierte die Polizei und rief danach bei mir an. Ich kam unverzüglich ins Büro und redete als einer der Ersten mit den Beamten, die daraufhin zwei Kollegen losschickten, nachdem man recht schnell deine Schere in Susannes Büro gefunden hat.« Er machte eine Pause. Lisa hörte die Worte. Aber sie konnte noch nicht so recht erfassen, was er da sagte. Susanne war tot, war das Einzige woran sie dachte. Und ihre Schere scheint die Tatwaffe zu sein.

»Lisa,« fuhr Robert dann seine Erzählung fort. »Ich habe zwischendurch recht schnell prüfen können, wie lange du im Büro warst. Die Zeiterfassung ging mal wieder nicht in deinem Fall. Was hast du getan?« Er klang nicht vorwurfsvoll. Eher besorgt.

»Nichts, Robert, bitte vertrau mir da.« Lisa war verzweifelt. Erst gestern hatte sie dieses unrühmliche Gespräch mit Robert und Susanne. Wie sollte man ihr da noch glauben?

»Ich versuche es. Im Moment nimmt man Spuren auf. Ihr habt erst einmal bis auf weiteres frei. Ich melde mich morgen bei euch allen.«

Lisa nickte nur. Sie war zu schockiert um zu realisieren, dass Robert sie nicht sehen konnte und auch Robert schien die Stille nicht zu stören. Er legte ohne einen Abschiedsgruß auf. Lisa stand mit dem Handy in der Hand da und starrte Mario an, der während des Gesprächs stumm neben ihr stand. Er nahm sie in die Arme und fragte: »Hast du den Beamten von dem Angriff letzte Woche erzählt?«

Lisa schrak zurück. »Nein, natürlich nicht!« Sie hatte das gar nicht in Verbindung gebracht, aber langsam kam ihr ein Verdacht, auch wenn es verrückt war.

Zuerst die K.O.- Tropfen, dann der Karton mit den Erinnerungen, jetzt noch Susanne. Jemand wollte ihr schaden und alles führte irgendwie zu Markus. Alles begann damit, dass er sich von ihr getrennt hatte. Sie musste mit ihm reden. Sofort!

DAMALS

Es sind endlich Sommerferien. Dominik hat sein Abschlusszeugnis erhalten und wird in kürze eine Ausbildung als Friseur beginnen. Sie weiß mittlerweile, dass er nicht schwul ist. Er liebt Mädchen und findet sie wirklich attraktiv, aber er wäre gerne selber eins. Er ist Transsexuell. Im falschen Körper geboren. Sie stört es nicht. Der Sommer ist schön und er weiß, sie liebt ihn nicht, aber sie mag ihn und für beide ist es in Ordnung. Für den Moment. Sie planen wie es weiter gehen wird. Dominik wird bald achtzehn. Danach will er auf jeden Fall eine Therapie machen und darüber nachdenken, den Weg ganz als Frau zu gehen. Sie unterhalten sich oft darüber. Im Moment liegen sie im Park auf einer Wiese. Es ist warm, die Sonne scheint und es könnte nicht schöner sein, als über ihnen Gesichter auftauchen, die ihnen nicht gefallen. Melanies Clique, insgesamt zwei Mädchen und ein Junge. Im ersten Moment begreift sie es nicht, doch Dominik weiß sofort was los ist.

»Na du Schwuchtel?« Ein braunhaariges Mädchen ergreift das Wort. »Bist du wieder mit der Fetten zusammen, die Melanies Leben zerstört hat?«

Sie weiß nicht, was das Mädchen meint. Melanie hatte doch sie zerstört! Hatte ihr das Leben zur Hölle gemacht! Dominik richtet sich auf. Stellt sich mutig hin! Er hat sich verändert in diesem Sommer. Ist deutlich selbstbewusster geworden.

»Lass uns in Ruhe! Melanie ist für ihr Leben ja wohl selber verantwortlich.«

Ohne Vorwarnung tritt das Mädchen zu. Sie trifft Dominik direkt in den Bauch. Er stöhnt auf. Das zweite Mädchen zieht sie daraufhin an den Haaren nach oben. Sie schreit, während der Junge ganz dicht an ihr Ohr kommt und ihr etwas ins Ohr flüstert: »Du bist schuld, dass Melanie schwanger ist. Du hast sie in die Scheiße getrieben und dafür wirst du zahlen müssen!« Er schlägt ihr heftig mit der Faust in die Seite. Ihre Rippen schmerzen höllisch und sie schreit auf. Danach holte das Mädchen, das sie immer noch an den Haaren festhält, mit der anderen Hand ein Messer aus ihrer Hose heraus. Ein Taschenmesser. Sie lässt es aufschnappen und zerschneidet ihr T-Shirt. Sie steht nur noch im BH da. Dominik wird von dem braunhaarigen Mädchen festgehalten.

»Pass auf was du machst, du Nutte ...!« Weiter kommt sie nicht. Von weitem kommt ein Mann angelaufen. Er ruft: »He, Ihr da! Was ist denn da los?«

»Schnell weg,« ruft der Junge und die drei rennen los. Dominik keucht immer noch vor Schmerzen. Sie weint heftig, versucht ihre Blöße mit den letzten Resten des T-Shirts zu bedecken. Der Mann versucht gar nicht erst, den drei Anderen hinterher zu laufen. Er kümmert sich sofort um sie. Will die Polizei rufen, aber sie winkt ab. Es sei alles nur ein böser Streich unter Freunden gewesen. Dominik hat sich wieder etwas beruhigt. Kann wieder atmen. Er nimmt sie mit zu sich nach Hause, gibt ihr etwas zum Anziehen und nimmt sie fest in den Arm. Sie steht unter Schock, schluchzt heftig und lässt es einfach nur zu. Als sie sich ein wenig beruhigt hat, bringt er sie nach Hause. Sie sagt ihren Eltern nichts. Das T-Shirt wanderte in den Müll. Auf die Frage ihrer Eltern, warum sie ein anderes Oberteil trägt, antwortet sie, dass es dreckig sei und sie es bei Dominik zum Waschen gelassen hat. Dominik gibt ihr noch einen letzten Kuss, dann geht er. Zärtlich wie immer. Sie sagt kein Wort. Und er auch nicht! Ihnen ist klar, es ist vorbei! Die Unbeschwertheit, die sie genossen hatten, die Sorglosigkeit. Das Ereignis würde sie langfristig prägen.

Zwar treffen sie sich noch ein paar Mal bei Alissa und Nina, aber sie sind kein Paar mehr. Sie fühlt sich gedemütigt und ihr wird klar, sie mag Dominik sehr, aber sie können nicht ewig zusammen sein. Er ist eigentlich eine Frau, der sie zwar liebt, aber sie liebt Männer.

Als die Schule wieder los geht und Dominik seine Ausbildung

beginnt, ändert sich alles. Es ist ihr letztes Schuljahr und es würde ihr Schlimmstes werden. Das spürt sie! Dominik fehlt ihr. Der Sommer fehlt ihr. Sie sehnt sich nach Freiheit.

8. Kapitel

Lisa hatte Markus angerufen und darum gebeten, dass er sofort zu ihr käme. Sie bräuchte dringend Antworten. Markus weigerte sich. Er könne nicht immer sofort springen, wenn ihr der Sinn danach stand. Außerdem habe er heute viel zu tun bei der Arbeit und würde gerne mit seiner neuen Freundin am Abend ins Kino gehen. Doch Lisa wollte sich nicht einfach so abwimmeln lassen. Das letzte Treffen verlief etwas unglücklich, aber sie musste Markus sehen. Also fasste Lisa kurz die Ereignisse am Telefon zusammen und endete mit den Worten. »Und alles hängt irgendwie damit zusammen, dass du dich von mir getrennt hast. Ich glaube, wir sollten reden, oder?« Markus stöhnte nur laut auf, stimmte aber zu, vorbei zu kommen. Aber nur wenn Mario nicht anwesend war. Er wollte den, wie er ihn nannte, Affen, nicht mehr sehen. Lisa lachte nur, dachte sich aber ihren Teil. Der hat Nerven. Betrügt mich seit Jahren und will dann Mario nicht mehr sehen. Innerlich sträubte sie sich, stimmte aber schließlich zu. Sie erklärte Mario die Situation, bat ihn aber Rücksicht zu nehmen, denn die Dinge müssten einfach geklärt werden. Er nickte, verließ aber dennoch mehr widerwillig die Wohnung.

Als es klingelte und sie Markus rein ließ, gingen doch die Nerven mit ihr durch. Sie schaute ihren Ehemann wütend an, bat ihn ins Wohnzimmer, doch Markus lehnte ab. Er wolle nicht lange bleiben. Lisa kam ohne Umschweife auf den Punkt. »Jetzt sag mir endlich die Wahrheit. Susanne ist tot. Du hast sie jahrelang gevögelt und ich soll sie angeblich ermordet haben. Und ich habe gestern erst erfahren, dass du bereits wieder getrennt von ihr bist, da du ja schon eine andere fickst. Markus, was weiß ich bitte noch nicht aus deinem Leben? Das passt alles nicht zusammen und warum tauchst in allem du immer auf?«

Markus schaute sie reumütig an. Anscheinend hatte er nie vorgehabt ihr zu erzählen, dass er sie schon länger betrog. In seinen Augen sah sie allerdings ein Stück von dem Mann, in den sie sich mal verliebt hatte. Den charismatischen Mann, der ihr versprach, dass er ihr die Sterne vom Himmel holen würde.

»Lisa bitte, beruhige dich, ich kann dir alles erklären.«

Lisa hätte fast laut gelacht über dieses Klischee. Sie wollte sich von seinem Blick nicht einwickeln lassen. Zuviel hatte sie erfahren. Es war eine Menge passiert.

»Alles erklären, ja? Markus, du schaust zu viele Filme. Es lief nicht gut zwischen uns, nachdem wir die Diagnose bekamen, aber warum musst du jahrelang mit einer anderen Frau ins Bett gehen? Noch dazu mit einer Arbeitskollegin von mir. Du hättest mich doch einfach verlassen und direkt bei ihr bleiben können.«

Sie standen noch immer im Flur und Markus lehnte sich nun an die Wand. Es glitzerte ein wenig in seinen Augen. Standen ihm tatsächlich so etwas wie Tränen in den Augen? Lisa konnte es nicht genau erkennen, bemerkte aber, dass er zu kämpfen hatte. Dann begann er zu erzählen. »Lisa, weil ich dich liebe und es immer noch tue. Ein wenig zumindest. Aber unsere Ehe, seien wir ehrlich, es klappte nicht mehr. Als die Diagnose kam, warst du so abweisend. Der Sex funktionierte nur noch, wenn wir uns gestritten hatten, als Versöhnung. Ich bin auch nur ein Mann und habe Bedürfnisse.«

Lisa schnaufte an diesem Punkt, lies ihn aber weiter reden. »Als ich Susanne traf, war ich sauer. Und sie war sauer auf ihren Mann. Sie erzählte mir, dass er sie zwar liebte, aber mehr auch nicht. Er, wie soll ich es erklären ...? Ihr Mann konnte es einfach nicht mehr, also, intim mit ihr werden. Irgendwann erzählte sie mir, wie attraktiv sie

mich fände und das sie schon gerne mal mit mir rumma-
chen würde und so. Dann ist es einfach passiert.«

»Du musst nicht weiter ins Detail gehen,« wandte Lisa
ein. »Aber warum fünf Jahre, Markus? Ich habe dir vertraut.«

Markus nickte nur. »Ich habe dich auch geliebt Lisa, aber
es lief doch nichts mehr zwischen uns. Weißt du, ich hatte
mir doch nur Nähe gewünscht. Nach dem ersten Mal hatte
ich ein schlechtes Gewissen, aber wie das so ist. Ich kam
nach Hause, du warst immer noch abweisend. Ich ging
wieder zu ihr und aus einmal wurde es eben mehrmals am
Wochenende. Am Ende sagte Susanne mir, sie würde mich
lieben und ihren Mann verlassen wollen. Ob ich mir nicht
auch vorstellen könnte, eine feste Beziehung mit ihr zu
führen. Lisa, ich habe Susanne nie geliebt. Ich habe es aber
auch nicht übers Herz gebracht, ihr die Wahrheit zu sagen.
Der Sex war einfach gut und sie gab mir das, was ich bei
dir nicht mehr bekam. Am Ende hielt ich sie immer hin,
bis zu dem Zeitpunkt, wo wir über Kinder sprachen. Ich
erzählte ihr, was bei uns geschehen war und warum es bei
uns nicht mehr so gut läuft. Sie erklärte mir aber, sie wolle
keine Kinder. Ihr kam es als Vorteil vor. Wir hätten eine
Beziehung haben können, ohne uns darüber Gedanken
zu machen. Keinen Stress. Sie verstand nicht, wie wichtig
mir Kinder sind. Da war mir klar, ich kann dich niemals
für sie verlassen. Als sie mir dann auch noch sagte, du
arbeitest in ihrer Firma, war mir klar: Ich muss die Affäre
beenden. Bisher wusste ich ja nicht einmal was Susanne
beruflich machte. Aber mein Vorsatz, es zu beenden, hielt
nicht lange. Du hast dich nur noch in die Arbeit gestürzt
und als der Vertrag über die eingefrorenen Embryonen
endgültig gekündigt war, habe ich mich bei Susanne abgelenkt, ihr aber auch von vornherein gesagt, dass sie für
mich nur eine Affäre ist. Sie versprach mir, dir nichts zu
sagen und es tat mir einfach gut mich abzulenken. Und

ich schwöre dir, in der Zeit, als du schwanger warst, lief da nichts.«

Lisa schnaufte nochmal. »Oh, wie großzügig! Während wir also versuchten ein Baby zu bekommen, hattest du immer noch eine andere am Start. Nur mal gucken wer zu erst schwanger wird? Ach nein, warte! Die andere will ja kein Kind. Mit der habe ich den guten Sex. Die andere ist mein Versuchsobjekt, um meine Gene weiter zu geben.«

»Lisa, das stimmt so nicht. Susanne ist sterilisiert. Sie hatte es mir gesagt als wir das Thema Kinder hatten. Ich wusste immer, dass sie keine Kinder bekommen kann und auch keine will. Bitte glaub mir, ich habe nie aufgehört dich zu lieben. Auch jetzt nicht.«

Markus kam einen Schritt auf sie zu, breitete die Arme aus, aber Lisa zog sich zurück.

»Du glaubst doch nicht im Ernst es wäre alles in Ordnung?«, rief sie empört aus.

»Ich weiß, es tut mir leid. Aber weißt du, das mit Karina war nur einmal. Eigentlich wollte ich nicht ...« Lisa lachte laut auf, sagte aber nichts weiter. Markus ignorierte ihr Lachen.

»Ich hatte ja dich und Susanne.«

»Genau!«, bemerkte Lisa. »Aber zwei Frauen waren dir wohl nicht genug.«

Er schaute auf den Boden. Beide schwiegen für einen Augenblick. Dann begann Lisa wieder. »Ich habe wirklich überhaupt kein Verständnis für das, was du mir angetan hast. Vor allem so lange. Noch weniger, dass du die Erstbeste schwängerst, mir sagst, dass du mich liebst, mich dann aber doch verlässt.«

Markus schaute immer noch auf den Boden, bevor er antwortete. »Ich weiß, aber sie will abtreiben, weil sie nicht weiter weiß. Ich hatte ihr zwar versprochen, mich zu kümmern, aber sie sagt, das Kind ist ihr und ihrem Studium im Weg. Du weißt, wie sehr ich mir ein Kind wünsche. Lisa, bitte glaub mir, ich liebe dich noch immer. Aber ich will dieses Kind und daher kann ich nicht bei dir bleiben. Ich kann doch nicht mein eigenes Kind töten lassen.«

»Ach, jetzt ist es also in Ordnung mich zu verlassen? Aber beim Vögeln ohne Verpflichtung, kann man dann eben auch mal drei Frauen gleichzeitig haben, oder wie?« Sie schüttelte dabei den Kopf. »Aber bitte erkläre mir eins. Warum ist Susanne tot?«

Markus weinte. »Ich weiß es nicht, und es ist so .... Ich weiß nicht, wie ich es sagen soll, aber nach allem, was du mir erklärt hast, scheint es wirklich so, als sei ich an allem Schuld.«

Lisa sah ihn nur an. Sagte nichts. Sie verstand jetzt, das Markus einfach nur jemanden brauchte, der ihm ein Kind schenkte. Das er sie noch liebte, glaubte sie wirklich. Sie konnte ihm nicht verzeihen.

»Markus, bitte denk nochmal nach. Letzte Woche Montag, als du hier in der Wohnung warst, war Karina dabei. Hast du die ganze Zeit gesehen was sie gemacht hat? Könnte sie mir etwas in die Wasserflasche getan haben?« Der Gedanke war Lisa soeben erst gekommen. Markus hatte beim letzten Gespräch deutlich betont, dass er nicht alleine war.

»Karina würde so etwas nie tun. Da bin ich mir sicher.«

»Das beantwortet nicht meine Frage.«

»Nein, sie war auch mal alleine in der Wohnung. Also, ich habe sie jetzt nicht die ganze Zeit beobachtet. Ich war mit dem Einpacken der Sachen beschäftigt. Aber warum sollte sie das tun?«

»Na vielleicht, weil sie spürte, dass du sie nicht liebst? Sie könnte eifersüchtig sein. Meinst du, ich könnte mit Karina mal sprechen? Vielleicht ergibt sich dadurch auch ein Zusammenhang zu Susanne, oder zu dem Karton, der hier stand.«

Markus ließ sich nicht mehr abhalten. Er nahm Lisa

jetzt doch in den Arm und drückte sie. Lisa ließ es zu. Beide weinten. Doch dann, als Markus sie küssen wollte, wies sie ihn deutlich zurück. Sie ließen voneinander los. Schwiegen.

»Es tut mir leid.«, begann er. »Es ist nur ... Die Gefühle und die Erinnerungen an unser kleines Mädchen. Das ist gerade alles etwas zu viel. Ich habe Mist gebaut. Ich habe der Frau weh getan, die ich sehr liebe. Das merke ich jetzt. Es tut mir wirklich leid. Vielleicht kann Karina mal mit dir reden. Vielleicht geht es dir besser dadurch, aber ich denke nicht, dass sie etwas mit Susanne oder der Sache mit dem Karton zu tun hat. Sie wusste nicht einmal etwas von Susanne.«

Lisa horchte auf. »Aber von dem Karton?«

Markus nickte. »Ja, ich hatte ihr erzählt, dass wir diesen Karton haben. Als Erinnerung. Ich habe selber Angst dieses Baby zu verlieren. Auch wenn zur Zeit alles okay zu sein scheint. Karina ist noch ganz am Anfang. Man hatte beim letzten Termin wohl nur das Herz schlagen sehen. Beim nächsten Termin darf ich mit, hat sie gesagt.«

»Hör zu, mir ist es wichtig mit Karina zu sprechen, ja? Gib mir bitte deine neue Adresse. Ich kann sie besuchen und dann können wir reden.«

»Das ist keine gute Idee,« warf er ein. »Lisa, ich merke doch selber, dass du aufgewühlt bist. Und in ihrem Zustand will ich sie nicht aufregen oder so. Bitte gebe mir die Zeit, ich arrangiere etwas, und ich spreche vorher auch mit ihr, ja?«

Lisa nickte, sie wollte keinen Ärger mehr. Das die beiden nach allem halbwegs normal miteinander sprachen, war ihr viel wert. Und sie war froh, dass auch Markus einsah, dass alles irgendwie zusammenhängen musste. Auch wenn noch keiner von beiden wusste, warum. Sie ging einen Schritt auf ihn zu, umarmte ihren Mann kurz und flüsterte nur noch: »Markus, ich habe dich auch geliebt.

Ich war abweisend, weil ich gemerkt habe, es passt mit uns nicht mehr. Es ist in Ordnung so. Werde bitte glücklich.«

Markus lies sie irritiert los. Nickte nur und verabschiedete sich dann.

Lisa informierte Mario per Textnachricht, dass er wieder zurück kommen könne, bevor sie heulend in ihr Bett fiel. Sie hatte jetzt die Antworten zu ihrer Ehe, aber sie wusste immer noch nicht, warum ihr Leben gerade so den Bach runter ging. Sie war überfordert und wünschte, sie könnte die Zeit zurück drehen. Einfach nochmal alles auf Anfang. Im Moment ging ihr alles zu schnell. Trotzdem war sie froh, dass sie Mario hatte. Sie wollte ihn nicht missen.

Als es kurz darauf an der Tür klingelte, stand Lisa verweint auf und öffnete mit den Worten: »Na? Hast du deinen Schlüssel vergessen?« In ihrer Erwartung sollte Mario langsam wieder zu Hause sein. Doch vor ihr stand ein uniformierter Mann und nicht Mario. Es war Herr Reitlinger, der Polizist von heute Morgen.

»Guten Tag, Frau Oppenheimer.«

Lisa war sichtlich irritiert. »Guten Tag, kann ich nochmal helfen?« Sie wischte sich grob die Tränen aus dem Gesicht.

»Ja, wir bräuchten noch ihre Fingerabdrücke. Reine Routine. Wir nehmen diese jetzt auch von allen Kollegen auf.«

»Ja aber, es war meine Schere, wie sie schon deutlich erwähnt hatten. Dann ist doch klar, dass auch meine Abdrücke darauf sind, oder?«

»Ja sicher,« erwiderte der Polizist. »Aber um auszuschließen, dass sich auch andere Abdrücke darauf befinden, brauchen wir eben auch Ihre Fingerabdrücke.«

Herr Reitlinger erklärte ihr daraufhin das Prozedere und sie willigte ein. Kurze Zeit später kam auch Mario zur Tür herein. Er stutze, doch nachdem auch ihm alles erklärt wurde, willigte er ein.

Erst als sie den Beamten verabschiedet hatten, sah Mario, dass seine Freundin geweint hatte. Er nahm sie stumm in die Arme. Sie brauchte nichts sagen. Er wusste, es würde nach all der Zeit nicht leicht sein. Markus und Lisa waren lange ein Paar. Und die Ereignisse überschlugen sich. Das war keine normale Trennung und Lisa sollte soviel weinen wie sie wollte. Sie brauchte ihn jetzt.

9. Kapitel

Die Zeit verging nur langsam. Nachdem die Fingerabdrücke abgenommen waren und überprüft wurde ob man Lisa auf den Videoaufzeichnungen der U-Bahn aufgenommen hatte, konnte Lisa nur noch warten. Ihr Büro war bis auf weiteres geschlossen. Eine Homeoffice Alternative gab es zur Zeit nicht, da es keine technischen Möglichkeiten gab. Lisa hatte Mario über das Gespräch mit ihrem Mann aufgeklärt und dieser befand, dass es eine gute Idee war, mit Karina zu sprechen. Auch er hatte den Verdacht, dass da mehr dahinter steckte und wollte, dass Lisa die Polizei darüber informierte. Lisa wusste nicht so recht. Sie fand es ein wenig zu weit hergeholt, dass Karina vielleicht auch etwas mit Susanne zu tun haben könnte. Immerhin war das Büro abgeschlossen. Dennoch hatte sie bei dem ganzen ein ungutes Gefühl. Sie wollte alleine mit Karina sprechen und erst einmal selber in sich hinein horchen, was ihr Gefühl sagte, bevor sie mit der Polizei redete. Lisa hatte Angst mit der Polizei zu reden, denn die Gefahr war doch sehr hoch, dass man sie unter Mordverdacht stellen würde. Vor allem, wenn keine Beweise gefunden wurden, die ihre Unschuld bezeugten. Jemand spielte ihr übel mit und sie fühlte sich machtlos. Aber sie konnte nun nichts weiter tun als darauf zu warten, dass Markus sich meldete.

Um sich abzulenken, wollte sie mit Mario spazieren gehen. Sie gingen Hand in Hand die Tür hinaus. Es war ein sonniger Tag im September, aber man merkte schon deutlich, dass es Herbst wurde. Es war dieser feuchte Geruch, der in der Luft hing und die Bäume ließen die ersten Blätter fallen. Das Laub raschelte laut unter ihren Schritten. Nachdem sie ihre Straße verlassen hatten, bogen die beiden in einen nahegelegenen Park ein, der an diesem Tag gut besucht war.

Sie redeten nicht viel. Ließen sich einfach treiben. Lisa war froh. Sie genoss die Stille mit Mario. Es brauchte nicht viele Worte. Er akzeptierte, wenn sie schweigen wollte. Markus war da immer anders gewesen. Er musste ständig reden. Brauchte ständig das Gespräch um sich sicher zu fühlen. Bei Mario fühlte sie sich geborgen. Er ließ ihr ihre Gedanken. Es war, als ob er spürte, dass sie die Nähe genoss, aber freien Raum für ihre Gedanken brauchte.

Die beiden durchquerten den Park, gingen immer weiter über mehrere kleine Seitenstraßen und landeten irgendwann mitten im nächsten Stadtteil an einer viel frequentieren Einkaufsmeile. Sie waren sicher zwei Stunden gelaufen und hatten nicht gemerkt, das sie bereits den großen Westpark durchlaufen hatten und nun irgendwo im Westend waren. Weit weg von München-Solln, wo sie eigentlich wohnten.

Mario drückte sanft Lisas Hand und schaute sie liebevoll an.

»Wir sollten den Bus nach Hause nehmen.«

Lisa nickte nur. Ihre Gedanken drehten sich immer noch im Kreis. Sie kam einfach nicht darauf, wie alles zusammen passen könnte. Erst die Sache mit den K.O.-Tropfen, dann der Karton, der Konflikt mit Susanne, die dann auf einmal ermordet im Büro aufgefunden wurde. Die fehlende Zeiterfassung, die Email mit den falschen Auswertungen. Es ergab einfach alles keinen Sinn.

»Da drüben ist die nächste Bushaltestelle. Ich habe gar nicht mitbekommen, dass wir so weit gelaufen sind,« sagte Lisa und ging mit Mario auf die Haltestelle zu um zu sehen, welcher Bus hier abfuhr und sie am Besten wieder nach Hause bringen könnte. Sie kannte sich hier überhaupt nicht aus.

An der Haltestelle, warteten schon einige Menschen. Sie war gut gefüllt und so stellten die beiden sich an den Bordstein und warteten. Zum Fahrplan gelangten die

Beiden leider nicht, da dieser durch die Menschenmenge blockiert war. Sie nahm ihr Smartphone aus der Tasche und wollte über die App nachschauen. Markus ließ ihre Hand los. Er stand neben ihr und wartete.

Während sie auf das Display schaute, sah sie im Augenwinkel einen Schatten, gefolgt von einem Schrei, quietschenden Autoreifen und dem Scheppern von Metall.

Einem Impuls folgend schaute Lisa nicht auf die Straße. Lisa drehte sich um. Wo war Mario? Sie schrie. »Mario!« Er war nicht mehr neben ihr. Erst dann schaute sie nach vorne und sah ihn am Boden liegen. Blut schien aus seinem Kopf zu kommen. Sie nahm ihre Umwelt nicht mehr wahr. Ein Mann rief, dass man doch bitte einen Krankenwagen rufen solle. Sie hatte ihr Smartphone noch in der Hand, als sie zu Mario lief, aber sie war nicht in der Lage zu reagieren. Sie stürzte sich auf ihn, rief seinen Namen, aber er reagierte nicht. Sie weinte, nahm ihn in den Arm. Das Blut nahm sie nicht mehr wahr. Sie schluchzte und schrie dabei immer wieder seinen Namen.

Das Nächste was sie mitbekam war, wie Passanten sie zur Seite nahmen, sie wehrte sich heftig, aber sie hatte gegen die starken Hände keine Chance. Sie weinte und weinte und als sie die Sirenen hörte, hoffte sie, dass alles gut werden würde. Sie blendete alles aus. Irgendwann sah sie, wie man Mario versorgte. Gott sei dank lebte er anscheinend noch. Die Zeit schien angehalten zu sein. Sie hatte jegliches Zeitgefühl verloren. Sie sah, was man mit Mario machte, aber sie nahm es nicht wahr. Einer der Sanitäter kümmerte sich auch um sie. Er sprach etwas zu ihr, aber sie begriff die Worte nicht. Sie hörte etwas, aber sie konnte und wollte nicht verstehen, was der Mann zu ihr sagte.

Sie sah, wie man Mario auf eine Trage legte und ins Krankenhaus fuhr. Lisa wurde weiter versorgt und durfte in einem weiteren Auto mitfahren. Sie stand unter Schock.

Im Krankenhaus fragte man sie, ob man jemanden informieren solle. Sie überlegte und es fiel ihr keiner ein. Sie hatte in der Zeit, in der sie sich ihrem Studium widmete einige Freundschaften schließen können, sich aber ewig nicht mehr bei den ehemaligen Studienkollegen gemeldet. Sie alle hatten nebenberuflich studiert und waren daher eingebunden in ihrem Beruf. Viele hatten zwischenzeitlich auch eine Familie gegründet und Lisa kam mit dem Thema nicht klar. Es bedrückte sie immer noch, dass andere Kinder bekommen konnten, nur sie nicht.

Der Einzige der ihr einfiel, war Markus. Sie bat darum, dass er kommen solle und er stellte keine Fragen, als sie ihm sagte, dass es einen Unfall gegeben hat. Er kam sofort und setzte sich an ihr Bett.

»Lisa.« Er weinte, als er Lisa da so liegen sah. Man hatte ihr beruhigende Medikamente gegeben. Sie war müde, aber als sie merkte, das Markus ihre Hand hielt und bei ihr war, machte sie die Augen auf und flüsterte: »Bitte schau wie es Mario geht.«

Markus nickte nur. Er wusste zwar nicht was passiert war, aber anscheinend war Mario schwer verletzt. Er ging hinaus. Lisa war mit ihren Gedanken wieder allein, bis das Beruhigungsmittel ihren Dienst tat und sie gnädig einschlafen lies. Die Dunkelheit erfüllte sie.

DAMALS

*D*ie nächste Zeit war hart für sie. Sie vermied es, außerhalb der Schule Aktivitäten zu unternehmen. Sie traf sich immer seltener mit Nina und Alissa und auch Dominik kam nur noch selten. Er war viel zu sehr eingespannt in seine Ausbildung und hatte daher kaum noch Zeit, da er bis spät abends arbeitete. Wenn er für seinen Block in der Berufsschule war, nahm er sich die Zeit, aber es war nicht mehr wie früher. Sie mochte ihn immer noch, aber die Erinnerung, die Demütigung an diesen einen Nachmittag, saß sehr tief. Sie hatten den beiden anderen nichts erzählt und so erklärten sie ihre Trennung damit, dass Dominik auf den Weg sei, eine Frau zu werden und sie nun mal auf Männer stand. Das Outing war anfangs schockierend, aber Alissa hatte viel Verständnis und versprach Dominik, ihn zu unterstützen wo es nur ginge. Nina hingegen brauchte eine Weile dies zu akzeptieren und wenn Dominik sich bei ihren Treffen schminkte und Frauenkleider anzog, weigerte sie sich, mit ihm vor die Tür zu gehen. Aber damit konnte er leben. Er war eben erst noch am Anfang und manche brauchten eben etwas mehr Zeit, damit klar zu kommen.

Die Klassenfahrt stand an. Ihre einzige Freundin in der Schule hat sich frei stellen lassen von der Fahrt. Ihre Eltern waren damit einverstanden, dass sie während dieser Zeit in der Parallelklasse unterrichtet wurde. Ihre Freundin wusste, dass sie keine Freude haben würde. Sie haben beide keine Freunde in der Klasse, außer sich.

Auch sie bat ihre Eltern darum, freigestellt zu werden, diese waren aber der Meinung, es wäre doch eine schöne Erinnerung für später. Eine ganze Woche an der Nordsee, und dann noch mit all den Mitschülern, die sie danach vermutlich nie wieder sehen würde. Sie seufzte dabei und dachte: Zum Glück. Aber sie hatte aufgegeben. Und nachdem ihre Eltern die 600 D-Mark für die Fahrt bezahlt hatten, kam krank machen auch nicht mehr in Frage. Sie fügte sich alledem und während ihre Klassenkameraden sich schon sehr auf die ganze Sache freuten, fühlte sie sich, je näher der Tag kam, machtloser.

Als es schließlich soweit war, saß sie alleine in ihrer Sitzreihe im Bus. Niemand macht Anstalten sich neben sie zu setzen. Die vier Stunden Fahrt bis an die See verbringt sie schweigend und schaut aus dem Fenster. Sie hat die Befürchtung, dass es schlimm werden wird, aber wenn sie sich einfach ruhig verhält, dann fällt sie vielleicht nicht auf? Genau das ist die Idee! Sie würde einfach alles mitmachen und sonst unauffällig wie immer verschwinden. Dann konnte ihr niemand etwas anhaben.

So der Plan!

Sie kommen nach einer ereignislosen Fahrt an. Ein Ferienpark an einem kleinen Ort, direkt am Jadebusen. Die drei Lehrkräfte, welche die Aufsicht während der Fahrt haben, teilen die Schüler in ihre Bungalows ein. Man hatte zwar vorher Wünsche abgeben können, mit wem man sich einen der vier Bungalows teilen wolle, aber am Ende übernehmen die Lehrer die Einteilung lieber selber, um, wie sie sagten, eine gesunde Mischung zu finden und niemanden auszuschließen. Sie ahnt schlimmes! Und so war es auch!

Sie soll sich das Haus mit fünf anderen Mädchen aus ihrer Klasse teilen, mit denen sie bisher aber noch nicht viel zu tun gehabt hat. Diese Mädchen haben sie bisher immer in Ruhe gelassen. Keine möchte mit ihr ein Zimmer teilen. Drei der Mädchen teilen sich sogar ein Doppelbett, damit ja keine von ihnen mit ihr zusammen schlafen muss. So hat sie ihr eigenes Schlafzimmer. Sie nimmt es gelassen hin. Auch sie will nicht mit einem dieser Mädchen, die so ganz anders sind als sie, zusammen in einem Zimmer schlafen. Sie packt ihre Sachen aus und geht dann zu den anderen in die Küche, die gerade darüber beraten, was es denn zu essen geben soll. Morgens und Mittags sollen die Schüler selbst kochen. Am Abend sind gemeinsame Aktivitäten geplant und das startete mit dem Abendessen in einem Restaurant.

Als sie sich zu den anderen setzt, wird sie ignoriert.

Angela, die Klassenschönheit mit ihren langen, glatten, braunen Haaren, die sogar schon mal als Model gearbeitet hatte und in einem Modekatalog für Teenagermode zu finden war, beschließt, einkaufen zu gehen. Auch hierbei wird sie nicht berücksichtigt. Die anderen lachen nur, als sie fragt, was sie denn tun könne.

»Du kaufst für dich selber ein. Wir wollen doch nicht, dass du uns alles wegfrisst, du fette Kuh.«

Sie weint. Sie ist nicht so schlank wie die anderen, aber auch nicht dick. Ihre Klamotten sind nur deutlich weiter. Sie mag sich nicht zeigen. Sie hat seit der Geschichte im Park aufgegeben, sich wie ein Teenager zu kleiden. Lieber trägt sie weite Klamotten.

Während die Anderen das Haus verlassen, schaut sie ihnen hinterher. Dann verlässt sie die Küche. Sie geht alleine zum Supermarkt. Die Lehrer hatten jedem Bungalow Geld gegeben, welches sie für die Einkäufe der Lebensmittel ausgeben dürfen. Angela hat das Geld für ihren Bungalow.

Sie greift auf das Taschengeld zurück, welches für Souvenirs gedacht war und kauft sich damit Lebensmittel für die nächsten fünf Tage.

Lebensmittel, die sie mit in ihr Schlafzimmer nehmen kann. Sie will unabhängig sein und möglichst unsichtbar. Einfach nicht auffallen.

10. Kapitel

Als Lisa erwachte war Markus bei ihr am Bett. Sie setzte sich auf. Ihr dröhnte der Kopf. Sie fühlte sich etwas benebelt, wollte aber sofort von ihm wissen, wie es Mario geht.

Markus sah sie mitleidvoll an und sie befürchtete schlimmes.

»Er liegt im künstlichen Koma. Er hat schwere Kopfverletzungen, aber er hatte Glück im Unglück. Er wird es schaffen, sagen die Ärzte. Aber vorerst braucht er viel Ruhe. Innere Verletzungen hat er sonst keine. Nur noch einen gebrochenen Arm. Es ist wie ein Wunder. Er muss mit voller Wucht auf das Auto getroffen sein.«

Lisa schluchzte als sie das hörte. Sie erinnerte sich noch daran, dass sie nach einer Busverbindung in ihrer App schauen wollte, und dann der Schatten, und auf einmal war da der Aufprall, und der Schrei.

»Das war kein Unfall,« flüsterte sie. »Es kann kein Unfall gewesen sein! Jemand hat ihn gestoßen!«

»Was redest du da?« Markus schien nicht ganz zu verstehen was Lisa ihm damit sagen wollte. »Es war voll an der Haltestelle. Laut einer Zeugenaussage stand Mario nah an der Bordsteinkante. Vermutlich hat ihn jemand angerempelt. Versehentlich. Die Polizei war schon da und hat mich aufgeklärt. Sie will später auch noch einmal mit dir reden. Man will in der Zwischenzeit noch weitere Zeugen befragen. Übrigens hat mich auch ein Beamter wegen Susanne kontaktiert, aber darüber können wir später reden.«

Lisa war jetzt hellwach. Erst Susanne, nun Mario. »Das war kein Unfall. Versteh doch, da gibt es einen Zusammenhang! Erst stirbt Susanne, dann soll Mario einen Unfall gehabt haben? Ich weiß nicht, was hier gespielt wird, aber ich muss mit der Polizei reden. Ich habe so langsam das Gefühl, dass man mir einen üblen Streich spielt und es darauf abgesehen hat, mein Leben zu zerstören.«

Markus schaute sie verwirrt an. »Lisa, du übertreibst. Die Polizei vermutet mittlerweile, dass es auch Eifersucht gewesen sein könnte, weswegen Susanne gestorben ist. Sie hatte neben mir noch ein anderes Verhältnis. Susanne war keine Heilige, auch wenn sie sich gerne so dargestellt hat.«

Nun war Lisa verwirrt. »Ich verstehe nicht. Susanne hatte noch einen anderen? Aber sie war wirklich eifersüchtig auf mich. Sie war in dich verliebt.«

Markus lachte bitter. »Ja, ich weiß. Anscheinend wollte sie mich eifersüchtig machen. Weißt du, was herauskam und mit wem sie ein Verhältnis hatte?«

Lisa schüttelte den Kopf. Woher sollte sie das wissen? Susanne und sie waren zwar Kolleginnen, gingen sich aber sonst komplett aus dem Weg. Inzwischen wusste sie den Grund, aber es hatte sie nie gestört, dass Susanne die Nähe zu ihr vermieden hat.

Markus kam nun näher an sie heran, als hätte er Angst, es könnte sie jemand hören, obwohl sie alleine im Zimmer waren. »Dein Vorgesetzter, Robert,« sagte er leise und Lisa vergaß für einen kurzen Moment zu atmen, als zur gleichen Zeit die Tür aufging und die Ärzte für die Visite hereinkamen.

Lisa wollte noch mehr Fragen stellen, denn was sie gerade hörte, verwirrte sie. Woher wusste Markus das? Er kannte die Firma doch gar nicht. Oder etwa doch? Wussten etwa auch Kollegen über ihn und Susanne Bescheid? Lisa musste sich gedulden. Die Visite würde sicher nicht wieder gehen, damit sie weitere Antworten von ihrem noch Ehemann bekam.

»Guten Morgen, Frau Oppenheimer,« grüßte sie einer der Ärzte, der von zwei weiteren und einer Krankenschwester begleitet wurde. »Wie geht es ihnen heute?«

Lisa richtete sich noch etwas mehr auf. Obwohl ihr Kopf immer noch dröhnte und sie sich sehnlichst einen Kaffee wünschte, versuchte sie einen möglichst gesunden Eindruck zu vermitteln. Sie wollte so schnell wie möglich hier raus, um bei Mario sein zu können.

»Mir geht es gut. Danke,« antwortete sie so fröhlich wie möglich.

Der Arzt machte sich ein paar Notizen, die Schwester kam mit dem Fieberthermometer und maß die Temperatur im Ohr. »36,9 Grad,« sagte sie, und der Arzt notierte sich auch diese Angaben. Danach kam er mit einer Taschenlampe auf sie zu, leuchtete in ihre Augen und nickte dann zufrieden, bevor er Lisa fragte: »Haben sie irgendwelche Beschwerden, Frau Oppenheimer?«

Lisa schüttelte den Kopf und bereute es jedoch sofort wieder. Sie verzog das Gesicht. »Oder doch,« sagte sie daher schnell. »Mir tut der Kopf ein wenig weh. Aber ich glaube, das kommt, weil ich so lange gelegen habe.«

Der Arzt nickte. »Sie haben starke Beruhigungsmittel bekommen, denn sie haben einen Schock erlitten. Wir würden sie gerne noch einen Tag zur Beobachtung hierbehalten. Ein Psychologe wird sich heute auch noch bei ihnen melden und mit ihnen reden. Sie wollen doch auch sicher wissen, wie es ihrem Bekannten, Herrn Brandl, geht?«

»Mein Partner. Herr Brandl und ich sind ein Paar.«

»Oh, bitte entschuldigen sie.« Der Arzt schaute abwechselnd auf Markus und sie. »Ihr …also der Herr hier, hatte sich als ihr Mann vorgestellt.«

»Mein baldiger Exmann. Aber es ist in Ordnung, dass er hier ist. Wir verstehen uns.« Lisa schaute Markus an, der auf den Boden schaute, als sie das Wort Exmann aussprach.

»Wie auch immer,« fuhr der Arzt fort. »Ich hatte Frau Jansen schon über den Zustand ihres Freundes informiert. Es geht ihm soweit gut, aber wir behalten ihn noch im künstlichen Koma. Die Verletzungen im Kopf sind nicht ungefährlich und müssen erst abschwellen. Außerdem hat ihr Freund einen gebrochenen Arm, den wir mit Schrauben fixiert haben. Aber sonst hat er wirklich Glück gehabt. Sie haben nicht zufällig gesehen, was passiert ist?«

Lisa schüttelte den Kopf. Dann stöhnte sie wieder auf. Die Schmerzen waren wieder da.

Ihr schwirrte der Name Jansen durch den Kopf. »Entschuldigen sie bitte, wer ist Frau Jansen?«

Markus mischte sich schnell ein. »Ich habe dich noch nicht aufklärt. Manuela Jansen, sie ist Marios Exfreundin.«

»Ach so ...« Lisa klang enttäuscht. Manuela liebte Mario anscheinend sehr. Sie musste wohl einen Anruf erhalten haben. Sicher hatte sie das! Mario wohnte offiziell immer noch bei ihr und seine Eltern lebten im Allgäu und wären daher sicher entweder noch auf dem Weg hier her, oder sie wurden noch gar nicht informiert. Natürlich machte sich Manuela Sorgen. Lisa hatte sie erlebt, wie sie litt, als sie Marios Sachen brachte. Es schmerzte sie ein wenig. Sie wollte auch zu Mario, aber sie war auch froh, dass ihr Freund in dieser schwierigen Situation nicht alleine war.

»Frau Oppenheimer, wir haben der Polizei erlaubt, sich gleich bei bei ihnen zu melden. Sie machen soweit einen stabilen Eindruck und sie dürfen auch gerne aufstehen. Aber bitte bleiben sie in der Nähe der Station und immer schön langsam.«

»Ich will aber zu Mario.« Lisa klang fast verzweifelt.

»Das verstehen wir,« begann der Arzt. »Aber es wäre im Moment wirklich besser, wenn sie erst einmal mit dem Psychologen sprechen. Sie waren gestern wirklich mehr als aufgewühlt und das kann ich auch sehr gut verstehen.

Aber ihr Freund braucht Ruhe und Frau Jansen ist auch gerade bei ihm. Sie wird sie sicherlich informieren.«

In Lisas Magen zog sich alles zusammen. Klar, seine Exfreundin ist bei ihm und mein Exmann ist bei mir. Dann ist ja alles wunderbar! Sie hoffte dennoch, dass Manuela fair war und mit ihr sprechen würde.

Resigniert legte sie sich wieder hin.

»Gut,« sagte der Arzt weiter. »Sie bekommen gleich Frühstück und dann wird auch recht bald der Psychologe bei ihnen sein. Mein Kollege hier,« er deutete auf den jungen Arzt hinter sich, »hat heute Dienst und wird später noch einmal nach ihnen schauen. Und zur Nacht geben wir ihnen ein leichtes Schlafmittel. Wenn alles gut ist, dürfen sie morgen nach Hause. Haben sie jemanden, der bei ihnen bleiben kann? Ich möchte sie wirklich ungern alleine daheim sehen.«

Lisa sah Markus an. Sie zögerte.

»Ich kann für ein paar Tage nach ihr sehen,« sagte er schon, bevor Lisa etwas erwidern konnte.

»Gut, dann bis später und alles Gute Frau Oppenheimer.«

Damit ging die Gruppe raus. Lisa blickte immer noch auf Markus.

»So viele Fragen, ich weiß,« begann er sofort, als könnte er die Gedanken seiner Frau lesen.

Lisa nickte nur. »Du kannst nicht bei mir bleiben. Karina macht sich bestimmt Sorgen, weil du die ganze Nacht schon bei mir geblieben bist.«

Markus räusperte sich. »Karina hat sich von mir getrennt, nachdem die Polizei bei mir war.« Lisa starrte ihn mit offenem Mund an. Irgendwie kam gerade alles auf einmal.

»Erzähl bitte erst einmal alles von vorne. In meinem Kopf schwirrt alles und ich habe langsam das Gefühl, der Boden bricht unter mir weg.«

Lisa richtete ihr Kopfteil nach oben und nahm sanft Markus Hand.

»Und danke. Danke, dass du da bist. Ich bin noch nicht bereit, dir zu verzeihen. Aber im Moment bin ich schon froh, nicht alleine sein zu müssen.«

Er nickte nur, bevor er anfing, alles zu erzählen.

DAMALS

Mittlerweile hat sie drei Tage gut überstanden. Es ist Mittwoch und es gab keine nennenswerten Zwischenfälle.

Nachdem sie am Montag ihre eigenen Lebensmittel gekauft hatte, war sie froh, alleine im Bungalow zu sein, als sie mit ihren Einkäufen zu Hause ankam. Sie deponierte alles in ihrem Zimmer. Sie hatte sehr darauf geachtet, keine gekühlten Lebensmittel zu kaufen und so bestand der größte Teil ihrer Nahrung aus Keksen, etwas Obst und Schokolade.

Den Rest des Tages schloss sie sich in ihrem Zimmer ein und ging am Abend wie geplant mit zum Abendessen. Es ärgerte sie, dass niemand registrierte, dass sie ganz alleine am Ende des Tischs saß und sich niemand mit ihr unterhielt. Nicht einmal die Lehrkräfte, die sich, ausgiebig wie immer, mit den Klassenlieblingen unterhielten, bekamen etwas mit. Als es hieß, man wolle später noch zum Bowlen gehen, schlich sie sich auf ihr Zimmer und wen wunderte es: Niemand bemerkte es!

Beim Ausflug am Dienstag wurde ihr Fehlen noch nicht einmal erwähnt. Die Klasse besuchte an diesem Tag den Zoo in Bremerhaven und sie überlegte schon, ob es auffallen würde, wenn sie einfach im Bus blieb. Aber sie wollte auch ein bisschen was erleben und als nach dem Zoobesuch Freizeit anstand, schlenderte sie wieder mal alleine durch die Straßen.

Dabei wurde ihr schmerzlich bewusst, dass sie kein Geld mehr hatte für Souvenirs. Ihr kamen die Tränen und schluchzend setzte sie sich auf eine naheliegende Bank und schaute auf die Uhr. Noch 2 Stunden bis der Bus abfuhr. Sie blieb einfach sitzen und wartete, beobachtete die Passanten und bemerkte nach einer Weile eine Gruppe von Schülern ihrer Klasse. Sie sahen sie nicht, aber sie sah sie. Es waren ein paar Jungs. Darunter auch Thomas, der sie gerne wegen ihres Lispelns aufzog. Aber diesmal beachtete er sie nicht. Sie saß einfach da und be-

wunderte sie. Es musste toll sein, beliebt zu sein. Freunde zu haben. Nicht unsichtbar zu sein.

Als sie zurückfuhren, beschloss sie, das Abendessen ausfallen zu lassen. Sie blieb einfach in ihrem Zimmer und mal wieder bemerkte es niemand!

Tolle Aufsichtspersonen, dachte sie nur. Sie nahm ihr Buch und las. Sie tauchte in eine andere Welt ein und für einen Moment war alles gut.

Am nächsten Morgen nimmt sie ihr Frühstück, wie die Tage davor auch, auf ihrem Zimmer ein. Danach macht sie sich bereit für den heutigen Ausflug. Sie wollen alle zum Deich. Dort soll ein lustiges Sportevent stattfinden. Eigens für eine Gruppe organisiert. Ganz lustig! Vor allem, da sie seit Jahren keinen Sport mehr machen darf. Als sie ankommt sind die Anderen alle schon da, aber wie immer nimmt niemand Notiz von ihr. Sie setzt sich einfach ins Gras und wartet. Ah, denkt sie sich. Volleyball. Das wird sicher lustig, wenn unsere Klassenschönheiten mal wieder versuchen ihr Bestes zu geben, um die Jungs zu beeindrucken, die ihnen ja eigentlich zu jung sind. Sie sitzt da und lässt wie immer die Zeit vergehen. Sie denkt nach, will eigentlich nur wieder zurück auf ihr Zimmer. Sie will lesen und die letzten beiden Tage noch irgendwie herum bekommen. Und sie sehnt sich nach dem letzten Sommer. Zum ersten Mal seit langem wird ihr bewusst, wie toll der Sommer mit Dominik war. Wie sehr sie die Zeit genossen hatte. Sie vermisst ihn. Doch dann erinnert sie sich auch an den Vorfall im Park. Es überkommt sie eine Gänsehaut. Nein, Dominik muss Vergangenheit bleiben. Melanies Freunde würden immer auf sie warten. Es geht nicht. Sie wird plötzlich durch einen Pfiff aus den Gedanken gerissen. Das Spiel ist endlich vorbei. Es dürfen alle zurück in ihre Häuser, um sich frisch zu machen, bevor man sich für eine Wattwanderung in einer Stunde wieder treffen wolle.

Sie überlegt nicht lange, steht auf und ist als Erste an ihrem Bungalow.

Doch was sie da wahrnimmt, kann sie im ersten Moment gar nicht glauben: Die Balkontür ihres Schlafzimmers im Erdgeschoss steht offen. Sie runzelt die Stirn. Hatte sie vergessen die Tür zu schließen?

Als sie das Schlafzimmer über die offene Tür betritt, ist sie erschrocken. Ihre Schranktür steht offen und auf dem Bett sind ihre ganzen Lebensmittel verteilt. Sie geht zum Kleiderschrank. Ihre Klamotten sind weg, und zwar alle, inklusive der Unterwäsche. Sie wird rot. Denn natürlich trägt sie nicht so schicke Unterwäsche wie eine Angela. Warum auch? Für sie muss es einfach bequem sein. Jungs will sie nicht beeindrucken. Sie hat daran kein Interesse. Man würde sie sowieso wieder nur auslachen.

Langsam zieht sich alles in ihr zusammen. Was hat das zu bedeuten? Als sie nochmal zum Bett blickt, bemerkt sie einen Zettel. Sie nimmt ihn und liest laut: »Zehn zahme Ziegen ziehen zehn Zentner Zimt zum Zoo.« Wie paralysiert lässt sie sich langsam auf ihr Bett sinken.

Sie weiß nicht wie lange sie einfach nur da sitzt. Sie lässt es zu. Sie weint. Dann auf einmal sieht sie Thomas und ein paar seiner Freunde vor der Tür stehen.

»Na, Fetti? Lies mal laut, vielleicht ist das ja der Zauberspruch um deine Klamotten wiederzubekommen.«

Sie schaut ihn an und schreit: »Gib mir meine Sachen.«

Er grinst nur. »Sag den Spruch und ich gebe dir einen Tipp, wo du sie findest.«

Sie hat keine andere Wahl. Diesmal kann sie es nicht ausblenden und ihn ignorieren. Es würde nichts besser machen. Sie sagt den Spruch. Unter Tränen. Und da sie so aufgewühlt ist, lispelt sie stark.

»Zehn zahme Ziegen ziehen zehn Zentner Zimt zum Zoo.«

Die Jungs lachen hämisch. Thomas klatscht und sagt: »Schau dich mal im Haus um. Du wirst so nach und nach alle Sachen finden. Übrigens, schicke Höschen. Meine Oma hat auch solche.«

Johlend vor lachen drehen sich die Jungs um und verlassen ihr Zimmer. Sie fühlt sich gedemütigt. Noch mehr, als die Zimmertür geöffnet wird. Angela steht da und hält angewidert etwas in die Höhe, was sie sofort als ihren BH erkennt. Zwischen Daumen und Zeigefinger hoch gehalten, verzieht Angela das Gesicht und sagt: »Die Größe kann nur zu dir gehören! Pass gefälligst auf deine Sachen auf. Der hier lag in meinem Kulturbeutel. Wie auch immer er da hin gekommen sein mag?«

Sie schießt nach vorne, reißt ihr den BH aus der Hand. Die verdutzte Angela will gerade ansetzen um etwas zu sagen, doch sie schlägt die Tür zu. Angela hat gerade genug Zeit gehabt einen Schritt zurück zu gehen, bevor sie die Tür auf die Nase bekommt.

Sie lässt sich heulend auf ihr Bett fallen. Die Kekse, die noch nicht komplett zerkrümelt waren, sind es jetzt. Es ist ihr egal. Sie kann nicht mehr. Sie erträgt das alles nicht mehr. Sie wünscht sich zurück nach Hause. Aber sie hat nicht mal mehr Geld um ihre Eltern anzurufen. Der Verzweiflung nahe schreit sie all ihren Frust laut heraus. Es ist ihr egal, ob man sie hört. Es ist ihr egal, was die anderen von ihr denken. Sie will einfach nur alles raus lassen.

Nach einer Weile hat sie sich beruhigt. Sie steht auf, macht die Tür auf und will losgehen, um ihre Sachen einzusammeln, doch diese liegen schon gefaltet vor der Tür. Als sie ihre Klamotten aufheben möchte, um sie wieder in den Schrank zu packen, sieht sie Angela um die Ecke kommen.

Angela geht zu ihr, nimmt sie in den Arm, und sagt. »Es tut mir so leid! Manchmal sind hier alle ein wenig drüber.«

Sie ist verwirrt, lässt die Umarmung aber zu. Es ist das erste Mal, dass sie nicht ausgelacht wird. Das erste Mal, dass jemand zugibt, wie gemein die Meisten zu ihr sind.

»Danke.« Mehr kann sie nicht sagen. Angela lässt sie wieder los. Sie wirkt verlegen.

»Wenn du magst, komm doch mit zu uns. Ich denke, wir haben noch ein bisschen was zu essen da.« Sie schaut Angela an. Wittert eine Falle, doch die Augen ihrer Mitschülerin sehen ehrlich aus.

Zögernd nimmt sie das Angebot an. Als sie zu den anderen Mädchen an den Tisch kommt, bemerkt sie zum ersten Mal keine Ablehnung. Sie isst eine Portion Salat mit Baguette, beteiligt sich aber nicht an den Gesprächen. Sie versucht, so unauffällig wie möglich zu bleiben. Noch immer wittert sie in allem eine Falle. Sie horcht kurz auf, als Angela den Namen Melanie erwähnt. »Ich habe gehört sie entbindet bald. Bin schon sehr gespannt. Seit sie schwanger ist haben wir kaum noch Kontakt.«

Sie wusste nicht mal, das Angela und Melanie überhaupt welchen hatten.

»Ihr wart befreundet?« fragte sie daher verwundert.

»Freunde kann man nicht so sagen. Wir haben uns nur mal unterhalten. Sie hatte nach der Schule im Laden meiner Mutter gearbeitet. Als sie von der Schule gegangen ist, war sie da noch kurz beschäftigt. Ich wusste, dass sie auf der neuen Schule nicht gut aufgenommen wurde. Irgendwann ist sie dann nicht mehr zur Arbeit erschienen und als ich sie mal auf der Straße getroffen hatte, habe ich den Bauch schon deutlich sehen können. Wir hatten uns nur kurz unterhalten. Ab und zu sehe ich sie, aber sie erzählt nicht viel. Sie hat sich sehr verändert.«

Sie nickte, als sei damit alles klar. Irgendwie war es ihr eine Genugtuung, dass Melanie mal erfuhr, wie es war, abgelehnt zu werden.

11. Kapitel

Markus hatte lange erzählt und versucht, etwas Licht ins Dunkel zu bringen.

Demnach war die Polizei gestern auch bei ihm gewesen und wollte ihn zum Tod von Susanne befragen. Nachdem er von Lisa erfahren hatte, was passiert war, fuhr er sofort nach Hause, da sich die Beamten bereits telefonisch bei ihm angemeldet hatten. Er ließ sie eintreten und erzählte ihnen wahrheitsgemäß von seinem Verhältnis zu Susanne, aber auch zu Karina, die zu diesem Zeitpunkt in der Uni gewesen sein sollte. Die Beamten entgegneten daraufhin, die Angaben zu überprüfen und als sie kurz darauf das Haus verließen, fuhr er zu Karina, um ihr mitzuteilen, was passiert war. Nachdem er ihr alles berichtet hatte, blieb sie ruhig und sachlich und bat ihn, aus der Wohnung zu verschwinden.

Markus dachte erst, sie sei sauer wegen der Geschichte mit Susanne, obwohl er ihr bereits erzählt hatte, dass es vor ihr noch eine andere Frau gab, mit der er regelmäßigen Kontakt hatte. Er wollte wissen, ob es etwas mit Susanne zu tun hatte, doch Karina versicherte ihm, dass dem nicht so sei, sie aber das Gefühl habe, er liebe seine Frau noch immer und er daher bitte verschwinden solle. Sie würde die Nacht bei einer Freundin bleiben und wenn sie am nächsten Tag wiederkäme, erwarte sie, dass er ausgezogen ist. Sie verließ ohne weiteren Kommentar das Zimmer.

Markus machte sich erneut auf den Weg ins Krankenhaus um noch einmal nach Lisa zu schauen, als sich die Polizeibeamten erneut telefonisch bei ihm meldeten. Sie teilten ihm mit, dass es keine Karina Müller an der LMU München gab, die Betriebswirtschaft studiere. Sie hätten auch an der TU nachgefragt, aber auch hier gab es keine Karina Müller. Markus war verwirrt und erzählte den

Beamten daraufhin, dass sie sich eben von ihm getrennt hatte und er ausziehen solle. Er wies die Beamten darauf hin, dass sie Karina aber sicher am nächsten Tag in der Früh in ihrer Wohnung antreffen könnten.

Was dann folgte, schockierte ihn. Die Wohnung sei gar nicht auf Karina Müller gemeldet, sondern auf einen Tibur M-irgendwas. Markus hatte sich den Namen nicht gemerkt. Der Student sei nur für ein Auslandssemester in Frankreich und hatte die Wohnung tatsächlich an eine Karina Müller untervermietet, welche die Miete für 12 Monate bereits im Voraus überwiesen hatte. Aber die Angaben, wo sie vorher gewohnt hatte, stimmten nicht und dieser Tibur hatte es auch nicht überprüft. Er war froh, dass sein Vermieter zustimmte, die Wohnung für diesen Zeitraum unterzuvermieten zu dürfen, nachdem die Mieten in München so stark steigen, dass er sich nach dem einen Jahr sicher keine neue Wohnung hätte leisten können. Tibur wollte nach seinem Auslandssemester die Wohnung selber wieder beziehen. Und nachdem Karina die Miete im Voraus bezahlt hatte, stellte er keine Fragen, sondern übergab ihr nur die Schlüssel, die nötigsten Informationen und vereinbarte, dass sie bis Februar nächsten Jahres in der Wohnung bleiben dürfe.

Markus hatte sich darüber erst einmal keine weiteren Gedanken gemacht. Er war zu sehr damit beschäftigt, sich um Lisa zu sorgen. Als er im Krankenhaus ankam, war sie in keinem guten Zustand. Als sie kurz erwachte und ihn darum bat, nach Mario zu sehen, fragte er sich durch die Klinikmitarbeiter, bekam aber nur die Antwort, dass man ihm keine Informationen geben dürfe, da er kein Angehöriger sei. Durch Zufall und reiner Nettigkeit erklärte ihm aber eine Krankenschwester, dass eine junge Dame im Wartezimmer saß und behauptete, Marios Freundin zu sein. Vielleicht, würde sie ihm Auskunft geben, wenn er sie anspricht. Markus ging also zu Manuela, stellte sich als

Ehemann von Lisa vor und fragte sie, ob sie die Freundin von Mario sei. Sie bejahte dies, wobei sie auch klar machte, dass diese Lisa ihr ihren Mario weggenommen hatte. Anscheinend wusste sie noch nicht, dass Markus eigentlich Lisa verlassen hatte und sie somit eigentlich erst jetzt für Mario frei war.

Die Beiden unterhielten sich eine Weile, wobei Markus versuchte, ihr zu erklären, was wirklich in Lisas Beziehung passiert war. Manuela schien das ein wenig zu besänftigen und sie berichtete ihrerseits, dass sie schon lange wusste, dass Mario Lisa liebte. Sie tauschten sich über ihre Beziehungen aus. Versuchten sich anscheinend damit auch zu trösten.

Als Markus erzählte, dass er Lisa bereits mit einer Kollegin Namens Susanne betrog, hielt Manuela wohl die Luft an. Sie erwähnte ihrerseits, dass sie Susanne des öfteren mit einem anderen Mann gesehen habe, der auch in der Firma arbeite und wohl Robert hieß. Und das die beiden wohl nicht gerade diskret in der Öffentlichkeit waren. Sie habe gesehen, dass die beiden ein Liebespaar seien.

Lisa, die ihrem Mann die ganze Zeit zuhörte, war überrascht. War es nicht Robert der ihr erst eine Standpauke darüber gehalten hat, was es bedeutete, etwas mit Mitarbeitern anzufangen? Konnte es nicht sein, dass Manuela sich nur geirrt hatte und die beiden eigentlich rein freundschaftlich zusammen unterwegs waren?

Sie nahm sich vor, das herauszufinden und gegebenenfalls selber mit Manuela zu reden. Denn nach allem was Markus ihr erzählte, hatte sie nun auch ein wenig Mitleid mit der Frau, die sich so abgewiesen fühlte. Sicher, sie konnte nichts für ihre Gefühle und Mario auch nicht, aber trotzdem wusste sie, was es heißt, wenn die Liebe nicht erwidert wird. Ja, sie würde bald mit Manuela reden.

Doch eine Sache war jetzt wichtiger und Markus schloss seine Erzählung genau mit diesen Worten: »Ich komme erst jetzt dazu über Karina nachzudenken. Ich glaube mittlerweile, dass du Recht hast. Sie hat etwas damit zu tun. Wir müssen herausfinden wer Karina wirklich ist. Warum will diese Frau unbedingt mit mir eine Affäre anfangen, lässt sich dann schwängern und wirft mich dann raus?«

Dem stimmte Lisa zu. Das Ganze war mehr als merkwürdig. Es entstand eine Pause. Lisa wollte eigentlich über das Gesagte nachdenken. Doch Markus, dem die Stille wie immer, unangenehm war, fuhr fort: »Lisa, darf ich erst einmal wieder mit zu dir? Ich meine, ich kann ja schlecht in die Wohnung zurück, die weder mir noch Karina gehört. Du musst mir nicht verzeihen. Ich habe Verständnis, wenn du mich hasst. Ich hasse mich gerade selber, dass ich mich so habe blenden lassen. Vielleicht sollten wir auch mit der Polizei über alles reden?«

Wie aufs Stichwort klopfte es an der Tür und zwei uniformierte Beamte traten ein. Diesmal waren es nicht Herr Reitlinger und seine Kollegin Frau Gartner. Sie stellten sich als Höfner und Türke vor. Sie baten Markus das Zimmer zu verlassen, und befragten Lisa zu den Geschehnissen des frühen gestrigen Abends.

12. Kapitel

Die beiden jungen Beamten waren sehr nett und nicht ganz so distanziert, wie ihre Kollegen von gestern Morgen. Sie fragten nach Lisas Befinden und gaben ihr zu verstehen, dass sie sich ruhig Zeit lassen könne mit ihren Erzählungen. Das Erlebte sei sicherlich sehr schlimm für sie. Lisa war dankbar für so viel Verständnis. Ihre Gedanken drehten sich. All die neuen Informationen, die sie eben erhalten hatte, mussten auch erst verarbeitet werden. Sie erklärte ihnen, dass sie nichts mitbekommen habe, außer einem Schatten, der aber zu schnell vorbei huschte. Dann hörte sie auch schon einen Schrei und sah Mario am Boden liegen. Die Beiden nickten freundlich und teilten ihrerseits mit, dass es noch andere Zeugen gegeben habe, welche zu Protokoll gaben, dass Mario wohl von hinten gestoßen wurde. Einer berichtete sogar, Mario habe noch versucht, sich an ihm festzuhalten. Dabei sei er zwar kurz nach hinten gestolpert, aber die Tasche, an welcher sich Mario festhielt, rutschte dem Zeugen von der Schulter. Der Mann konnte sich fangen, aber Mario fiel mitsamt der Tasche auf die Motorhaube des heranfahrenden Autos. Lisa zuckte zusammen, als sie das hörte. Sie hatte sich also nicht getäuscht.

»Weiß man schon, wer meinen Freund geschubst hat?«, fragte sie.

Türke, ein junger blonder Mann mit strahlend grünen Augen, antwortete. »Nein, leider nicht. Es muss alles sehr schnell gegangen sein. Aber in einem sind sich die Zeugen alle einig. Es war eine Frau, die eine Baseballkappe trug. Von einigen Passanten wurde sie für eine Joggerin gehalten, die zufällig vorbeikam und durch ihr Tempo im Gedränge Ihren Freund angerempelt habe. Sie war bei der Zeugenbefragung nicht anwesend, deswegen gehen wir im Moment sogar von Vorsatz aus. Zumal die Stelle, an der sie und ihr Freund standen, sehr voll war. Das hätte jeder Sportler mitbekommen müssen, dass man da nicht entlang laufen kann. Eine Fahndung nach der Frau wurde bereits eingeleitet.«

Nun weinte Lisa. Sie wusste, sie muss jetzt alles erklären. Die Polizisten sahen sich an, drängten Lisa aber zu nichts. Sie warteten geduldig bis Lisa soweit war. »Ich muss ihnen etwas gestehen. Ihre Kollegen waren gestern bei mir. Meine Kollegin wurde ermordet und es ergab sich ein Verdacht, dass ... na ja, das ich vielleicht die Mörderin war.«

Türke blickte seinen Kollegen besorgt an und dann wieder zu Lisa. »Möchten sie uns etwas mitteilen?«

Lisa nickte. »Ja, aber nicht das, was sie denken. Ich habe meine Kollegin nicht ermordet. Aber es passieren,.. na ja ...« Sie machte eine kurze Pause um sich zu sammeln. »Es ist vieles merkwürdig seitdem mein Mann mich verlassen hat.«

Lisa erzählte den Beamten die ganze Geschichte. Sie begann damit, dass Markus ihr eine Textnachricht schrieb, bis hin zu dem Abend, an dem sie mit Mario zusammen kam. Sie endete mit Susannes Beichte, dem Verhältnis zu Markus und dem Verdacht, dass vielleicht dessen inzwischen neue Freundin Karina, etwas damit zu tun haben könnte.

Türke sah sie verständnisvoll an, während sein Kollege Höfner seine Notizen vervollständigte. »Puh, Frau Oppenheimer. Das ist in der Tat viel und ich verstehe, dass sie da aufgewühlt sind. Aber warum haben sie das nicht bereits gestern den Kollegen erzählt?«

Lisa weinte nun bitterlich. Sie brauchte ein paar Minuten um sich beruhigen. Türke wies derweil seinen Kollegen an, Markus ins Zimmer zu holen, da er den Eindruck hatte, dass Lisa nun doch Beistand gebrauchen könnte.

Sie war dankbar, dass er nicht hinterfragte, warum nach alledem ihr Exmann hier bei ihr am Bett saß. Sie wollte nicht zugeben, dass sie sich in all den Jahren so sehr in die Arbeit gestürzt hatte, dass sie weder Freunde noch Familie hatte. Sie hatte zwar eine Schwester, die 600 km weit weg wohnte, aber aufgrund der großen Entfernung war der Kontakt nicht so eng, wie Lisa es sich gewünscht hätte. Und ihre Eltern waren mittlerweile verstorben.

Als Markus das Krankenzimmer betrat, setzte er sich sofort an ihr Bett und nahm sie einfach nur in den Arm. Und nach ein paar weiteren Schluchzern, hatte Lisa sich soweit gefangen, dass sie die Fragen der Beamten beantworten konnte. »Ich wollte erst einmal selber mit Karina sprechen. Ich dachte, sie sei eifersüchtig, nachdem mein Mann mir erklärt hat, dass er noch Gefühle für mich habe. Er wünscht sich aber so sehr ein Baby, dass er seine Freundin auch nicht im Stich lassen will. Ich weiß, dass ist jetzt alles sehr kompliziert und mag für Außenstehende merkwürdig klingen. Es war alles ein bisschen viel auf einmal. Markus und ich haben uns all die Jahre auseinander gelebt, so dass wir nicht einmal mehr miteinander reden konnten.« Nun drückte sie Markus Hand und schaute ihn an. »Ich wollte nur dieses eine mal noch mit dir reden, Markus.« Er drückte ebenfalls ihre Hand und schaute sie liebevoll an. Dann richtete Lisa wieder das Wort an die Polizisten.

»Ich hoffe, sie verstehen das irgendwie. Für mich ist es gerade auch nicht einfach.« Markus drückte ihre Hand noch einmal, diesmal etwas fester. Sie ließ es zu, merkte aber in diesem Moment endgültig, dass sie keinerlei Gefühle mehr für ihren Mann hatte.

Der Beamte Türke nickte verständnisvoll. »Wir werden uns mit den Kollegen austauschen und sehen, wie wir das alles zusammen bringen. Frau Oppenheimer, wenn ihnen noch irgend etwas einfällt, dann melden sie sich bitte bei uns.« Er reichte ihr eine Karte. »Herr Oppenheimer, wenn sie noch Hinweise haben, wo wir Frau Müller finden können, dann melden auch sie sich bitte.« Markus nickte. Lisa schaute auf einmal auf. »Haben Sie schon versucht, Karina anzurufen? Du hast doch die Nummer Markus, oder?«

Markus nickte. »Ja, aber die Nummer ist zur Zeit nicht erreichbar. Die anderen Beamten haben versucht, das Handy zu orten. Es war zuletzt in der Nähe des Westparks eingeloggt, sagte man mir. Ab da verliert sich aber ihre Spur.«

Lisa war sofort hellwach. »Wir waren gestern im Westpark.«

Nun waren auch Türke und Höfer wieder aufmerksam. »Wir prüfen das sofort« sagte Türke. Die Beiden verabschiedeten sich und gingen zur Tür.

Gerade zur richtigen Zeit, denn eine Krankenschwester brachte endlich das Frühstück. Lisa brauchte aber nur Kaffee und trank diesen, auch wenn es einfacher Automatenkaffee war, dankbar und genussvoll aus. Die Ärzte hatten gesagt, sie sollte Mario lieber nicht sehen. Aber sie hatten nichts davon gesagt, dass sie nicht in seine Nähe durfte. Als die Schwester das Frühstück abräumte, fragte Lisa daher nach, ob man ihr sagen könnte, in welchem Zimmer Mario lag. Die Schwester versprach es zu prüfen, wenn Lisa versprach, sich an die Anweisungen des Arztes zu halten, bis der Psychologe kam. Sie bestätigte mit einem freundlichen und ehrlichen Lächeln, sich daran zu halten und Markus, der immer noch neben ihr saß, wollte derweil auf sie aufpassen.

Lisa lächelte ihn an. Nach dem Kaffee fühlte sie sich deutlich besser. »Weißt du, du kümmerst dich in den letzten Stunden mehr um mich als in den letzten 5 Jahren.«

Er lächelte zurück. »Es tut mir leid, dass ich dich so im Stich gelassen habe.«

Sie nahm seine Hand. »Ist schon gut. Ich bin gerade sehr

dankbar, nicht alleine sein zu müssen. Aber das ist gerade eine Ausnahmesituation. Im Normalfall hätte ich dich jetzt mit Schimpf und Schande zur Hölle gejagt.«

Er grinste. »Und ich hätte es verdient. Ich mache mir keine Illusionen mehr. Keine Sorge. Ich sehe, dass Mario dir gut tut und dir wichtig ist. Du liebst ihn, oder?«

Sie nickte. »Ja, und vermutlich habe ich mich schon in ihn verliebt, während wir noch nicht getrennt waren. Ich bin also auch nicht viel besser.«

»Doch, bist du. Du bist nicht sofort mit ihm im Bett gewesen. Ich könnte mich treten. Ich konnte Susanne nicht widerstehen. Mir war Sex wichtiger, als die Beziehung zu dir. Ich hätte dir mehr zuhören sollen. Wir hätten andere Möglichkeiten finden können, oder ...« Er stockte kurz. »Oder ich hätte akzeptieren können, dass du mir wichtiger bist als ein Baby.«

»Es ist alles gut wie es ist. Es hat nicht sollen sein. Ich mag nicht mehr an unser Baby und die schwere Zeit denken. Wir hatten eine schöne Zeit und du hast es verdient, glücklich zu werden und nicht immer damit hadern zu müssen, wie es wäre Vater, zu sein.«

Daraufhin schwiegen beide erst einmal. Lisa fiel auf, es war das erste Mal, dass Markus die Stille zwischen ihnen zuließ.

Nach einer ganzen Weile erwähnte Markus, dass er müde sei. Lisa gab ihm ihren Hausschlüssel, damit er in ihre Wohnung fahren konnte. Er sollte sich einfach im Gästezimmer einquartieren, dass ursprünglich als Kinderzimmer gedacht war.

Lisa war alleine mit ihren Gedanken. Sie absolvierte das Gespräch mit dem Psychologen, versicherte ihm, dass sie sich auch privat an einen Therapeuten wenden würde. Der diensthabende Arzt kam zwischendurch und untersuchte sie noch einmal. Daraufhin beschloss sie, sich auf den Weg zur Intensivstation zu machen, um in der Nähe von Mario zu sein, als es schon wieder an der Tür klopfte. Diesmal war es Manuela. Lisa war mehr als überrascht.

»Hallo.« sagte sie unsicher.

»Hi.« Manuela kam herein und setzte sich auf den Stuhl, der noch neben dem Bett stand. »Ich glaube, wir sollten reden« begann Manuela das Gespräch.

Lisa war sehr überrascht. Marios Exfreundin war höflich, aber man merkte ihr an, dass sie sich nicht sonderlich wohl fühlte. Mario hatte ihr aber damals versichert, dass Manuela mit allem einverstanden war und ihm sein Glück gönnte. Daher überraschte sie der Besuch erst recht.

»Du hast irgendwie das Pech gepachtet, oder?«

Lisa nickte. »Ja, im Moment läuft es nicht so gut. Es tut mir leid, dass du jetzt Sorgen wegen Mario hast. Danke, dass du für ihn da bist.«

Manuela schaute sie an. Sie schwieg.

»Alles in Ordnung?« fragte Lisa.

Manuela schaute sie immer noch an. »Ja, hör zu, ich bin nicht hier, um dir Vorwürfe zu machen. Mario war von Anfang an in dich verliebt. Ich habe es auf den Firmenfeiern, bei denen die Partner dabei sein durften, gesehen. Wie er dich angesehen hat. Wie er von dir gesprochen hat. Es war mehr Glück, dass ich schwanger wurde und er deswegen bei mir blieb. Ich weiß aber auch, dass das keine Grundlage für eine glückliche Beziehung ist. Ich weiß auch gar nicht, warum ich hier bin und dir das jetzt alles erzähle.

Lisa, ich mag dich nicht sonderlich und im Gegenteil, Mario ist meine Jugendliebe. Wir kennen uns seit der Schule, und dann kommst du und auf einmal vergisst er all die Jahre und bleibt nur aus Mitleid bei mir.«

Lisa unterbrach sie: »Es tut mir leid. Manuela, es war nie meine Absicht, euch auseinander zu bringen. Bitte, glaube mir. Aber seit der Trennung von meinem Mann ist es bei mir nicht mehr wie vorher. Alles ist irgendwie durcheinander gekommen. Erst in der Firma, jetzt diese Unfälle ....«

Manuela hob die Hand, um anzudeuten, dass Lisa nicht weiter reden sollte. »Warte mal, dein Mann hat dich verlassen?«

Lisa nickte und erzählte ihr die ganze Geschichte. Als sie fertig war lachte Manuela laut.

»Warum lachst du?« Lisa war etwas wütend. Ihr war so gar nicht nach lachen zumute. »Bitte, entschuldige,« sagte daher ihr Gegenüber. »Ich habe bisher immer geglaubt, du hättest mir Mario ausgespannt. Ich habe Markus zwar kennengelernt und er hat die Geschichte genauso erzählt, aber deine Story ist mal so was von schräg. Das ist schon fast filmreif. Ich dachte, er erzählt das alles nur, um mich zu beruhigen.« Nun lachte auch Lisa. Ja, die Story war schräg, wenn es nicht so verdammt traurig wäre, was da gerade um sie herum passierte.

Manuela fing sich wieder und redete weiter. »Weißt du, ich hatte wirklich ein komisches Gefühl, dir das jetzt alles zu sagen. Ich liebe Mario noch immer und du bist die Letzte, der ich gerne helfen würde. Aber nach allem, was ich jetzt weiß, habe ich tatsächlich so etwas wie Mitleid. Pass auf, ich hatte es schon deinem Mann erzählt. Ich habe Susanne einige Male mit Robert gesehen. Die Beiden waren sehr vertraut miteinander.«

»Wann hast du die beiden gesehen?« fragte Lisa.

»Das erste Mal vor circa fünf Wochen. Ich war gerade bei uns im Supermarkt, da stiegen beide Hand in Hand aus dem Bus. Ich kenne sie ja von den Feiern, aber sie haben mich anscheinend nicht mehr wieder erkannt. Ich habe aber ein Gespräch mitbekommen, während sie sich verabschiedeten. Robert wollte wohl Susanne nach Hause bringen, aber sie sagte, es wäre nicht so gut, wenn ihr Georg sie mit einem anderen Mann sehen würde. Robert wartete daher auf den nächsten Bus um wieder nach

Hause zu fahren. Ich stand auch an der Haltestelle, da ich mit den Einkäufen nicht laufen wollte. Auf jeden Fall hat Susanne deinen Namen erwähnt. Sie fragte Robert, wann er sich darum kümmern wolle, dass du den Posten nicht antreten kannst, damit sie nicht mit Kevin in ein Büro müsse. Robert erklärte ihr daraufhin, dass es schwierig sei, er aber alles tun würde, um es dir nicht zu leicht zu machen. Susanne gab sich damit zufrieden, küsste ihn und ging dann zu Fuß nach Hause. Ich saß die ganze Zeit daneben und habe nichts gesagt. Ich fand es unglaublich, dass sie mich nicht erkannt haben. Damals hab ich dem Gespräch keine Bedeutung beigemessen. Aber nach allem, was ich jetzt weiß, ergibt das Ganze auch einen Sinn. Ich möchte, dass du das weißt.«

Lisa nickte. Das waren tatsächlich interessante Informationen.

»Danke Manuela. Und bitte, ich wollte nie zwischen euch stehen und ich danke dir für deine Ehrlichkeit.«

Manuela nickte, dann stand sie auf und wandte sich zum Gehen. »Gute Besserung, Lisa. Und alles Gute mit Mario. Behandle ihn gut. Ich möchte nur, dass er glücklich ist.«

Lisa lächelte. »Versprochen.«

Dann war sie wieder alleine.

DAMALS

Als sie von der Klassenfahrt nach Hause kommt, ist sie etwas entspannter. Zwar lassen ihre Mitschüler sie immer noch spüren, dass sie nicht dazu gehört, aber sie hat die letzten beiden Tage gut herum bekommen. Angela hat dafür gesorgt, dass sie zumindest im Kreise des eigenen Bungalows gut aufgenommen wurde. Den Anderen ging sie wie immer aus dem Weg und so schaffte sie es auch, am Freitag Nachmittag pünktlich und ohne weitere Zwischenfälle vor dem Bus zu stehen und die Heimfahrt anzutreten.

Als sie am Montag wieder in die Schule kam, erzählt sie ihrer Freundin alles und auch, was sie über Melanie weiß. Ihre Freundin ist froh, jetzt nicht mehr alleine zu sein, obwohl sie in der Parallelklasse gut aufgenommen wurde. Überall war es anscheinend besser als in ihrer eigenen Klasse, dachte sie sich.

Der Alltag geht weiter. Sie absolviert die Klassenarbeiten mit besten Noten und nach dem stürmischen Herbst kommt ein früher Winter, der sogar Schnee bringt. Mit Dominik trifft sie sich immer seltener. Zwar vermisst sie ihn, aber sie kann nicht über ihren Schatten springen. Die Erinnerung an den Sommer sitzt tief. Sie hat Angst, die Ruhe, die sie jetzt hat, dadurch zu zerstören, dass sie jemanden trifft, der auch anfällig für Angriffe ist. Weil er anders ist.

Nina, Alissa und sie haben sich versprochen, zusammen ihr Abitur zu machen.

Es kommen die Weihnachtsfeiertage und diese verbringt sie entspannt mit ihrer Familie. Und auch an Neujahr bleibt sie daheim.

Es scheint, als meine es das letzte Schuljahr gnädig mit ihr. Thomas und alle anderen lassen sie in Ruhe und sie freut sich sehr darüber, denn nun ist sie endlich im letzten Halbjahr angekommen. Bald würde sie ihren Abschluss haben und diesem Wahnsinn entkommen.

Als sie an einem Nachmittag im Februar nach Hause geht, trifft sie auf Dominik.

Er sieht anders aus. Er trägt ein Kleid, darüber eine dicke Daunenjacke und Stiefel. Und er ist geschminkt. Aber sie erkennt ihn (oder sollte sie jetzt sie sagen?) sofort. Sie strahlt. Sie freute sich wirklich sehr, Dominik zu sehen. Sie winkt heftig, er erkennt sie auch.

»Hi, wie geht es dir?«

»Hi,« sagt er schüchtern. »Lange nichts voneinander gehört, oder?«

»Es tut mir leid, es ist so viel passiert und ... Ach, eigentlich gibt es dafür keine Entschuldigung. Wie ich sehe, habe ich viel verpasst. Wollen wir reden? Hast du Zeit? Kommst du mit zu mir?«

»Ja gerne.«

Sie gingen eine Weile schweigend nebeneinander her. Dann fragt sie: »Bist du jetzt offiziell soweit, eine Frau zu werden?« Sie erinnert sich. Er wird bald volljährig. Er hat im Juni Geburtstag.

Er nickt. »Ich habe eine Therapie begonnen. Die Behördengänge sind hart, aber ich möchte ab jetzt als Larissa wahrgenommen werden.«

Larissa. Der Name gefällt ihr. Als sie bei ihr ankommen, ist niemand da. Ihre Eltern sind beide arbeiten. Ihre Schwester, die zehn älter ist als sie, ist bereits ausgezogen und wohnt mit ihrem Freund zusammen.

»Komm, lass uns in mein Zimmer gehen. Ich denke, wir haben uns sehr viel zu erzählen.«

Larissa lächelt. »Das haben wir wohl.«

Sie geht vor und setzt sich auf das Bett. Larissa setzt sich neben sie. Fast wie früher. Nur mit mehr Abstand.

»Los, erzähl,« beginnt sie. »Wie ist es dir ergangen?«

Larissa erzählt ungezwungen, wie sie eine Therapie begann, ihr Outing in der Firma hatte und dort auch voll und ganz akzeptiert wurde. Und auch, dass ihre Familie es schon immer ahnte und froh sei, dass sie jetzt diesen Weg geht. Ja es lief gut!

Sie schaut Larissa an. »Wir sind hier auch in Köln, wäre schade, wenn gerade hier die Leute nicht tolerant wären.«

Larissa lachte. »Stimmt.«

Dann sind beide stumm. Die Stille ist ihr unangenehm. Sie denkt daran zurück, wie oft sie an Dominik gedacht hat. Wie sehr sie ihn vermisst hat. Nun sitzt neben ihr Larissa. Larissa, die innerlich Dominik ist, äußerlich, aber ein ganz anderer Mensch. Sie spürt immer noch diese Zuneigung und seufzt. Larissa schaut sie an und will nun ihrerseits wissen, was es Neues gibt. Sie erzählt Larissa alles, wobei sie währenddessen in die Küche geht, ein paar Kekse und etwas Cola holt, die sie während der Erzählung verdrücken. Als sie von der Klassenfahrt erzählt, fragt sie Larissa: »Hast du noch mal was von Melanie gehört?«

Larissa schaut sie erschrocken an. »Hast du es nicht gehört?«

»Nein, was denn?«

»Melanie ist tot.«

»Wie? Tod?«

Sie ist schockiert. Sie war schadenfroh, dass Melanie auch Mobbing erleben musste. Auf einmal schämt sie sich ein wenig für ihre Gedanken. Sie hört Larissa weiter zu. »Selbstmord! Melanie hinterließ einen Abschiedsbrief. Auf der neuen Schule lief es wohl nicht gut. Sie wurde anscheinend vergewaltigt und schämte sich zu sehr dafür, es zuzugeben. Mein Vater hat es von unserer Nachbarin gehört, die wiederum mit der Schwester ihres Vaters befreundet ist ...«

Sie unterbricht Larissa: »Warte mal .... Melanie hat sich umgebracht? Sie wurde vergewaltigt?« Nun flüstert sie. »Das ist schrecklich! Das ist unfassbar!«

Bei allem, was Melanie ihr angetan hatte, dass hatte sie nicht gewollt. Vergewaltigt. Dieses Wort bleibt ihr im Kopf. Vermutlich ist ihr Kind das Ergebnis dessen? Sie traut sich nicht, zu fragen. Braucht sie auch nicht, denn Larissa redet unbekümmert weiter.

»Das sie schwanger war, war eine Folge der Vergewaltigung. Sie schrieb, dass es nicht bei dem einen Mal blieb. Sie wurde wohl öfter missbraucht und damit bedroht, dass man sie umbringen wolle. Als sie dann schwanger wurde, nahmen ihre Eltern sie von der Schule. Sie sind sehr katholisch. Wusstest du das?« Sie schüttelte den Kopf und hörte nur noch mit halbem Ohr hin. Ihr wurde schlecht bei dem Gedanken, dass dieses Mädchen mehrmals vergewaltigt, dadurch schwanger wurde und jetzt nicht mehr lebte.

»Hörst du mir noch zu?« Larissa holt sie zurück.

Sie schüttelt den Kopf »Nein, entschuldige, dass ist alles so unfassbar!«

»Ja, oder? Die Kleine ist erst 3 Wochen alt gewesen. Sie lebt jetzt bei den Großeltern. Ein hübsches Mädchen, sag ich dir. Aber das die Eltern ihr nicht geglaubt haben, finde ich schlimm. Hoffentlich wird das kleine Mädchen nicht so streng erzogen.«

»Wie meinst du das?« Sie merkt, dass ihr Informationen fehlen.

»Na, hab ich doch gerade erzählt,« antwortet Larissa. »Melanies Eltern glaubten ihr nicht, dass sie vergewaltigt wurde. Sie schoben es darauf, dass sie zu aufreizend war und das sie es somit provoziert hatte, dass ein Junge sie zum Sex drängt. Melanie hat alles in einem Abschiedsbrief geschrieben.«

Sie ist erschüttert, wie leicht Larissa davon erzählt. Der Nachmittag, der ausgelassen begann, ist nun sehr bedrückend. Ihre Gedanken kreisen um Melanie. Ja, auch sie hatte es nicht leicht. Aber Melanie hatte es schlimmer getroffen und sie schämte sich fast für ihren glücklichen Gedanken, den sie auf der Klassenfahrt verspürt hatte.

Als Larissa ihre traurige Stimmung bemerkt, nimmt sie sie in den Arm. Es ist fast wieder wie früher. Und dann sagt Larissa: »Ich liebe dich noch immer.« Sie schaut sie an und erwidert: »Ich weiß. Aber du weißt, wie es mir damit geht?«

Larissa nickt. »Ich verstehe dich. Ich kann nicht mit Männern zusammen sein, du nicht mit Frauen. Bleiben wir trotzdem befreundet?«

Sie nickt. Obwohl sie sehr wohl weiß, es wird anders werden! Alles wird anders!

Sie wird bald ihren Realabschluss machen und die Schule verlassen. Bis dahin muss sie nur überleben. Der Gedanke an Melanie und ihr Schicksal lässt sie nicht mehr los. Es bedrückt sie. Und sie hat langsam wirkliches Interesse für Jungs. Sie ist verliebt. Aber das will sie Larissa nicht sagen.

13. Kapitel

Lisa wartete auf die Visite, da die Ärzte sie noch kurz sehen wollten, bevor sie nach Hause gehen durfte. Wobei sie auf keinen Fall nach Hause wollte! Mario ging es noch nicht besser. Er lag immer noch im Koma, aber man gestattete ihr mittlerweile, ihn zu besuchen. Manuela war fast rund um die Uhr bei ihm und wurde dabei von Marios Eltern unterstützt, die gestern noch angereist waren.

Marios Eltern! Lisa zuckte bei diesem Gedanken zusammen.

Die wussten noch gar nichts davon, dass sie jetzt mit Mario zusammen war. Ob Manuela ihnen erzählt hatte, dass sie nicht mehr mit Mario liiert war? Sie traute sich nicht, danach zu fragen, aber sie wollte Mario unbedingt sehen. Ein Konflikt machte sich in ihr breit. Sie konnte doch nicht einfach so auftauchen. Wie sollte sie erklären, was sie für Mario war, wenn es Manuela noch nicht getan hatte?

Es klopfte und sie schaute erwartungsvoll zur Tür, in der Hoffnung, endlich die Ärzte zu sehen, die sie entlassen würden. Aber es war Markus.

»Guten Morgen.« Er klang traurig.

»Guten Morgen. Wie hast du geschlafen?«

»Einsam.«

Sie wollte darauf nicht eingehen. Lisa hatte Angst, er würde ihr wieder gestehen, dass er sie vermisste. Sie konnte Markus den Seitensprung noch nicht verzeihen. Aber anscheinend, war auch er gerade ein Opfer und sie fand, sie sollten zumindest zusammenhalten.

»Ich warte noch auf die Visite.« Sie wechselte schnell das Thema.

Er setzte sich zu ihr und ignorierte den gekonnten Themenwechsel.

»Hör zu, ich habe gestern mehrmals versucht, Karina

zu erreichen. Es will mir nicht in den Kopf, dass die Frau gar nicht existiert. Ich meine, wir kennen uns seit einem viertel Jahr, und sie hat mich wirklich lange umgarnt. Sie hat alles getan, damit ich mit ihr ins Bett gehe. Dann wird sie auch noch nach dem ersten Mal schwanger, setzt mir mehr oder weniger die Pistole auf die Brust, damit ich zu ihr ziehe und mich mit ihr um das Baby kümmere, wenn es soweit ist, und nun ist sie weg. Ich verstehe das alles nicht.

Es ist fast so, als wäre das Alles gar nicht wirklich passiert. Das Handy ist weiterhin abgeschaltet. In der Wohnung war ich eben auch noch mal. Ihre Sachen sind noch da, aber von ihr fehlt ansonsten jede Spur. Ich wusste nicht einmal, dass sie nur Untermieterin der Wohnung war.«

Lisa nahm seine Hand, denn ihr Mann tat ihr trotz allem leid. Man sah ihm an, wie sehr er unter der Situation litt.

»Markus, wir werden beide hier gerade ganz schön verarscht, aber wir werden die Wahrheit herausfinden. Vertrau mir!«

Er nickte und wollte noch etwas sagen, als es in dem Moment an der Tür klopfte. Lisa hoffte, es wäre nun endlich die Visite, doch diesmal war es Manuela. Sie steckte den Kopf durch die Tür, erblickte Markus und blieb unschlüssig im Türrahmen stehen.

»Oh, guten Morgen. Wenn ich störe, gehe ich wieder. Ich wollte eigentlich nur Lisa abholen.«

»Wofür abholen?« fragte Lisa verwundert.

Manuela kam herein. Markus räusperte sich und erhob sich. »Ich geh mir mal einen Kaffee holen und komme gleich wieder. Guten Morgen, Manuela.«

Manuela nickte nur. Die Beiden gingen aneinander vorbei und nachdem Markus aus dem Zimmer verschwunden war, setzte sich Manuela auf Lisas Bettkante. Fast wie eine alte Vertraute und Lisa freute sich, auch wenn es komisch war, sich mit der Exfreundin ihres Freundes gut

zu verstehen. Aber was war schon normal, wenn ihr Exmann statt ihr Freund sie abholte und ihr gerade erzählte,
dass die Frau, wegen der er sie verlassen hatte, gar nicht
existierte? Im Moment gab es so viele Ungereimtheiten
in Lisas Leben. Es schien, dass Manuela Frieden mit der
Situation geschlossen hatte und versuchte, Lisa sich darüber zu freuen.

»Du und dein Ex, ihr versteht euch gut, oder?« begann
Manuela das Gespräch wieder.

»Ja, es gibt momentan einfach, nennen wir es, Ereignisse, die es erfordern, dass wir vernünftig miteinander
umgehen.«

Manuela runzelte die Stirn. »Du meinst, die Sache mit
Susanne und seiner Freundin?«

Lisa stöhnte leicht. »Ja, aber mittlerweile kann selbst
Markus seine Freundin nicht mehr erreichen, und ehrlich gesagt, bin ich mir inzwischen sicher, dass das alles
geplant war. Jemand will mir schaden, mich mobben ...!«

Lisa hielt inne. Mobben! Bei dem Wort zog es sich in ihr
zusammen und sie erinnerte sich an ihre Schulzeit. Die
Zeit, in der sie nicht nur gemobbt wurde, sondern auch
die Zeit, in der sie sich geschworen hatte, immer darauf zu
achten, dass niemand benachteiligt oder ausgeschlossen
wurde. Sie dachte an Susanne. Susanne hatte sie nie beachtet. Aber sie hatte Susanne auch nie mit einbezogen.
Und nun bekam sie ein schlechtes Gewissen. Sie hatte sich
nie weiter mit Susanne beschäftigt.

Bei allem, was sie ihr angetan hatte, hatte sie das Gefühl, dass Mobbing der Schlüssel war.

Sie erinnerte sich nun ganz genau an die Zeit, in der Melanie ihre größte Sorge war.

Melanie ...! Der Gedanke an Melanie verursacht ihr
Bauchschmerzen.

Wie alt wäre jetzt ihre Tochter?

Auf einmal durchzog es sie wie ein Geistesblitz. »Manuela? Kannst du bitte fragen, wann die Visite kommt? Ich glaube, ich weiß jetzt wer Karina ist und ich muss ganz dringend die Polizei informieren.«

Manuela war verwirrt. »Wie meinst du das? Wer ist Karina denn jetzt und was hat das alles mit Mario und den ganzen Vorfällen zu tun?«

»Bitte, lass es mich dir später erklären. Ich brauche mein Handy.«

Lisa stand auf. Sie war längst fertig zur Abreise und ihr Handy hatte sie daher bereits in ihrer Handtasche verstaut. Sie holte es heraus, suchte die Visitenkarte von Türke die sie gestern bekommen hatte und wählte seine Nummer. Manuela stellte keine weiteren Fragen mehr. Sie ließ Lisa alleine und verließ das Zimmer.

Lisa wartete derweil, dass jemand am anderen Ende der Leitung abnahm.

Als sie endlich eine Dame am Apparat hatte, stellte sie sich vor und wollte mit einem Herrn Türke sprechen. Die Dame entschuldigte sich, Herr Türke sei zur Zeit nicht im Haus, aber sie könne sie gerne zu einem Kollegen verbinden, der den Fall mit bearbeitete. Lisa stimmte zu und war nicht minder überrascht, als sie bei Herrn Reitlinger landete.

»Guten Morgen, Reitlinger.«

»Guten Morgen Herr Reitlinger, Lisa Oppenheimer hier. Wir hatten uns vorgestern in meiner Wohnung kennengelernt. Es ging um Frau Riedl.«

»Ich erinnere mich und wollte mich heute auch bei Ihnen melden. Aber wie ich gehört habe, liegen Sie im Krankenhaus?«

Lisa antwortete. »Ja, noch bin ich im Krankenhaus, Ihr Kollege hat sie sicher aufgeklärt?«

Reitlinger murmelte zustimmend.

Lisa brachte ihm deshalb nur ihre neuste Erkenntnis näher.

»Hören Sie, ich glaube ich habe, eine Idee, wer diese Karina Müller sein könnte und warum das alles mit mir zusammen hängen könnte.«

»Ich bin ganz Ohr. Soll ich vielleicht direkt bei Ihnen vorbeikommen?«

»Nein, ich warte jede Minute auf meine Entlassung. Wollen wir uns vielleicht später am Nachmittag treffen?«

Herr Reitlinger stimmte zu und sie verabredeten sich für fünfzehn Uhr in ihrer Wohnung. Vorher wollte Lisa auf jeden Fall noch einmal zu Mario. Sie hatte während des Gesprächs mit Manuela beschlossen, dass es ihr egal war, was seine Eltern dachten. Sie hatte keine Gefühle mehr für Markus. Sie war Markus nicht mal böse. Er hat nach seinen Motiven heraus gehandelt und Lisa hatte einfach nicht hinsehen wollen. Fast so, als wollte sie Markus aufgeben und so war es auch irgendwie. Wenn sie so darüber nachdachte, fühlten sich die letzten fünf Jahre ihrer Beziehung falsch an. Aber bevor sie darüber grübeln konnte und wollte, musste sie erst einmal herausfinden wer Karina Müller war und warum sie ihr dies alles antat.

Kurz nach dem Telefonat mit der Polizei klopfte es abermals und die Visite kam endlich herein. Man untersuchte sie kurz routinemäßig und übergab ihr dann die Entlassungspapiere.

Der behandelnde Arzt schaute sie mitfühlend an. »Ich denke, ich werde Sie dennoch wieder sehen?« Sie nickte. Sie wusste, dass er mit seiner Aussage auf Mario anspielte.

«Ihrem Freund geht es übrigens deutlich besser. Mein Kollege hat mir versichert, dass die Schwellungen im Gehirn abgeklungen sind. Er wird bald aus dem Koma geholt und wird dann auch wieder ansprechbar sein.«

Lisa umarmte den Arzt spontan. »Danke.«

Dieser lächelte nur. »Danken sie nicht mir. Ich war nicht der behandelnde Arzt.«

Nun lächelte Lisa auch und hatte vor Glück kleine Freudentränen im Gesicht. Für einen kurzen Moment vergaß sie alle negativen Gedanken. Diese Nachricht beflügelte sie.

Die Visite verabschiedete sich und kaum war diese zur Tür hinaus gegangen, kamen Manuela und Markus herein.

»Bereit?« fragte Markus grinsend.

»Nicht ganz. Ich würde gerne erst heute Nachmittag nach Hause gehen. Ich habe mit der Polizei gesprochen.«

Markus, der noch nicht wusste, was für einen Einfall sie hatte, runzelte die Stirn. Bevor er fragen konnte, erzählte Lisa weiter, denn auch Manuela war sie noch eine Erklärung schuldig.

»Lasst es mich erklären. Ich habe mich an meine Schulzeit erinnert. Ich war fünfzehn und in der neunten Klasse. Es kam ein Mädchen in unsere Klasse, welches das Schuljahr wiederholen musste. Sie hieß Melanie. Melanie war von Anfang an der ›Klassenschreck‹. Und ich hatte es generell nicht leicht. Ich war sowieso schon eine Außenseiterin. Ich wurde gemobbt und von allem ausgeschlossen. Viele Schüler haben mich geärgert, aber nie so, dass sie mir körperliche Gewalt antaten. Es war mehr die seelische Gewalt, die mich belastete. Und dann kam Melanie. Sie nahm keine Rücksicht und ihr reichte es irgendwann nicht aus, mich nur psychisch zu quälen. Ich ging ihr im ersten Schulhalbjahr so gut es ging, aus dem Weg. Habe mal hier und da einen Schubser von ihr abbekommen, aber ansonsten nichts dramatisches. Dann, an einem Tag, hat man mir einen Stift geklaut. Meinen Lieblingsstift. Ich hatte da so einen Tick, es war auch einfach mein Lieblingsstift und ich habe mich sehr an meine Sachen geklammert und mir eingebildet, es bringt mir Unglück, wenn ich etwas Anderes benutze. Deshalb war es mir ja auch so wichtig, genau diesen Stift wieder zu bekommen.

Doch ein Mitschüler hatte ihn genau auf Melanies Tisch gelegt. Ich hatte Angst, mir den Stift zu holen. Melanie war sehr eigen und hasste es, wenn jemand ihren Sachen zu nahe kam. Aber sie war nicht an ihrem Platz. Sie war gerade irgendwo und ich wägte meine Chancen ab. Als ich der Meinung war, die Gelegenheit wäre günstig, lief ich los und holte mir den Stift zurück. Anscheinend kam Melanie aber genau in dem Moment wieder zur Tür herein. Ich erinnere mich an einen starken Schmerz in der Hüfte und einen Schlag ins Gesicht. Und ich weiß, ich lag dann im Krankenhaus. Wir wollten Melanie wegen Körperverletzung anzeigen, aber meine Eltern erwirkten eine Vereinbarung mit dem Direktor. Melanie würde die Schule verlassen und sie würden daraufhin die Anzeige wieder zurückziehen.

Aus irgendeinem Grund waren meine Eltern der Meinung, dass Mobbing würde damit aufhören. Aber das tat es nicht. Dennoch war Melanie weg. Ich erfuhr später, dass sie selber anschließend ein Mobbingopfer war. Das weiß ich von meinem damaligen ersten Freund. Sie wurde schwanger. Anscheinend eine Vergewaltigung. Markus, ihr Kind müsste heute 25 Jahre alt sein. Wie deine Karina.« Lisa schaute Markus bedeutungsvoll an.

Doch dieser schien immer noch nicht ganz zu verstehen. »Warum sollte Karina das tun? Nur mal angenommen, du hast Recht.«

Lisa schluckte, denn was sie jetzt erzählen würde, belastete sie immer noch sehr. »Melanie beging Selbstmord als ihr Baby drei Wochen alt war. Ihre Eltern hatten ihr wohl nie geglaubt, dass Melanie vergewaltigt wurde. Sie waren streng katholisch und kämpften immer mit dem sehr aufreizendem Auftreten Melanies. Sie machten ihr Vorwürfe, sie sei selber Schuld und damit konnte Melanie nicht mehr leben. Damit und mit den Anfeindungen ihrer Klasse. Sie nahm sich das Leben und hinterließ einen Abschiedsbrief, in dem sie genau dies alles begründete. Die genauen Hintergründe kenne ich nicht. Ich habe es auch nur vom Hörensagen. Aber ich bin mir fast sicher, dass es da einen Zusammenhang gibt. Das kann doch kein Zufall sein. Ich meine, das Alter passt und eine andere Erklärung habe ich im Moment auch nicht.«

Markus schüttelte den Kopf. »Bist du dir da sicher? Das scheint mir alles ein wenig weit hergeholt. Ich meine, warum sollte Karina sich dann solange um mich bemühen? Sie hätte dich doch einfach bedrohen können?«

»Ich weiß doch auch nicht. Aber irgendwie passt es. Mein Leben wird gerade so zerstört, wie das von Melanie. Ich habe keine Freunde, oder nur wenige, und das weißt du. Und die Menschen, die mir wichtig sind, werden mir gerade nach und nach genommen. Und die Geschichte mit dem Karton und den Erinnerungen an mein Sternenkind.« Sie stoppte an der Stelle und schluckte den Schmerz herunter.

»Sie will mir weh tun, mich verletzen und mit dem Tod konfrontieren!«

Manuela nickte und mischte sich ein. »Irgendwie klingt das stimmig, aber was hat denn dann Susanne damit zu tun?«

Lisa seufzte schwer. »Das weiß ich noch nicht, es sei denn, sie will, dass ich des Mordes verdächtigt werde, weil ich ihrer Meinung nach ihre Mutter umgebracht habe? Ich meine, wenn wir die Anzeige damals gelassen hätten, dann wäre Melanie in meiner Klasse geblieben und hätte vermutlich ganz normal ihren Abschluss gemacht.

Sie wurde von Mitschülern an ihrer neuen Schule vergewaltigt! Da hatte niemand Respekt vor ihr, weil sie die ›Neue‹ war. Ich glaube, da sieht jemand die Schuld bei mir. Ich bin mir fast sicher!«

Manuela nickte wieder. Doch Markus war immer noch nicht sicher.

»Lisa, ich weiß immer noch nicht, wie das alles mit mir zusammenhängt. Ich meine, sie ist schwanger. Hätte sie es sich denn nicht sparen können, mit mir ins Bett zu gehen?«

Lisa überlegte. »Vielleicht, aber vielleicht war sie auch gar nicht schwanger und es war von Anfang an von ihr geplant gewesen, uns auseinanderzubringen?«

Markus zog sein Smartphone aus der Tasche. »Hier schau mal, das ist das Ultraschallbild meines Babys. Das hat sie mir geschickt, nachdem sie vom Frauenarzt kam.«

Lisa schaute sich das Bild auf dem Smartphone an.

»Markus, schau mal genauer hin. Siehst du da irgendwo den Namen deiner Freundin auf dem Bild? Erinnerst du dich, wie mein Bild aussah? Es stand mein Name, mein Geburtsdatum, und der Tag, an dem der Ultraschall stattfand am Rand des Bildes. Du kannst nicht sicher sein, dass dieses Bild nicht doch geklaut worden ist.«

Markus war sprachlos. Wie versteinert stand er da und starrte Lisa an. Lisa fuhr fort.

»Hat sie dir jemals ein ausgedrucktes Bild gezeigt?«

Markus schüttelte den Kopf.

»Siehst du, da stimmt so ziemlich alles nicht. Sie will mich an meinem wundsten Punkt treffen. Ich kann keine Kinder bekommen und sie wusste das irgendwoher, und daher die vorgespielte Schwangerschaft.«

Nun mischte sich Manuela ein: »Aber woher sollte Karina wissen, dass du keine Kinder bekommen kannst? Markus wird doch sicher nicht direkt am ersten Abend erzählt haben, dass er sich ein Kind wünscht, aber du keine bekommen kannst.«

Markus blickte beschämt auf seine Schuhe und sagte dann: »Doch, das habe ich.«

»Wie bitte?« Lisa war wirklich erschüttert. »Du gehst umher und erzählst allen, die es nicht wissen wollen sofort, dass deine Frau eine Versagerin ist und keine Kinder bekommen kann?«

»Nein Lisa, so war es nicht. Erinnerst du dich, als ich dir erzählt habe, wie ich Karina kennengelernt habe?«

»Du hast es kurz angedeutet.« Lisa klang leicht schnippisch dabei.

»Wir haben uns bei einem Spiel kennengelernt. Ich hatte mich an dem Tag mal wieder mit Susanne gestritten. Ich möchte nicht ins Detail gehen. Wir trafen uns sonst immer nach den Spielen in unserem Hotel. Doch diesmal sagte sie mir ab. Sie wollte, dass ich dich endlich verlasse. Sie wollte mich heiraten. Aber ich erklärte ihr, dass der Tag nie kommen wird, weil ich dich liebe und die Hoffnung habe, du willst doch noch Kinder mit mir. Susanne war aufgebracht. Sie warf mir vor, nur mit ihr zu spielen und ich stimmte dem zu. Ich sagte ihr ehrlich, dass ich den Sex mit ihr genoss, weil ich diesen bei dir nicht mehr bekäme.« Lisa schaute in dem Moment beschämt zu Boden. Ja, sie hatte wirklich keine Lust mehr auf ihren Mann gehabt. Aber sollte sie ihm erklären, dass sie heute auch die Erkenntnis hatte, dass ihre Lebensziele nicht mit den seinigen zusammen passten und sie sich deswegen soweit von ihm entfernt hatte?

Das war vielleicht nicht der richtige Zeitpunkt, beschloss sie und ließ Markus daher weiter reden.

»Susanne sagte, sie wolle mich nie wieder sehen. Ich konnte mich nicht auf das Spiel konzentrieren. Dann sprach mich diese Frau an. Karina. Sie merkte, es geht mir nicht gut. Wir verließen das Stadion und redeten. Ich erzählte ihr die ganze Geschichte. Es war sehr vertraut. Sie gab mir ihre Nummer, wir trafen uns daraufhin jede Woche. Aber mehr als reden und Fußball war nicht. Wobei sie mir immer versicherte, dass sie zu mehr bereit war. Und dann wurde ich doch schwach. Einmal, und ausgerechnet bei diesem einen Mal wird die Frau schwanger.«

Lisa saß stumm da. »Sie scheint gezielt dich ausgesucht zu haben. Sie hatte Geduld, dass muss man ihr lassen. Aber kam es dir nicht komisch vor, so ein junges Ding alleine beim Fußball?«

Markus nickte. »Jetzt schon, aber damals war ich wohl doch nur ein Mann, dem es imponierte, dass man ihn attraktiv fand.«

Lisa schaute ihren Mann an. Groß, schlank, leicht muskulös und sehr attraktiv, mit seinen braunen Haaren und den grünen Augen. Ja, sie hatte sich sofort in sein Äußeres verliebt und merkte jetzt, nach fünfzehn Jahren, sie passten so gar nicht zusammen.

»Wir sollten das alles zusammen der Polizei erzählen. Manuela, dich wollte ich noch etwas fragen.«

Manuela, die die ganze Zeit nur stumm zugehört hatte, blickte auf.

»Ich würde gerne zu Mario. Was denkst du? Wissen seine Eltern Bescheid über euch?«

Manuela schüttelte den Kopf.

»Nein, aber weißt du was, ich glaube, jetzt nachdem es Mario besser geht, wäre der richtige Zeitpunkt dich vorzustellen und weil Mario dies nicht tun kann, mache ich das. Nach allem was ich jetzt gehört habe, glaube ich, dass ich in meiner Trauer um die ganze Situation mit dem Baby und Mario, trotzdem gerade die geringsten Probleme auf der Welt habe.«

»Nein,« sagte Lisa. »Herzschmerz ist schlimm. Aber ich werde Mario gut behandeln. Versprochen! Und du bist so ein guter Mensch, du wirst bald auch wieder eine neue Liebe finden. Danke für dein Verständnis. Wollen wir dann los? Wartest du auf uns Markus?«

Markus nickte, schnappte sich ihre Tasche und zusammen machten sie sich auf den Weg zur Intensivstation.

Lisas Herz pochte wie wild. Sie würde nun Mario sehen, aber würde sie es auch aushalten, ihn hilflos zu sehen?

Sie musste es aushalten und was für sie noch aufregender war: Sie würde seine Eltern kennenlernen und ihnen erklären, wer sie war. Das sie unter Mordverdacht stand, beschloss sie erst einmal zu verschweigen. Die Eltern hatten sicher genug damit zu kämpfen, dass sie nun die neue Freundin in Marios Leben war.

Damals

Sie steht auf der Bühne. Sie steht tatsächlich mit ihren Mit-schülern auf der Bühne. Und nicht nur das! Thomas sitzt am Klavier und begleitet sie musikalisch.

An der einen Hand hält sie ihre Freundin, an der Anderen einen Jungen aus ihrer Klasse. Sie singen das Lied »Eternal Flame« von den Bangels. Eigentlich nichts, was sie gut kann, aber jeder Schüler sollte etwas aufführen und sie war dankbar, dass sie mit den Anderen hier oben stehen und mitsingen darf. Sie kann den Text und das sie schief singt hört man dank Igor, der jeden Ton trifft, zum Glück nicht.

Die letzten Wochen und Monate in der Klasse waren erträglich. Alle waren aufgeregt und niemand ärgerte sie. Sie kam zurecht. Und die Feier ist schön. Sie genießt es, wie sie alle anschauen. Zum ersten Mal trägt sie ein Kleid, hat die Haare offen, und sie fühlt sich wohl. Nach den Sommerferien wird sie mit Alissa die Schule wechseln und ihr Abitur machen. Ihre Eltern waren zwar nicht begeistert, aber letztendlich stimmten sie doch zu. Nächste Woche wird sie erst sechzehn. Jetzt schon eine Aus-bildung zu beginnen, ist ihr noch zu früh. Außerdem möchte sie nach wie vor Lehrerin werden. Sie hat es allen gezeigt und ihren Abschluss als eine der Besten bestanden.

Als die Feier langsam zu Ende geht, kommt der Direktor auf die Bühne und hält eine Rede. Danach dürfen die Schüler zum Abschluss auch noch ein paar Worte sagen. Jeder, der möchte, bekommt einige Minuten. Sie hat die erste Redezeit bekommen, worauf sie sehr stolz ist, denn sie hat wichtige Worte.

Nervös geht sie auf die Bühne.

Sie nimmt das Mikrofon in ihre Hand und räuspert sich. Bis-her hat sie die Rede geheim gehalten. Die Lehrer wollten diese zwar vorher sehen, aber sie hat die eigentliche Rede ausge-tauscht. Die Lehrer denken, sie wolle allen danken. Das übliche bla bla. Aber sie hat sich Gedanken gemacht über die letzten vier Jahre und daraufhin eine andere Ansprache verfasst, die sie jetzt zitternd in der Hand hält.

»Liebe Mitschülerinnen und Mitschüler. Liebe Eltern und liebe Lehrer. Mein Name ist Lisa. Als ich 1989 auf diese Schule kam, hatte ich weder Träume noch Ziele. Ich war zehn und wollte nur Eines: Etwas lernen und Freunde finden!«

Unter den Lehrkräften ist ein leises Murmeln zu hören. Lisa lässt sich nicht irritieren und spricht weiter.

»Ich kam in die 5a und ich hatte Spaß. Bis zu jenem Tag, an dem ich einen Unfall hatte. Mein Bein kugelte aus dem Gelenk. Ich wurde operiert und konnte ab dem Tag eine lange Zeit nicht in den Unterricht. Ich war gerade erst in der sechsten Klasse und eigentlich hatte ich Freunde, aber keiner dieser Freunde besuchte mich, als ich für insgesamt zwölf Wochen im Krankenhaus lag.

Während dieser Zeit bekam ich Privatunterricht und als ich wieder zurück in die Schule konnte, strengte ich mich ganz besonders an. Ich wollte mit dem Unterrichtsstoff mitkommen. Dachte, dies wäre alles, was man in der Schule tun muss. Gut lernen. Ich hatte falsch gedacht!

Als ich endlich wieder in die Schule konnte, durfte ich weder in den Pausen raus, noch an schulischen Aktivitäten teilnehmen. Ich wurde zu einer Außenseiterin und hatte nur zwei Freundinnen, die mir in dieser Zeit beistanden. Ich habe eine Zeit erleben müssen, in der mir das Leben eine harte Probe stellte! Ich wurde gemobbt und keiner hat etwas dagegen unternommen. Man ignorierte mich, man schloss mich aus. Ich bekam teilweise nicht einmal mit, was es für Hausaufgaben gab, wenn ich abgelenkt war. Keiner meiner Mitschüler war bereit, mir diese zu nennen, und wenn, dann wurden mir falsche Aufgaben mitgeteilt. Keinen der Lehrer interessierte es! Außer Frau Krüger, der ich an dieser Stelle danken möchte und die übrigens auch nichts von dieser abgeänderten Rede wusste!« Im Saal war es nun ganz still. Sie fuhr nach einer kurzen stilistischen Pause fort.

»Frau Krüger war die Einzige, die mir geglaubt hat, die hingesehen hatte und mich unterstützte. Ohne sie hätte ich diese Zeit hier nicht überstanden. Sie war auch diejenige, die mir half, als mich eine Schülerin namens Melanie verprügelte und ich notoperiert werden musste. Ein Nagel in meinem Bein war verrutscht und bohrte sich in den Knochen. Ob es Spätfolgen geben wird, kann heute noch niemand sagen. Ich wollte Melanie anzeigen, aber der Direktor hatte Sorge um das arme Mädchen, was schon so oft auffällig geworden war. Er wollte ihr das Leben nicht kaputt machen und man einigte sich darauf, dass sie lieber die Schule verlassen sollte. Doch genau das war ein Fehler!«

Das Raunen im Publikum nimmt wieder zu, aber sie lässt sich davon nicht irritieren und fährt weiter fort. Jetzt etwas lauter um das Stimmengewirr von vorne zu übertönen. Sie bekommt mit, wie ihre Mitschüler sie entsetzt anschauen.

»Melanie wechselte die Schule. Aber es half ihr nicht. Sie erfuhr am eigenen Leib, wie es ist, gemobbt zu werden. Nur um einiges schlimmer, als es mir angetan wurde. Melanie wurde vergewaltigt und sie wurde schwanger.« Sie stoppte an dieser Stelle wieder. Das Stimmengewirr verstummte. Jeder spürte, dass nun etwas kam, was ihr wichtig war.

»Statt ihr zu helfen, schaute man weiter weg. Man gab sogar ihr die Schuld an allem. Melanie bekam ihr Baby. Aber sie brachte sich um, nur 3 Wochen nach der Geburt ihrer Tochter.«

Absolute Stille. Niemand sagt etwas. Der Direktor will aufstehen und sie von der Bühne holen, doch die Sekretärin hält ihn auf und auch Frau Krüger steht auf und flüstert ihm etwas ins Ohr.

Sie redet weiter.

»Mobbing geht uns alle an! Es geht nicht darum, Täter und Opfer zu trennen und dann darauf zu hoffen, dass das Problem damit beseitigt ist. Ich wurde weiter gemobbt! Einige wollen oder können sich jetzt nicht daran erinnern! Das letzte halbe Jahr habt ihr mich in Ruhe gelassen.« Sie schaut auf ihre Mitschüler. »Ich bin niemandem böse! Ich habe meinen Frieden damit geschlossen! Ich gehe auf eine andere Schule und ich werde neue Freunde finden und keiner wird etwas über meine Vergangenheit aus der sechsten Klasse erfahren müssen. Ich bin einfach nur wieder Lisa!

Lisa, die aus irgendwelchen Gründen nicht am Sport teilnehmen kann, aber sich sonst gut in die neue Klassengemeinschaft integrieren wird!

Aber ich denke oft an Melanie. Die, wenn sie einfach nur ihre Strafe bekommen hätte, vielleicht ihre Lektion gelernt hätte. Oder auch nicht! Jetzt ist sie tot! Durch Mobbing in den Tod getrieben! Ich möchte für die nachfolgende Generation, dass diese Schule daran arbeitet, etwas zu unternehmen gegen Mobbing! Miteinander statt gegeneinander! Danke.«

Sie bleibt kurz stehen. Erste Klatschgeräusche sind zu hören. Der Applaus wird lauter. Einzelne Gäste stehen auf, und immer mehr Leute tun ihnen dies gleich. Am Ende steht die gesamte Aula und alle applaudieren. Ihre Mitschüler kommen auf sie zu und nehmen sie in den Arm. Einige entschuldigen sich. Andere bleiben verunsichert stehen. Aber das ist in Ordnung.

Sie hat alle zum Nachdenken angeregt.

Es wird sich hoffentlich etwas ändern!

14. Kapitel

Lisa wartete vor dem Eingang der Intensivstation. Markus saß neben ihr. Auf seinem Schoß die Tasche mit ihren Sachen. Nervös wippte sie mit dem Fuß hin und her. Manuela wusste, dass Marios Eltern auf der Station waren. Sie ging hinein und wollte diese kurz vorwarnen, damit Lisa mit ihnen reden kann. Nun saß sie hier und überlegte sich, wie sie sich auf diese Situation vorbereiten könnte. Vermutlich gar nicht, dachte sie. Mario und sie hatten schon kurz darüber gesprochen, dass er seine Eltern informieren müsste und sie als seine neue Freundin vorstellen wollte. Doch er wollte noch warten, bis sich die Ereignisse ein wenig beruhigt hatten. Welch Ironie ...! Wie stellt man am Besten die neue Freundin vor, wenn der Sohn im Koma liegt und der Exmann der neuen Freundin vor der Tür wartet?

Die Tür öffnete sich und Manuela kam heraus.

»Sie kommen gleich,« kündigte sie Marios Eltern an. »Ich habe ihnen schon kurz erklärt, dass Mario und ich uns getrennt haben. Sie wissen aber nicht, wie lange schon, und ich habe mich da auch bedeckt gehalten. Sie müssen ja nicht wissen, dass alles so kurz hintereinander erfolgte, oder?«

Lisa nickte, stand auf und umarmte Manuela. Sie war dieser Frau, die sie eigentlich hassen müsste, so unendlich dankbar.

In diesem Moment öffnete sich die Tür erneut und eine Frau Mitte fünfzig kam heraus. Sie hatte immer noch blonde Haare, die sie kurz trug, ihr Mann hingegen schien etwas älter zu sein. Von Mario aber wusste sie, dass er nur zwei Jahre älter war. Doch sein Haar war deutlich grauer und er hatte dunkle Ringe um die Augen, die ihn sicherlich noch älter wirken ließen.

Lisa, die immer noch Manuela umarmte, konnte die Beiden sehen, während Manuela mit dem Rücken zur Tür stand und nicht mitbekam, wer da war. Sie ließ Manuela los, streckte ihre Hand aus und stellte sich vor. »Lisa Oppenheimer. Ich freue mich, Sie kennenzulernen, auch wenn ich es lieber unter besseren Umständen getan hätte.«

Die Frau zog Lisas Hand zu sich heran und umarmte sie spontan. »Nenn mich bitte Rita. Ich freue mich, dich kennenzulernen, Lisa.«

Lisa atmete erleichtert aus. Sie schien akzeptiert zu werden.

Marios Vater kam auf sie zu und umarmte sie ebenfalls. »Günter, und auch ich freue mich, dich kennenzulernen.«

Lisa stellte ihrerseits Markus vor, wobei sie nicht erwähnte, dass er ihr Exmann war. Sie wollte die Beiden nicht verwirren. Sie verständigten sich darauf, in der Cafeteria einen Kaffee zu trinken um sich besser kennenzulernen. Markus wollte derweil eine Runde spazieren gehen und Manuela fragte, ob sie mitgehen dürfe. Lisa runzelte die Stirn, aber sie freute sich, dass es unter diesen Umstände doch recht harmonisch ablief.

Während Günter für alle Kaffee bestellte, setzten sich Rita und Lisa an einen freien Tisch. Rita nahm ihre Hand und sah sie an. »Manuela hat erzählt, dass Mario dich sehr liebt und ihr bereits zusammen wohnt?«

Lisa nickte. »Ja, und er wollte es euch auch erzählen, aber bisher hatte sich noch keine Gelegenheit ergeben.«

»Mario hatte sich die letzten zwei Wochen nicht mehr gemeldet. Ihr seid noch nicht so lang zusammen, oder?«

Lisa war verwundert. Die Frau war eine gute Beobachterin.

»Was hat uns verraten?«

»Mario hat sonst jede Woche angerufen. Und es scheint, als ob er jetzt frisch verliebt ist, wenn er schon vergisst, sich zu melden.« Ein Lächeln huschte über das Gesicht der Frau, die in jungen Jahren sicherlich eine wahre Schönheit war. Lisa fiel auf, das Mario viel Ähnlichkeit mit seiner Mutter hatte.

»Ja wir sind wirklich noch nicht so lange zusammen. Es kam alles sehr schnell. Aber Mario und ich kennen uns seit fünf Jahren. Wir haben gemeinsam in der Firma angefangen.«

Rita stutzte. »Ihr seid Kollegen?«

»Ja, hat dir das Manuela nicht erzählt? Mario ist im Büro schräg gegenüber von mir. Wir trinken seit Jahren täglich unseren Kaffee gemeinsam und irgendwann haben wir uns dann eingestehen müssen, dass wir ineinander verliebt sind. Manuela hat es als erste gemerkt und Mario verlassen.«

Rita nickt. »Sie erzählte, dass die Trennung von ihr ausging. Die Arme hat viel durch gemacht! Die Beiden kennen sich seit der Schulzeit. Manuela hat ihn immer schon geliebt. Das habe ich schon gemerkt, als sie das erste Mal vor unserer Tür stand und ihm eigentlich nur zum Geburtstag gratulieren wollte. Aber unser Mario hatte kein Interesse damals. Erst als er für die Ausbildung nach München zog und Manuela zufällig wieder getroffen hatte, da sie auch in Bayern ihre Ausbildung machte, hat es gefunkt. Und es schien so, als wollten sie heiraten. Aber was erzähle ich? Das ist alles Schnee von gestern. Du bist jetzt wichtiger und so lange mein Sohn glücklich ist, bin ich es auch.«

Lisa lächelte. »Nein, ist schon in Ordnung. Mario und ich, wir kennen uns länger und ich weiß Bescheid. Wir haben viel geredet in den letzten Jahren. «

In dem Moment kam Günter mit drei Tassen Kaffee und etwas Kuchen zurück .

»Ich wusste nicht, ob ihr hungrig seid. Ich bin es und daher habe ich uns etwas Gebäck mitgebracht.«

Lisa war dankbar. Marios Eltern schienen unkompliziert und nett zu sein. Sie hatte die Befürchtung gehabt, nicht angenommen zu werden. Aber Manuela hatte gute Arbeit geleistet.

»Danke,« sagte sie, nahm sich einen Teller und rührte etwas Zucker in ihren Kaffee. Normalerweise trank sie diesen schwarz, aber heute brauchte sie Energie. Viel Energie, denn sie würde nachher noch Mario sehen.

Günter ergriff wieder das Wort. »Lisa, man sagte uns, du warst bei dem Unfall dabei. Hast du etwas gesehen? Wir verstehen noch nicht so ganz was passiert ist.«

»Nicht viel.« Lisa wiederholte, was sie bereits zwei Tage zuvor der Polizei berichtet hatte, und endete damit, dass sie mit einem starken Schock ins Krankenhaus kam und Mario seitdem nicht gesehen hatte.

»Komisch,« sagte Günter. »Mario ist sonst immer so vorsichtig und hält sich nie in der Nähe vom Bordstein auf. Das haben wir ihm immer beigebracht.«

»Er war auch nicht in der Nähe. Es war voll und er musste sich da hinstellen, wo Platz war. Aber ich stand neben ihm und er stand sicher auf dem Bürgersteig. Es gibt den Verdacht, dass es jemand vorsätzlich getan hat. Die Polizei ermittelt aber noch.«

»Oh, mein Gott.« Rita stieß die Worte erschrocken aus und Günter legte ihr eine Hand über die Schulter.

Lisa stocherte weiter in ihrem Kuchen herum. Sie bekam keinen Bissen runter, aber sie nahm einen kräftigen Schluck Kaffee. Sie wusste nicht, wie sie reagieren sollte. Es musste schlimm sein für die Eltern, so etwas zu hören.

»Lisa, es tut mir so leid, dass du gerade jetzt am Anfang so etwas durchmachen musst. Du musst dir große Sorgen machen,« richtete wieder Günter das Wort an sie.

Die Beiden sind so verständnisvoll, dachte Lisa. Sie würde sie mögen und hoffte, sie taten das auch. Und wenn der ganze Albtraum hier endlich vorüber war und sie eine normale Beziehung mit Mario führen konnte, dann wollte sie dass die Beiden vielleicht sogar die Wahrheit erfuhren.

»Ja, mir geht es nicht gut. Ich würde gleich gerne Mario sehen, wenn das für euch in Ordnung ist?«

Beide nickten. Rita sah Günter kurz an und er nickte, als wolle er ihr zustimmen. Dann sagte Rita: »Mario soll noch heute aus dem Koma geholt werden. Vielleicht hast du Glück und er ist später ansprechbar. Komm, trink deinen Kaffee in Ruhe aus und dann geh zu ihm. Er sollte dich als erstes sehen wenn er die Augen aufmacht.«

Das war der Moment wo Lisa gerührt war. »Danke. Ich bin froh, dass er es schaffen wird.«

Günter nahm ihre Hand. »Lisa, er hat einen komplizierten Bruch im linken Arm. Aber, er hatte Glück. Es wird nur noch lange dauern, bis er wieder komplett gesund ist.«

Das wusste niemand besser als sie. Denn auch sie hatte einen langen Leidensweg mit Krankenhäusern hinter sich. Aber sie würde da sein und bald würden sie Karina finden und dieser Albtraum hatte dann sicherlich auch ein Ende.

Als Lisa das Krankenzimmer von Mario betrat hörte, sie die Geräte. Es war eine Mischung aus Rauschen und Piepsen. Er hatte zwar ein Zimmer für sich alleine, aber aus den Nebenzimmern nahm sie dennoch verschiedene Geräusche wahr. Teilweise hörte man hier und da ein paar Warnsignale, die andeuteten, dass Werte nicht im Normbereich waren, diese verstummten aber recht schnell wieder. Rita nahm Lisa bei der Hand. Sie zeigte ihr alles. Sie war erschrocken, als sie Mario da liegen sah und fühlte sich einer Ohnmacht nahe. Rita schien das zu bemerken und drückte ihre Hand ein wenig fester. »Es ist alles in Ordnung,« sagte sie beruhigend. »Ihm geht es gut. Er schläft nur. Aber ich weiß, wie es dir geht. Ich habe anfangs auch dieses Gefühl gehabt.« Die beiden Frauen schauten sich an, dann ließ Rita die Hand los und Lisa konnte zu Mario ans Bett treten.

»Ich werde mal raus gehen und euch alleine lassen. Die Ärzte haben bereits gesagt, dass der Aufwachvorgang eingeleitet wurde. Wir müssen jetzt warten.«

Lisa nickte.

Sie setzte sich neben Marios Bett.

Sie sah, wie ein langer Schlauch in seine Venen führte und diese mit Flüssigkeit füllte.

Ein Schlauch kam durch seinen Hals, da er beatmet werden musste. Verschiedene Geräte maßen den Blutdruck und die Herzfrequenz.

Ihr kamen die Tränen. Sie nahm seine Hand und hoffte, er würde es spüren. »Es tut mir so leid,« flüsterte sie. »Mario, ich liebe dich! Das ist mir jetzt klar geworden. Bitte werde schnell wieder gesund. Ich will nicht ohne dich sein.«

Sie weinte heftiger. »Mario, wir schaffen das. Versprochen! Aber du musst ganz schnell wieder gesund werden. Ich liebe dich so sehr!«

Plötzlich spürte sie ein leichtes drücken an ihrer Hand. Es war nur ganz leicht, aber sie wusste, sie hatte es sich nicht eingebildet. Mario hörte sie. War das möglich? Sie lächelte und sagte dann: »Wir schaffen das, mein Schatz!«

Dann blieb sie sitzen und hoffte, sie würde genug Zeit haben um mitzubekommen, wenn Mario erwachte. Abwechselnd und in regelmäßigen Abständen kamen verschiedene Schwestern und überprüften seine Werte und versicherten ihr, es würde noch eine Weile dauern. Meist auch mehrere Tage. Man brauche jetzt Geduld. Lisa hoffte dennoch, dass sie Mario aufwachen sehen würde. Es tat ihr weh, ihn dort so liegen zu sehen. Mit dem Verband um den Kopf, den linken Arm im Gips. Ihr starker Mario, der die letzten Tage für sie da war und für sie gekämpft hatte, lag nun hilflos da.

Es schmerzte sie sehr.

Als die Zeit gekommen war um nach Hause zu gehen, erzählte sie Marios Eltern nur, dass sie noch sehr müde sei und sich ein wenig ausruhen müsse. Die beiden hatten vollstes Verständnis und boten ihr sogar an, sie zu fahren. Markus war aber noch mit Manuela hier in der Nähe und er hatte versprochen sofort da zu sein, wenn sie ihn anrief.

Als sie durch den Ausgang des Krankenhauses trat, fühlte sie sich wie in einer anderen Welt. Vor ihr erstreckte sich ein Park. Das Harlachinger Krankenhaus lag ein wenig abseits der Straße, dennoch war die Umgebung sehr belebt. Lisa sah einen Krankenwagen ohne Blaulicht vorfahren. Vermutlich ein normaler Patiententransport. Gegenüber sah sie die Kinderklinik und überall schwirrten Menschen herum. Besucher, Patienten, Ärzte, Schwestern. Sie atmete einmal tief durch, wollte die frische Luft genießen, merkte aber recht schnell, dass der Eingangsbereich wohl auch der Raucherbereich war. Es roch nach Nikotin. Es war so eine andere Welt, nach zwei Tagen in einem Krankenzimmer.

Sie holte ihr Handy hervor und wollte Markus anrufen, als sie sah, dass Karl mehrmals versucht hatte sie zu erreichen. Sie hatte ihr Handy auf lautlos gestellt, als sie Marios Eltern getroffen hatte. Sie überlegte kurz, ob sie Karl später zurück rufen sollte. Sie sollte sich vorher noch bei Markus melden. Aber ihre Neugier war größer.

Karl war sofort in der Leitung.

»Lisa, gut das du zurückrufst.« Karl klang gehetzt.

»Karl, hallo. Ich habe jetzt erst deine Nummer gesehen. Ich bin gerade aus dem Krankenhaus entlassen worden.«

»Krankenhaus?«

Lisa erinnerte sich nicht mehr daran, wer bei ihr im Büro Bescheid gegeben hatte. Vielleicht war es auch niemand, da das Büro seit Dienstag geschlossen war?

»Ja, es gab einen Unfall. Mario war auch dabei, er liegt

auf der Intensivstation im künstlichen Koma, aber er wird wieder gesund. Es wird nur dauern.«

»Lisa, du meine Güte, warum hat mir Robert nichts davon gesagt?«

»Ich weiß nicht mal, ob Robert davon weiß. Die Ereignisse haben sich die Woche etwas überschlagen,« musste Lisa zugeben. Sie war sich nicht einmal selber sicher, ob überhaupt irgend jemand Robert informiert hatte. Daran hatte sie in all der Zeit und in ihrer Sorge gar nicht gedacht.

»Ich merke schon,« fuhr Karl fort, »es scheint alles ein wenig viel zu sein. Lisa, warum ich anrufe, und es tut mir auch schrecklich leid, dir das so am Telefon sagen zu müssen. Die Zentrale hat beschlossen, dich vorerst von deiner Position zu entbinden.

Sie haben von dem Mordverdacht gegen dich gehört und sind der Meinung, es wäre besser, wenn wir zur alten Struktur zurück kehren. Die Zentrale glaubt, dass du der Aufgabe noch nicht gewachsen bist.«

Lisa nahm das Telefon vom Ohr, schaute es ungläubig an, als könne Karl ihre Reaktion sehen. Dann hielt sie sich das Telefon wieder ans Ohr.

»Ich verstehe nicht ganz. Hat man dir nicht gesagt, dass es eventuell Videoaufnahmen gibt, auf denen man sieht, wie ich das Büro verlassen habe? Außerdem hatte Susanne anscheinend ein Verhältnis mit Robert und wollte mit ihm gemeinsam dafür sorgen, dass ich die Position nie bekomme.«

»Lisa,« Karl versuchte ruhig zu klingen. »Ich weiß nur, dass du dich mit Susanne laut gestritten hast. Sie sogar bedroht und beleidigt haben sollst. Und kurz danach war Susanne tot. Ich weiß, dass es gegen dich nur einen vagen Verdacht gibt, aber das deine Zeitkarte jetzt zum zweiten Mal nicht funktioniert hat, ist doch irgendwie merkwürdig, oder?«

Lisa nickte, merkte dann aber, dass Karl sie gar nicht sehen konnte. Das machte aber nichts. Karl fuhr fort. »Lisa, ich vertraue dir. Aber ein Mord in der Firma ist nicht ohne und bitte bleibe erst einmal daheim. Wir dürfen ab Montag wieder in die Räume. Ich werde klären, wie es weiter geht und mich dann bei dir melden.«

Lisa war wieder den Tränen nahe. Sie musste unbedingt mit der Polizei reden und sie mussten endlich diese Karina finden. Dann würde sich hoffentlich alles klären.

Sie unterdrückte ihre Tränen und antwortete dann. »In Ordnung. Karl? Ich treffe mich gleich mit der Polizei. Es gibt einen Verdacht, dass die neue Freundin meines Exmannes etwas mit dem ganzen zu tun haben könnte. Es ist eine lange und komplizierte Geschichte. Aber ich glaube, es wird sich alles aufklären.«

»Ich weiß.« antwortete ihr Chef. »Und ich weiß, dass du selber gerade viel durchmachen musst. Gute Besserung und ich melde mich. Versprochen!«

Er beendete das Gespräch und Lisa war froh, in Karl zwar einen etwas nervigen, aber sonst sehr netten und verständnisvollen Chef gefunden zu haben. Sie dachte dabei auch an Robert, der alles dafür tun würde, die Stelle zu behalten und in ihr anscheinend eine Konkurrentin sah. Er hatte sie eingearbeitet und sie wusste, dass er ehrgeizig, aber auch verdammt gut war. Nach der Einarbeitungsphase hatten sie ein nettes, aber kühles Verhältnis zueinander. Robert wusste, es war sein Verdienst, dass Lisa so gut war und er neidete es ihr ständig, wenn sie wieder einmal die Prämien einstrich. Aber das er mit Susanne so böse dafür gesorgt hatte, dass sie die Stelle der Stellvertretung nun doch nicht bekam, wollte nicht zu ihm passen.

Und doch glaubte sie Manuela.

Es war Zeit, Markus anzurufen. Doch das brauchte sie gar nicht mehr, denn sie sah Markus zusammen mit Manuela auf einer Bank sitzen. Die Beiden fielen ihr erst jetzt auf. Sie ging auf die Zwei zu, die, mit einem Coffee-to-go in der Hand, tief in ein Gespräch verwickelt zu sein schienen und sie erst bemerkten, als sie direkt vor ihnen stand. Sie war überrascht, dass die Beiden sich anscheinend so gut verstanden, entschied sich aber, Markus erst später darauf anzusprechen.

Sie würden den Abend noch gemeinsam verbringen.

15. Kapitel

Markus nahm Manuela im Auto mit und setzte sie vor ihrer Haustür ab. Er tauschte sogar die Telefonnummer mit ihr aus. Lisa nahm dies mit einem Stirnrunzeln zur Kenntnis, sagte aber nichts. Sie umarmte Manuela noch einmal zum Abschied und sie versicherten sich gegenseitig, sich zu melden, sobald sie etwas Neues von Mario erfahren würden.

Als Markus das kurze Stück bis zu ihrer Haustür fuhr, sprachen beide kein Wort. Lisa war nervös. Gleich würde sie Herrn Reitlinger alles erzählen und dann wird dieser Albtraum hoffentlich ein schnelles Ende finden. Markus stellte das Auto in die gemietete Garage neben dem Haus ab und gerade als beide ausstiegen und das kurze Stück zum separaten Eingang ihrer Wohnung gingen, sahen sie, wie ein dunkelblauer BMW vor der Tür auf dem Gehweg parkte.

»Typisch,« flüsterte Markus. »Wenn wir uns da hinstellen, dann muss ich direkt blechen, aber die Polizei darf das.« Lisa verdrehte die Augen. Markus sah immer alles so negativ.

Noch bevor Lisa und Markus erkennen konnten, wer im Inneren des Fahrzeugs war, bestätigte sich ihre Vermutung. Lisa sah auf dem Nummernschild die Aufschrift, dass das Fahrzeug wohl zum Pool der Polizei München gehörte. Sie ging schon mal zur Tür, öffnete diese und wartete dann, dass Herr Reitlinger, diesmal ohne seine Begleitung, ausstieg.

»Servus Frau Oppenheimer,« grüßte er Lisa, dann wandte er sich an Markus und gab ihm die Hand.

Lisa bat den Beamten herein, fragte aus Höflichkeit, ob er Kaffee wolle, was dieser aber dankend ablehnte. Sie nahmen in der Küche Platz und ganz selbstverständlich servierte Markus ein paar Kekse und etwas Wasser. Als ob er immer noch bei ihr wohnen würde, dachte Lisa, und ein schmerzlicher Gedanke durchzuckte Lisa, dass anstatt Markus eigentlich Mario den Tisch decken sollte. Aber sie schob den Gedanken beiseite. Sie brauchte all ihre Konzentration um Herrn Reitlinger ihre Vermutung mitzuteilen.

»Danke,« sagte Lisa zu ihrem Mann und auch der Beamte bedankte sich.

Markus setzte sich an den Tisch, was Herr Reitlinger irritiert zur Kenntnis nahm. Sicher musste es komisch wirken. Erst erzählte Lisa, dass sie sich von ihrem Mann getrennt hat, nun saßen sie hier harmonisch am Tisch. Doch der Beamte ließ diesen Zustand unkommentiert. Er richtete das Wort sofort an Lisa:

»Frau Oppenheimer, es gibt Neuigkeiten. Vielleicht können wir das alles gleich in einen Zusammenhang bringen, wenn wir mit unserer Erkenntnis beginnen?«

Lisa hörte aufmerksam zu.

»Wir haben uns mit den Münchnern Verkehrsbetrieben in Verbindung gesetzt. Die Halstestelle, die Sie benutzt haben, wird tatsächlich am Eingang videoüberwacht und so konnten wir klären, dass Sie gegen 17.58 Uhr in die U – Bahn Station gegangen sind und die Bahn um 18.04 Uhr genommen haben. Wir haben eine erneute Aufzeichnung an ihrer Ankunftshaltestelle überprüft, und auch die wurde bestätigt, dass sie die Station um 18.21 Uhr wieder verlassen haben. Soweit stimmen also Ihre Angaben.

Wie nicht anders erwartet, haben wir auf der Schere auch nur Ihre Fingerabdrücke gefunden. Was aber nicht ungewöhnlich ist, denn der oder die Täterin könnte Handschuhe getragen haben.

Wir haben auch noch einmal die Daten der Zeiterfassung überprüft und festgestellt, dass die Zeiten manipuliert wurden.«

Nun unterbrach Lisa den Beamten. »Wie meinen sie das? Ich habe nicht die Möglichkeit, die Daten zu löschen. Das darf nur der Regionalleiter.«

Reitlinger nickte. »Genau, deswegen haben wir die Spur überprüft und es ist tatsächlich so, dass sich jemand in den PC von Herrn Fischer eingeloggt und die Daten geändert hat.«

Lisa war entsetzt. »Bitte, sagen sie das nochmal! Das heißt also, jemand hat absichtlich meine Zeitdaten manipuliert? Haben Sie Herrn Fischer dazu befragt?« Lisa behielt im Hinterkopf, gleich die Informationen über das Verhältnis von Robert und Susanne zu erwähnen.

»Ja, haben wir. Aber Herr Fischer hat tatsächlich ein Alibi.«

Lisa unterbrach den Beamten abermals. »Haben Sie schon herausgefunden, dass Herr Fischer und Frau Riedl ein Verhältnis hatten?«

»Ja, auch das haben wir. Herr Fischer hat es uns freiwillig erzählt und damit sein Alibi bestätigt.«

Nun war Lisa noch verwirrter. »Aber ich dachte, Frau Riedl wurde im Büro ermordet. Wie kann dann das Verhältnis der beiden ein Alibi sein?«

Der Beamte räusperte sich. »Eigentlich darf ich Ihnen das nicht sagen, aber Herr Fischer wäre an diesem Abend mit Frau Riedl in der Nähe seiner Wohnung verabredet gewesen. Dort wurde er von mehreren Personen gesehen, die allesamt bestätigen können, dass Herr Fischer zum Todeszeitpunkt an einem Tisch saß und sich mit einem Bekannten unterhalten hat, den er da zufällig dort traf, während er auf Frau Riedl wartete.«

»Warten Sie mal,« Lisa brachte so nach und nach die Informationen zusammen, aber sie ergaben für sie keinen Sinn. »Sie sagten, Herr Fischer hatte eine Verabredung mit Frau Riedl. Warum aber hat dann Herr Hubert Susanne erst am nächsten Morgen gefunden? Hätte Robert nicht versuchen müssen, sie zu kontaktieren und zu suchen?«

Reitlinger nickte. »Ja, auch das haben wir überprüft. Herr Fischer hat demnach mehrmals versucht, Frau Riedl telefonisch zu erreichen, nachdem sie eine halbe Stunde überfällig war. Aber er sagte, dass das bei ihr nichts ungewöhnliches sei. Meistens kam sie tatsächlich direkt vom Büro zu ihm und er dachte, ein Kunde könnte sie aufgehalten haben. Erst als er sie nach über einer Stunde immer noch nicht erreichen konnte, habe er die Bar verlassen und sei nach Hause gegangen. Er dachte, dass vielleicht etwas Wichtiges mit ihrem Mann gewesen sei, der wohl schwer krank ist.«

»Krank? Ich weiß nur, dass die Beiden eine offene Beziehung führen. Von krank hat Susanne nie etwas gesagt.« Markus mischte sich ein. »Sie hat immer betont, dass ihr Georg sie liebe, aber ihr nicht das geben kann, was sie braucht. Er ist unten herum, na ja ... sie wissen schon.«

Herr Reitlinger blieb sachlich. »Er hat Krebs und ist bereits mehrmals operiert worden. Herr Fischer dachte, dass er vielleicht einen erneuten Rückfall habe. Herr Oppenheimer, wir haben Herrn Riedl befragt, er wusste weder etwas von ihnen, noch von Herrn Fischer. Er dachte immer, seine Frau würde sich ehrenamtlich um Obdachlose kümmern, so wie sie es getan hatte, als sich die Beiden damals kennenlernten.«

Lisa und Markus schauten sich an. Susanne war unberechenbar gewesen.

Markus ergriff erneut das Wort. »Wollen Sie damit sagen, dass ihr Mann keine offene Beziehung wollte? Und Susanne ihren Mann, der anscheinend schwer krank ist, alleine ließ?«

»Darüber mag ich mir kein Urteil bilden, ihr Mann hat angegeben, dass seine Frau nicht oft zu Hause war und er glaubte, sie sei bei diesem ehrenamtlichen Verein. Doch auf

Nachfrage bestätigte der Verein nur, dass Frau Riedl bereits seit sieben Jahren nicht mehr dort tätig war. Um den Zeitpunkt herum bekam ihr Mann auch die Diagnose Krebs.«

Lisa lachte auf. Es war ein Lachen aus Verzweiflung, Ungläubigkeit und teils auch, weil sie es so unfassbar fand, was sie gerade hörte. »Das ist ... das kann man gar nicht in Worte fassen. Susanne Riedl lernt meinen Mann vor fast sechs Jahren auf einer Party kennen und fängt ein Verhältnis mit ihm an. Dann, als ihr klar wurde, dass Markus mich nicht verlassen wird und sie nur eine Affäre ist, fängt sie etwas mit Robert an. Und Beiden erzählt sie, ihr Mann sei damit einverstanden. Dabei hockt dieser schwer krank daheim und sie wartet im Endeffekt nur auf seinen Tod?«

Sie schüttelte den Kopf.

Der Beamte räusperte sich. »Wie gesagt, ich mag mir darüber kein Urteil bilden, aber es entlastet sie im Moment. Das heißt aber auch, dass wir weiterhin auf der Stelle treten und nicht wissen, wer am Montagabend im Büro war und Frau Riedl ermordet hat. An der Tür sind keine Einbruchsspuren und Herr Hubert versicherte mir, dass diese sogar abgeschlossen war.«

»Ja,« sagte Lisa. »Der letzte, der das Büro verlässt, soll die Tür abschließen. Wobei wir schon abschließen, wenn offiziell Büroschluss ist. Ich hatte die Tür abgeschlossen. Man weiß ja nie, wer um diese Uhrzeit noch in der Gegend herum läuft. Aber sagen sie, selbst wenn Herr Fischer gesehen wurde, kann es nicht trotzdem sein, dass er anschließend ins Büro gefahren ist?«

»Nein, auch das können wir ausschließen, da er nicht nach Hause gefahren ist. Aber darauf möchte ich nicht weiter eingehen. Das Alibi ist jedenfalls bis zweiundzwanzig Uhr bestätigt worden. Möchten sie nun mal erzählen, was Sie wissen?«

Lisa wunderte sich, bei wem Robert gewesen sein könnte, aber Herr Reitlinger hatte ihr eigentlich auch schon viel zu viel verraten. Sicher hatte er seine Gründe, warum er noch nicht genauer darauf einging, wo Robert sich aufhalten hat, nachdem er die Bar verlassen hatte. Sie vertraute da ganz auf die Arbeit der Polizei und fing nun ihrerseits an, ihre Geschichte zu erzählen. Sie berichtet zuerst davon, dass Markus eine Frau Namens Karina geschwängert haben soll, die nun aber anscheinend gar nicht existiert. Schließlich beginnt sie zu erzählen, was Markus ihr über das Kennenlernen von Karina erzählt hatte. Markus saß ihr gegenüber und ließ sie reden. An entscheidenden Stellen nickte er nur.

Lisa endete damit, dass Karina vom Alter her die Tochter von Melanie sein könnte. Vielleicht würde es ja aufgrund der Tatsache, dass Melanie sich umgebrachte hatte, da einen Zusammenhang geben, nachdem sie auf Drängen ihrer Eltern letztendlich die Schule wechseln musste.

Herr Reitlinger hörte sich alles in Ruhe an, machte sich hier und da ein paar Notizen, trank einen Schluck Wasser und brummelte manchmal etwas zustimmendes.

»Wir werden das überprüfen. Gibt es sonst noch etwas, was ihnen einfällt?«

Lisa nickte. »Ja, Marios Freundin, beziehungsweise Ex-freundin, hatte Herrn Fischer und Frau Riedl an einer Bushaltestelle getroffen. Da die Beiden sie anscheinend nicht wiedererkannten, konnte sie ungestört deren Gespräch mit anhören. Daraus ging wohl hervor, wie sie mich am schnellsten loswerden könnten. Irgendwie passt es doch zu den Vorkommnissen, auch wenn mir noch nicht ganz klar ist, was Karina Müller damit zu tun hat und wie sie da rein passt.«

Herr Reitlinger schrieb sich alles auf. »Wir werden auch das überprüfen und Herrn Fischer noch einmal danach befragen. Vielen Dank. Wenn das dann alles wäre?«

Markus und Lisa nickten und verabschiedeten den Beamten. Als dieser gegangen war und Markus die Tür hinter ihm geschlossen hatte, atmete er laut aus. »Puh, also, dass mit Susannes Mann ist ein starkes Stück, findest du nicht auch?«

»Ja, aber weißt du, ich mag nicht darüber urteilen. Du hast deine Frau betrogen, weil sie keine Kinder bekommen kann, und zwar so lange, bis sie dann doch schwanger war. Du erinnerst dich?«

Beschämt schaute Markus zu seinen Füssen. »Verstehe. Du wirst mir vermutlich nie verzeihen und ich kann das auch nicht von dir erwarten, aber Lisa, ich liebe dich und ich habe dich immer geliebt. Bitte glaube mir das.«

»Ich weiß Markus, aber mir ist eines inzwischen klar geworden. Wir passen nicht zusammen. Ich meine, in den letzten Jahren haben wir uns so stark auseinander gelebt. Ich lebe für meinen Sport, meine Bücher, meine Arbeit und ich habe kaum Freunde. Außer ein paar aus dem Studium, zu denen ich aber kaum Kontakt habe und zu einigen Leuten aus meinen Facebook-Gruppen. Du und ich, wir haben zwei unterschiedliche Leben geführt. Du bist ausgegangen, hattest deine Freunde, deinen Spaß, aber ich habe da nie rein gepasst. Mein Leben spielte sich mehr zu Hause und im Internet ab.«

»Lisa, Facebook!«, rief Markus daraufhin unvermittelt. »Wir müssen auf Facebook!«

»Was redest du da?«

»Na du hast doch eben gesagt, dass sich dein Leben auf Facebook abspielt und vielleicht können wir da Antworten finden. Vielleicht sogar schneller als die Polizei.«

Lisa verstand so rein gar nichts. »Was bitte hat jetzt Facebook damit zu tun?«

Markus, der bis heute erfolgreich einen Bogen um soziale Netzwerke gemacht hatte, ging ins Gästezimmer und kam mit dem Notebook wieder, den Lisa vor ein paar Tagen noch vermisst hatte.

»Ach, du hattest ihn,« sagte sie sarkastisch. »Ich hatte den schon überall gesucht.«

»Ich weiß,« grummelte Markus. »Ich bin ein Arschloch, aber können wir das mal außen vor lassen. Ich möchte dir gerne helfen. Komm, logg dich ein.«

Er hielt ihr das Gerät hin, das gerade hochfuhr.

Während Lisa sich anmeldete und ins Internet ging, wollte sie von Markus wissen, worauf er hinaus wollte.

»Wir suchen deine alten Schulfreunde auf Facebook und fragen sie mal ein bisschen aus. Irgendjemand wird doch wohl wissen, was mit Melanies Tochter passiert ist. Die Meisten wohnen doch schon ewig da in der Ecke und haben ihre Stadtteile nie verlassen, oder?«

»Woher soll ich das wissen?« Lisa grummelte. »Ich habe keinen Kontakt mehr zu den Leuten aus meiner alten Klasse. Und du weißt auch warum.«

»Ja, aber zu deiner alten Freundin Alissa hast du doch noch Kontakt und die wohnt auch immer noch in Longerich. Und Nina auch.«

»Ja mag sein, aber das heißt doch noch lange nicht ..., oder ... warte mal!«

Lisa hatte auf einmal wieder die Erinnerung an Larissa. Sie loggte sich ein und gab erst Larissa und dann Dominiks Nachnamen in die Suchliste ein. Und sie hatte Glück. Es gab eine Larissa, die so hieß und in Köln wohnte. Aber sie hatte kein Profilbild und so konnte Lisa nur raten, ob es ihre Larissa war. Markus, der nun seinerseits nicht verstand, worauf Lisa hinaus wollte, schaute ihr nur zu, wie sie dieser Frau eine Nachricht auf Facebook schrieb.

»Liebe Larissa,
ich bin mir nicht sicher, ob Du die bist, die ich suche. Wenn Du mich kennen solltest, (wir waren 1994 gut befreundet und sogar ein Paar), dann melde Dich bitte bei mir.
Danke.
Liebe Grüße, Lisa«

Nun konnte Markus nicht anders. Er musste es fragen: »DU warst lesbisch?«

Lisa lachte laut los. »Da staunst du, was?«

»Wie, echt jetzt?«

»Nein.« Lisa lachte immer noch und hielt sich vor lachen den Bauch.

»Larissa war früher Dominik. Er, heute Frau, war mein erster Freund. Wir verbrachten einen wundervollen Sommer und ich wusste immer, dass Dominik irgendwie anders war. Wir trennten uns kurz vor seinem Outing. Sie liebte mich, sie mag Frauen. Aber ich mag nun mal nur Männer und so trennten sich unsere Wege. Wir versprachen uns zwar, in Kontakt zu bleiben, aber wir haben es dann doch nicht geschafft.«

Als Lisa dies laut aussprach, spürte sie den leichten Stich in ihrer Brust und erinnerte sich an das letzte Treffen mit Larissa, wo sie sich versprachen, den Kontakt nicht abbrechen zu lassen. Lisa seufzte bei der Erinnerung. »Auf jeden Fall war Larissa damals in Mauenheim zu Hause und genau da wohnte auch Melanie. Sie war keine direkte Nachbarin, aber Larissa sah sie ab und zu. Die Nachbarin von ihr hatte wohl auch engeren Kontakt zu den Eltern. Vielleicht hat sie ja etwas gehört und kann uns helfen.«

»Aha.« Markus schien es die Sprache verschlagen zu haben, was Lisa ein wenig amüsierte. Sie waren zwar schon so lange zusammen, aber sie hatte noch nie von Larissa erzählt. Nicht, weil es ihr unangenehm war mit, einem Transsexuellen zusammen gewesen zu sein, sondern weil sie das Gefühl hatte, es würde zu viele Wunden aufreißen. Wunden die zwar Narben hinterlassen hatten, aber nicht mehr schmerzten. Das Mobbing, die Trennung von Dominik, der Selbstmord von Melanie.

Lisa schluckte schwer und versuchte sich abzulenken.

Sie surften noch ein wenig durch Facebook und fanden hier und da noch ein paar Klassenkameraden, denen Lisa auch direkt Freundschaftsanfragen schickte, zusammen mit der Frage, wie es ihnen ergangen sei in den letzten Jahren und die Nachricht, wer sie war. Nun hieß es abwarten ob sich jemand meldete.

Die Beiden wollten gerade das Notebook abschalten, als ein leises »pling« verkündete, dass Lisa über Facebook eine Nachricht erhalten hat. Neugierig öffnete sie die Nachricht. Sie war tatsächlich von Larissa.

`»Lisa, Du bist es wirklich! Wollen wir telefo-`
`nieren? Das ist persönlicher. Ich freue mich so,`
`von Dir zu lesen und ich glaube, wir haben uns`
`wahnsinnig viel zu erzählen, oder?«`

Larissa fügte ihre Telefonnummer am Ende hinzu und Lisa, die sehen konnte, dass sie noch online war, antwortete sofort.

`»Oh ja, wenn Du magst, rufe ich Dich jetzt gerne`
`an.«`

Es dauerte keine Minute als Larissa antwortete.

`»Ja, ich warte.«`

Dahinter setzte sie ein Herz.

»Na, die ist aber immer noch verknallt in dich,« kommentierte Markus trocken.

»Eifersüchtig?« neckte Lisa ihn.

»Nein, überhaupt nicht. Aber was meinst du? Ich gehe einkaufen und dann koche ich uns was zum Abendessen. Dann hast du genug Zeit, um dich in Ruhe mit Larissa zu unterhalten? Kommst du klar?«

Lisa nickte und umarmte ihn. »Danke. Das wäre toll!«

Er grinste, stand auf, nahm sich seine Jacke und kaum war er durch die Tür, da wählte Lisa auch schon Larissas Nummer.

Es klingelte ein paar mal, dann hob Larissa ab.

»Hallo?« Sie klang nun sehr weiblich. Ihre Stimme hatte zwar noch einen leicht maskulinen Klang, auch etwas rauchig, aber es war nicht mehr Dominiks Stimme, so wie Lisa sie in Erinnerung hatte.

»Larissa? Ich bin es Lisa.«

»Oh. Mein. Gott!« Larissa klang fast theatralisch. »Wie oft habe ich mich gefragt, wie es dir wohl geht.«

Lisa lachte. »Ich mich auch. Ich meine, ich bin schon lange auf Facebook, aber erst heute bin ich darauf gekommen, nach dir zu suchen.«

»Ich habe dich schon länger gesucht,« gab Larissa zu. »Ich habe auch öfter mal dein Profilbild gesehen, mich aber nie getraut, dich anzuschreiben. Ich wusste nicht, ob du vielleicht doch ein Problem mit meiner Sexualität hast?«

Lisa war ehrlich schockiert. »Nein warum, wie kommst du darauf? Ich habe dich wirklich vermisst und ich freue mich riesig, jetzt von dir zu hören.«

Larissa klang nun leicht traurig. »Du erinnerst dich an unser letztes Treffen? Wir hatten danach keinen Kontakt mehr. Ich hatte das Gefühl, als schämtest du dich.«

»Nein, das war es nicht. Larissa, du warst immer eine gute Freundin und ich hatte dich so lieb. Aber ich liebte dich nie, und das weißt du. Ich hatte auch nie ein Problem mit deiner Sexualität. Als du mir aber erzählt hast, dass Melanie gestorben ist, das war ein wenig zu viel für mich.«

»Ach so,« Larissa war erleichtert. »Mit Melanie, das war schon hart. Du hast es ja auch erst durch mich erfahren. Ich hatte ein wenig länger Zeit, mich damit abzufinden. Wusstest du, dass ihre Tochter immer noch da wohnt?

Meine Eltern haben die Wohnung noch und sehen sie öfter.«

»Warte mal,« Lisa horchte auf, »genau deswegen hatte ich mich an dich erinnert.«

»Wegen Melanies Tochter?« fragte Larissa deutlich irritiert.

»Ja, lange Geschichte. Aber sag mal, was heißt, sie wohnt noch in Mauenheim und deine Eltern sehen sie öfter? Auch jetzt in letzter Zeit?«

»Sie arbeitet in der Bäckerei um die Ecke. Die, die früher so leckere Röggelchen gemacht hat. Mittlerweile gehört die Bäckerei zu einer Kette. Meine Eltern sind dort Stammkunden und sehen sie oft.«

Lisa war enttäuscht. Ihre Spur, ihr Verdacht, schien sich in Luft aufzulösen.

»Aber Lisa, warum fragst du?«

Lisa seufzte, dann erzählte sie Larissa die ganze Geschichte. Als sie geendet hatte entstand eine lange Pause, bevor sie Larissa laut »Puh« sagen hörte.

»Du sagst es. Schöne Scheiße, oder?«

»Lisa, das ist eine noch größere Scheiße als die Sache aus der Schulzeit. Es tut mir leid, dass ich dir deine Hoffnung genommen habe. Aber Melanies Tochter heißt weder Karina Müller, noch ist sie in München.«

»Ich weiß,« sagte Lisa. »Eine Karina Müller scheint es nicht zu geben und ich dachte, weil es vom Alter her passt, dass es vielleicht … Ach, egal. Larissa, erzähl, wie geht es dir?«

»Gut, aber weißt du was? Das müssen wir jetzt nicht bereden. Ich bin so froh, dich wiedergefunden zu haben und ich glaube, du hast im Moment genug um die Ohren. Was hältst du davon? Ich komme am Wochenende vorbei und wenn ich bei dir bin, dann finden wir schon heraus wer wirklich hinter allem steckt?«

Lisa lächelte. Sie erkannte wieder Dominik in Larissa. Der, der keine Fragen stellte und einfach bei ihr war. Sie lehnte jedoch ab und erklärte ihr, dass sie viel Zeit im Krankenhaus bei Mario verbringen werde und ihr Exmann, der ja nun seine neue Bleibe verloren hatte, zur Zeit wieder bei ihr wohne und sich gut um sie kümmere. Genau in dem Moment kam Markus zur Tür rein und stellte seine zwei Tüten Einkauf so leise wie möglich in der Küche ab, um die Damen nicht zu stören.

»Okay,« sagte Larissa gerade. »Aber wenn ich was für dich tun kann, lass es mich bitte wissen, ja?«

Lisa stimmte zu und verabschiedete sich von Larissa.

»Und?« wollte nun Markus wissen, der die Verabschiedung mitbekommen hatte.

Lisa sank in sich zusammen. »Nichts! Komplett falsche Spur! Larissas Eltern wohnen immer noch in Mauenheim und Melanies Tochter ist tatsächlich mittlerweile erwachsen, wohnt aber auch noch bei ihren Großeltern und arbeitet in der örtlichen Bäckerei. Wurde also in den letzten Wochen mehrmals gesehen und kann nicht die Karina Müller sein, die dich offensichtlich angebaggert hat. Und sie hat auch nichts mit den Vorkommnissen hier zu tun.«

»Scheiße ...«, entfuhr es Markus.

»Das kannst du laut sagen! Aber lass uns der Polizei noch nichts sagen. Vielleicht ist das doch eine Spur. Lass uns abwarten. Was gibt es zu essen?«

Markus stimmte ihr zu und während die beiden gemeinsam die Taschen auspackten und es sich anfühlte, als wären sie noch ganz normal miteinander verheiratet, fragte sich Lisa einmal mehr, warum sie es all die Jahre nicht so harmonisch miteinander geschafft hatten wie jetzt. Aber sie dachte auch wieder an Mario und nach einem üppigen Essen rief sie Marios Eltern an und erkundigte sich nach dem Befinden ihres Freundes. Es gab weiterhin keine Neuigkeiten und sie machten aus, dass sie sich am nächsten Tag gemeinsam im Krankenhaus treffen wollten. Vielleicht wachte Mario bald schon auf.

16. Kapitel

Der Rest der Woche verging und das Wochenende kam. Lisa war jeden Tag bei Mario, der langsam wieder aufwachte. Mittlerweile musste er nicht mehr künstlich beatmet werden und er zeigte erste Reaktionen, so dass die Ärzte damit rechneten, dass er bald auch die Augen öffnen würde. Lisa wäre am liebsten Tag und Nacht bei ihm geblieben, aber ihre Vernunft riet ihr, sich zwischendurch auch auszuruhen. Als sie am Montag, wie mit Karl vereinbart, noch zu Hause blieb und gerade eine Tasse Kaffee aus dem Vollautomaten laufen ließ, klingelte das Telefon. Es war Rita. Sie war über Nacht bei Mario geblieben. Mittlerweile wechselten Lisa, Günter, Manuela und Rita sich ab. Schnell ging sie ans Telefon.

»Rita? Guten Morgen, ist er wach?«

»Ja, und er hat nach dir gefragt.«

Lisa konnte ihre Aufregung und Freude nicht verbergen. Sie strahlte über das ganze Gesicht.

»Oh, klasse! Danke. Ja, ich bin gleich auf dem Weg.«

Sie legte schnell auf und schaute auf die Uhr. Markus schlief noch. Er hatte sich gestern Abend noch mit Manuela auf ein Glas Wein getroffen und hatte ziemlich lange mit ihr in der Küche gesessen. Mittlerweile wusste sie, dass die Beiden über den Verlust der Kinder redeten. Es tat Markus gut, endlich mal mit jemandem darüber reden zu können, der gleiches erfahren hat. Es tat Lisa manchmal weh, wenn Markus sie traurig anschaute und ihr beteuerte, dass er sie immer noch liebte. Aber dann erinnerte sie sich daran, wie sie die letzten Jahre miteinander umgegangen waren und das er ihr während dieser Zeit fremd gegangen war. Das konnte sie ihm noch nicht verzeihen. Im Moment lief es gut und harmonisch zwischen ihnen und immer wieder wünschte sie sich, sie hätten sich auch die letzten Jahre so respektvoll behandelt. Sie redeten viel über ihre Beziehung. Lachten über vergangene Ereignisse, hörten die Musik, die sie früher gemeinsam gehört hatten, als sie sich kennenlernten und sie sprachen viel über die Zeit, als sie noch gemeinsame Freunde in Köln hatten. Das Thema Baby und Kinderwunsch ließen sie dabei geschickt aus und Lisa war dankbar dafür. Sie war noch nicht wieder soweit, darüber nachzudenken, da sie die Zeit danach und der Verlust noch zu sehr schmerzten. Auch wenn Markus es nicht so sah. Sie wünschte sich so sehr ein Baby, aber nicht um jeden Preis. Die künstliche Befruchtung war sehr schwer gewesen. Was diese mit ihrem Körper angestellt hatte, konnte sie nicht in Worte fassen und Markus hatte nie gesehen, wie schlecht es ihr wirklich ging. Zu sehr schmerzte es sie, daran zu denken.

Es war jetzt sieben Uhr morgens. Sie ließ Markus schlafen und machte sich auf den Weg nach draußen. Wenn sie sich beeilte, würde sie es schaffen, noch den Bus zu erwischen und wäre noch vor acht Uhr in der Klinik. Sie dachte kurz daran, Manuela anzurufen und auch sie zu informieren, aber vermutlich schlief auch sie noch. Daher schrieb sie erst einmal eine Nachricht an Markus und anschließend an Manuela, während sie im Bus saß und auf dem Weg zur Klinik war.

Als sie ankam, meldete sie sich bei den Krankenschwestern. Diese deuteten an, dass Mario heute auch verlegt werden würde, wenn seine Werte stabil seien. Das freute Lisa sehr. Sie beeilte sich, um zu ihm zu kommen und sah Rita und Günter bereits an seiner Seite sitzen.

Mario sah sie an und lächelte schwach. Lisa traten vor Freude Tränen in die Augen. Sie konnte nicht anders. Sie setzte sich neben ihn, legte ihren Kopf neben seinen und hielt ihn so fest, wie er es zuließ. Sie strahlte und bekam nicht einmal mit, wie sich Marios Eltern erhoben und das Zimmer verließen, damit sie mit Mario allein sein konnte.

»Endlich,« sagte sie und nahm seine Hand. Er lächelte immer noch und versuchte, ihre Hand zu drücken, aber es war sehr leicht.

»Sprechen tut weh,« sagte er schwach.

»Nicht schlimm. Ich bin nur so froh, dass du wach bist und es dir gut geht. Mario, ich hab dir die ganze Zeit etwas gesagt, als du im Koma lagst. Ich möchte, dass du es jetzt hörst, bevor es wieder zu spät sein kann.«

Er sagte nichts, aber sie wusste, dass ihm das Sprechen schwer fiel, daher sagte sie kurz und knapp: »Ich liebe dich!«

Er erwiderte schwach, aber mit einem deutlichen Lächeln: »Ich liebe dich auch!«

Und dann schwiegen beide und genossen einfach nur den Augenblick.

Viel Zeit bekam Lisa nicht mit Mario. Die Ärzte kamen herein und nahmen einige Untersuchungen vor. Informierten sie, dass die Probleme beim Sprechen von der künstlichen Beatmung kamen und das dies aber bald vorbei ginge. Man wollte Mario noch für eine Nacht zur Beobachtung behalten und ihn dann auf die normale Krankenstation verlegen. Lisa war sehr erleichtert und gab diese Nachricht an seine Eltern weiter.

Nachdem Mario noch einmal kurz eingeschlafen war, verließ sie die Station, begab sich nach draußen und schaltete ihr Handy wieder an um mit Markus zu telefonieren, der nun sicher wach war. Sie wunderte sich. Das Telefon war ausgestellt. Stirnrunzelnd versuchte sie es auf dem Festnetzapparat. Aber auch hier das gleiche. Die Leitung schien tot zu sein. Sie schaute in ihre Nachrichten und sah, dass Manuela sich gemeldet hatte. Sie freute sich, dass Mario wach war und versprach, auch in die Klinik zu kommen. Die Nachricht war vor etwa zwanzig Minuten geschrieben worden, sie würde daher sicher gleich hier sein.

Als ihr Telefon klingelte dachte sie zuerst, Markus würde sie jetzt zurückrufen, aber es war die Polizei. Herr Reitlinger.

»Guten Morgen Frau Oppenheimer, ich hoffe, ich habe Sie nicht geweckt.«

»Nein, guten Morgen. Alles in Ordnung. Ich bin schon in der Klinik. Mario ist endlich aufgewacht.«

»Das sind tolle Informationen. Frau Oppenheimer, wir haben auch Neuigkeiten. Wollen wir uns irgendwo treffen?«

Lisa überlegte kurz. Sie wollte auf gar keinen Fall etwas verpassen, wenn Mario wieder wach war. Zu lange war er nicht ansprechbar gewesen, und zu lange hat er sie nicht angesehen. Sie wollte einfach nur bei ihm sein. Sie fragte daher, ob er in die Klinik kommen könne. Sie wollten sich in dreißig Minuten in der Cafeteria treffen. Lisa machte sich schon einmal auf den Weg, wollte noch schnell einen Kaffee trinken und es erneut bei Markus versuchen.

Aber sie hatte wieder keinen Erfolg. Langsam fing sie an, sich Sorgen zu machen. Sie schrieb daher an Manuela, dass sie in der Cafeteria säße und sich freuen würde, wenn sie erst einmal für einen Kaffee zu ihr käme. Marios Eltern seien bei ihm und er schliefe sowieso zur Zeit.

Keine fünf Minuten nachdem sie die Nachricht abgeschickt hatte, stand Manuela an ihrem Tisch. Lisa war immer noch mit ihrem Handy beschäftigt und erschrak, als sie Manuelas Stimme hörte.

Markus hatte viel mit Manuela gesprochen und die beiden Frauen haben sich dadurch auch regelmäßig in den letzten drei Tagen gesehen. Sie waren mittlerweile sehr vertraut miteinander. Lisa stand auf, umarmte Manuela und bot ihr einen Kaffee an, den sie aber dankend ablehnte.

Die Beiden setzten sich und Lisa brachte sie auf den neuesten Stand.

»Mario war kurz wach. Das Reden fällt ihm schwer, aber er scheint bei klarem Verstand zu sein, was nicht immer der Fall sei, wenn man jemanden aus dem künstlichen Koma hole, sagten die Ärzte.«

Manuela nickte. Das hatte sie auch schon gehört.

»Er bleibt noch für eine Nacht zur Beobachtung auf der Intensivstation, wird aber verlegt, sobald seine Werte stabil sind. Und das Sprechen wird auch bald wieder klappen.«

»Hat er schon etwas gesagt, ob er sich an den Unfall erinnern kann?« wollte Manuela wissen.

»Nein.« sagte Lisa und dachte dabei an die einzigen Worte die er ihr gesagt hatte. Ihr wurde dabei wieder ganz warm ums Herz. Dann erzählte sie weiter. »Herr Reitlinger von der Polizei kommt gleich hierhin. Es gibt wohl Neuigkeiten, die er mir persönlich mitteilen will.«

Markus und Lisa hatten Manuela bereits über Larissas Bericht eingeweiht, ihr aber auch erklärt, dass sie der Polizei nichts sagen wollten. Manuela fand das auch gut, denn so hatte die Polizei die Möglichkeit, alles noch einmal unabhängig voneinander zu überprüfen. Vielleicht kämen sie an neue Informationen.

»Sag mal,« fiel Lisa ein, »Gestern war es deutlich später geworden, als sonst. Markus lag noch im Bett, als ich aufgestanden bin.«

Manuela wurde rot. »Er war nicht in seinem Bett.«

»Wie meinst du das?« Lisa verstand nicht sofort, doch dann entfuhr ihr ein stummes Oh.

»Er hat mich gestern zu Fuß nach Hause gebracht. Er wollte nicht, dass ich so spät noch mit dem Bus fahre. Es war ein schöner Spaziergang und dann, vor dem Eingang, haben wir uns geküsst. Es kam eins zum Anderen und am Ende, na ja ... Er hat bei mir geschlafen.«

»Ach, deswegen erreiche ich ihn nicht.«

Nun stutzte Manuela. »Wie meinst du das? Er ist heute morgen nach Hause gefahren, direkt als er deine Nachricht gelesen hat. Er wollte sich zu Hause duschen und umziehen und dann hierhin kommen.«

Lisa war besorgt. »Ich habe versucht ihn zu erreichen. Das Handy ist ausgeschaltet und auch unser Festnetztelefon funktioniert nicht. Wobei das nichts heißen muss. Es ist alt und der Akku spinnt gerne mal.«

»Komisch,« meinte Manuela. »Aber vielleicht ist sein Akku vom Handy auch leer? Er meinte so was in der Art, als er deine Nachricht sah. Du, hör mal, es ist doch okay für dich, oder? Wir reden hier nicht von Liebe oder so. Aber wir sind uns sympathisch und ich weiß, er ist dein Exmann, aber immerhin bist du ja auch mit meinem Exfreund zusammen. Ich habe im Hinterkopf, was Markus alles gemacht hat, aber die letzten Tage mit ihm haben einfach gut getan und ich hatte auch mal Spaß daran, Dampf abzulassen.

Wenn du verstehst, was ich meine? Vielleicht tut es ihm ja auch gut, dass sich eine Frau mal nicht sofort in ihn verliebt?«

Nun lachte Lisa und Manuela stimmte ein. Als die Beiden sich wieder beruhigt hatten, meinte Lisa. »Ein ganz schönes Chaos, wenn Markus im Spiel ist. Aber ja, du kennst die Geschichte und wenn es für dich in Ordnung ist, dann habt Spaß und werdet gerne glücklich.«

»Danke, niemand sagt, dass nur Markus Spaß haben darf, oder?«

Und wieder lachten beide bis sie durch ein Räuspern unterbrochen wurden. Herr Reitlinger stand hinter ihnen und machte sich bemerkbar.

»Oh, entschuldigen sie bitte! Guten Morgen, Herr Reitlinger.« Lisa stand auf und begrüßte den Mann, der ihr mittlerweile deutlich sympathischer war, als noch am Anfang.

Er grüßte zurück und Manuela verabschiedete sich, um nach Mario zu sehen.

»Schön, dass sie Zeit haben, Frau Oppenheimer.«

»Danke. Was haben sie herausgefunden?«

»Also, ihrem Hinweis mit Melanie sind wir nachgegangen. Leider ergibt sich hier eine Sackgasse. Die Tochter dieser Melanie ist zwar im richtigen Alter, arbeitet aber in Köln und ist dort auch gemeldet. Ihre Großeltern können bestätigen, dass sie die Stadt in den letzten Monaten nicht verlassen hat.«

Lisa hatte sich so etwas schon gedacht.

»Haben Sie auch noch einmal mit Herrn Fischer gesprochen?«

»Ja, haben wir. Wir haben die Beziehung zu Frau Riedl abermals angesprochen. Interessanterweise sind die Beiden tatsächlich erst seit knapp drei Monaten ein Paar.«

Das passt, dachte Lisa. Laut Markus, war Karina in der 8. Woche schwanger und er hatte die Sache mit Susanne sofort beendet, nachdem er von der Schwangerschaft erfahren hatte. Vermutlich sofort nachdem er mit Karina im Bett war.

Der Polizist fuhr fort. »Wir haben ihn mit den Vorwürfen konfrontiert, dass die Beiden sie manipulieren wollten. Er hat alles abgestritten. Er wusste nichts von dem Gespräch an dieser Bushaltestelle.«

»Das habe ich mir gedacht.« Lisa war wirklich nicht im geringsten überrascht. Warum sollte Robert das auch zugeben? Das käme ja fast einem Schuldeingeständnis gleich, je mehr sie drüber nachdachte.

War er vielleicht derjenige, der ihr das alles antat?

Und wenn ja, warum?

Was hatte Mario damit zu tun und warum spannte man ihr Markus aus? Die Firma wusste von ihrem Kinderwunsch. Sie hatte sehr offen darüber gesprochen, dass sie keine Kinder bekommen könne. Es wusste aber niemand den Grund dafür. Aber als man sie darauf ansprach, ob sie sich denn nicht auch Kinder wünsche, sagte sie lediglich, dass es ein sensibles Thema für sie sei.

Herr Reitlinger war noch nicht fertig mit seinem Bericht und fuhr fort: »Wir haben aber interessante Neuigkeiten was Ihre Auszubildende Celine Maurer angeht.«

Lisa verstand nicht. Was hatte Celine denn nun damit zu tun?

»Celine Maurer kommt nicht aus Köln. Ihre Angaben sind gefälscht. Es gibt keine Celine Maurer. Und raten sie mal, wer heute morgen nicht zur Arbeit gekommen ist!«

»Celine Maurer?« antwortete Lisa auf diese eigentlich rhetorische Frage. In ihrem Kopf drehte sich alles. Erst gibt es keine Karina Müller, jetzt keine Celine Maurer, und wenn sie so darüber nachdachte, die Ähnlichkeit der Nachnamen war ihr auch jetzt erst aufgefallen.

»Richtig! Celine Maurer hatte ihre Unterlagen gefälscht und wir prüfen gerade, wer sie nun wirklich ist. Und vor allem, warum sie eingestellt wurde.«

»Da sprechen sie am besten mit meinem Chef.«

Lisa erinnerte sich an das Gespräch. Karl hatte es geheim halten wollen, dass man Auszubildende suchte.

War es wirklich Zufall, dass diese Celine Maurer aus allen Bewerbern ausgewählt wurde? Und vor allem, warum sollte Celine Maurer es auf sie abgesehen haben, wenn sie doch eigentlich gar nicht wissen konnte, dass ihre Firma Auszubildende suchte?

Hatte Karl etwas damit zu tun?

Ihr schwirrte der Kopf.

»Bitte entschuldigen Sie.« Sie sah Herrn Reitlinger an. »Das sind gerade alles ein bisschen zu viel Informationen und irgendwie ist heute alles ein wenig durcheinander.«

»Sie brauchen sich nicht zu entschuldigen. Ich dachte, sie könnten uns als leitende Angestellte weiterhelfen, wie denn der Bewerberprozess bei Frau Maurer ablief.«

»Wie gesagt, das kann ihnen mein Chef sagen. Ich war damals gar nicht involviert. Er bat mich damals in sein Büro, und ich dachte, er würde endlich mit mir über die Übernahme seines Stellvertreterpostens reden. Er hatte mir gegenüber mal im Vertrauen gesagt, dass ich ein heißer Kandidat dafür sei und er mich gerne in dieser Position sehen würde. Aber die oberste Leitung in Amerika hatte sich anscheinend gegen mich und für Robert Fischer entschieden, der bereits deutlich länger im Unternehmen war, deutlich älter ist als ich und natürlich viel mehr Erfahrung vorzuweisen hat. Da erst habe ich erfahren, dass er die Stelle der Vertriebsleitung einführen wird, da er weitere Aufgaben für Amerika bekommen sollte. Er wollte Robert nicht überlasten.«

Herr Reitlinger nickte.

»Gut, danke. Das wäre dann alles und hilft mir weiter. Ich wünsche ihrem Freund alles Gute und wie immer, wenn ihnen noch etwas einfällt, dann melden sie sich bitte.«

Lisa nickte, verabschiedete sich und ging dann zurück zu Mario, wo sie den Rest des Vormittags verbrachte.

Sie hielt ihm durchgehend die Hand. Sie wollte ihn nie wieder loslassen. Wenn er wach war, lächelte er sie stumm an, wenn er einnickte, blieb sie bei ihm. Manuela und seine Eltern kamen abwechselnd immer wieder mal dazu, dann verabschiedete sich Manuela, sie hätte zu Hause noch einiges zu tun und müsste später auch zum Dienst in die Spätschicht. Lisa wunderte sich noch, warum Markus sich bisher nicht gemeldet hatte, blendete den Gedanken aber aus und genoss es fürs Erste, mit Mario zusammen zu sein. Sie würde Markus später noch zu Hause sehen. Bestimmt hatte er ein schlechtes Gewissen, dass er mit Manuela im Bett war.

Sie lächelte bei dem Gedanken. Da ist ihr Mann mal mit einer anderen im Bett und bräuchte mal kein schlechtes

Gewissen zu haben und hat vermutlich gerade jetzt zum ersten Mal eines. Sie nahm sich vor offen mit ihm darüber zu reden.

17. KAPITEL

Als Lisa am frühen Nachmittag erneut versuchen wollte, Markus zu erreichen und die Intensivstation gerade verlassen wollte, wurde sie von einer Krankenschwester aufgehalten.

»Frau Oppenheimer, bitte warten Sie kurz.«

Lisa drehte sich um und wunderte sich. War doch noch etwas mit Mario, was man ihr im Vertrauen sagen wollte? Ihr Magen zog sich kurz zusammen.

»Gut, dass ich Sie erreiche. Ich habe gerade einen Anruf von der Notaufnahme bekommen.«

Notaufnahme? Lisa wunderte sich. Was hatte die Notaufnahme mit Mario zu tun?

Dann traf es sie wie ein Blitz. »Ist etwas mit meinem Exmann passiert?«

Die Schwester schaute sie mitfühlend an. »Ja, man bat uns, Sie zu informieren, nachdem er erwähnte, dass sie vermutlich hier sind. Er wurde überfallen.«

Lisas Herz setzte für einen Moment aus. Was hatte sie nur getan, dass man alle in ihrem Umfeld verletzte? Und warum konnte derjenige sich nicht endlich zeigen und es ihr sagen?

»Danke,« sagte sie zur Schwester und machte sich auf den Weg zur Notaufnahme.

An der Aufnahme stellte sie sich vor und wurde anschließend direkt zu ihrem Mann gebracht. Er lag mit einem Verband um den Kopf auf einer Trage und wartete anscheinend darauf, wie es weiter geht. Ein Messgerät kontrollierte regelmäßig seinen Blutdruck und er war an einem EKG angeschlossen. Aber er sah deutlich besser aus als Mario. Und er war wacher.

»Lisa. Zum Glück hat man dich erreicht.«

»Was ist denn passiert?« Lisa ging sofort zu ihm, nahm seine Hand und sah ihn besorgt an.

»Lisa, bevor ich dir berichte was passiert ist, muss ich dir etwas beichten.«

Lisa schmunzelte. »Wenn es etwas mit Manuela zu tun hat, davon weiß ich schon.«

»Was? Aber ... Ich hatte Manuela gesagt, dass sie es nicht sagen soll.« Er stöhnte leicht.

»Ich glaube, sie ist nicht so der Typ für Geheimnisse. Manuela scheint mir sehr ehrlich zu sein und zwischen uns entwickelt sich so etwas wie eine Freundschaft. Ich glaube, sie wollte von Anfang an mit offenen Karten spielen. Und Markus, wir sind nicht mehr zusammen. Was du machst, hat mich nicht zu interessieren. Ich weiß, du liebst mich, und ich liebe dich in gewisser Weise auch und werde es immer tun. Wir waren eine sehr lange Zeit zusammen, aber für eine Beziehung reicht es einfach nicht mehr. Wenn du jemanden findest, mit dem es besser klappt, freue ich mich für dich. Und auch, wenn ihr vielleicht noch nichts gemerkt habt, ich finde, du und Manuela habt eine tolle gemeinsame Basis.«

Markus lächelte. »Danke, aber wir verstehen uns einfach nur gut und ich wollte sie gestern Abend nicht alleine nach Hause laufen lassen. Also habe ich sie gebracht. Es war so nicht geplant. Aber der Wein und die Stimmung, es tat einfach nur gut.«

»Ich weiß. Manuela denkt ähnlich, aber bitte, mach dir keine Vorwürfe.«

»Lisa, ich hab so viel Mist gebaut die letzten Monate. Es war ein richtiges Chaos und ich will nicht, dass du denkst, dass es mir nur um Sex geht.«

»Keine Angst, das weiß ich!« Lisa lachte dabei.

»Lisa, so ist es nicht und das weißt du auch!«

»Ich weiß, aber bitte, wir haben andere Sorgen, als dein Liebesleben, dass übrigens nicht nur die letzten Monate ein Chaos war. Was ist passiert?«

»Bitte lass mich dir noch kurz erklären. Ich habe dich

immer geliebt, aber es tat auch mal wieder gut, Bestätigung zu bekommen.«

»Markus bitte, es ist in Ordnung. Es wird zwar noch eine ganze Weile dauern, bis ich dir verzeihe, aber ich bin froh, dass wir nicht streiten und normal miteinander umgehen können. Wir müssen jetzt klären, was passiert ist.«

Markus nickte und zuckte dann zusammen. Er schien Schmerzen zu haben, wenn er sich bewegte.

»Ich war heute morgen aufgewacht, als du mir die Textnachricht geschrieben hast. Manuela erhielt etwa zeitgleich einen Anruf und ich wusste sofort, dass es etwas mit Mario zu tun haben muss. Wir zogen uns an und ich versprach ihr, mich zu melden, müsse aber erst einmal nach Hause, mich umziehen. Dir wäre es aufgefallen, dass ich die gleichen Sachen anhabe wie am Vortag und ich wollte dir eigentlich erst erzählen was los ist, wenn wir, also Manuela und ich, es selber untereinander geklärt haben. Als ich zu Hause ankam, da sah ich kurz vor unserem Haus einen Mann. Er sprach mich mit meinem Namen an und da erkannte ich Robert, den ich zwar nur einmal auf einer Firmenfeier gesehen hatte, aber er war es eindeutig.«

Lisa musste ihn unterbrechen. »Robert? Was wollte Robert bitte vor unserem Haus?«

»Nicht vor unserem Haus. Er schien aber gerade bei uns gewesen zu sein. Er kam mir nämlich entgegen und als er mich sah, war er mehr als wütend. Er schien auch etwas getrunken zu haben.«

Lisa musste erneut etwas einwerfen. »Robert und Alkohol? Ich habe noch nie jemanden auf Firmenfeiern gesehen, der so abstinent war wie Robert. Er hat es immer verteufelt, wenn andere getrunken haben. Wir haben schon gewitzelt, dass er vermutlich ein ehemaliger Alkoholiker ist.«

Markus sah sie an als müsse er überlegen. Dann fuhr er fort. »Doch, ich bin mir sicher, er war betrunken. Ich erinnere mich an Alkoholgeruch. Er kam also direkt auf mich zu, packte mich dann, ohne Vorwarnung am Kragen und schrie mich an, ich solle aufhören, sein Leben zu ruinieren. Ich hatte keine Ahnung was er meinte, dann schlug er mir mit voller Wucht ins Gesicht. Ich taumelte zurück und als ich wieder aufstehen wollte, ging er schon wütend weiter. Ich wollte ihm hinterher, aber mir war schwindelig und da ich wusste, wer mich angegriffen hatte, beschloss ich, erst einmal nach Hause zu gehen und mich auszuruhen. Ich wollte dir später alles erzählen und Robert auch die Chance geben, erst mal wieder nüchtern zu werden.«

Lisa stutze. »Aber ein kleiner Schlag ins Gesicht erklärt nicht, warum du hier liegst. Kam er nochmal zurück?«

Markus verneinte. »Als ich zur Tür kam, stand sie einen Spalt breit offen. Ich dachte noch, du hättest in der Eile die Tür nicht richtig zugezogen und ging daher unbesorgt rein. Doch innen hörte ich Geräusche. Ich rief deinen Namen und plötzlich kam jemand aus dem Schlafzimmer herausgeschossen. Ich verspürte einen schweren Schlag auf den Kopf und wurde bewusstlos. Als ich wieder zu mir kam, wollte ich dich anrufen. Ich hatte starke Schmerzen, aber wer auch immer mir das angetan hatte, er hat mein Handy zerstört.«

Deswegen konnte ich ihn nicht erreichen, dachte Lisa und ließ ihn weiter reden.

»Ich bin zur Tür gekrochen, habe sie geöffnet und bin auf allen Vieren halb zur Straße gerobbt, in der Hoffnung, dass mich jemand sieht. Ich wurde erneut bewusstlos und bin erst hier im Krankenhaus wieder zu mir gekommen. Ich habe gefragt, in welchem Krankenhaus ich bin, und als man mir sagte, ich sei in Harlaching, da wollte ich dich sofort sehen. Ich dachte mir, dass du bei Mario bist.«

Lisa war fassungslos. »Ist die Polizei schon informiert? Jemand Fremdes war in unserer Wohnung. In meinem Schlafzimmer. Mein Gott, weißt du eigentlich wie viel

Glück du hattest? Und du bist sicher, dass Robert weg war?«

Markus bejahte. »Ja, Robert ging in die andere Richtung. Er kann es nicht gewesen sein. Die Polizei war schon vor dir hier. Sie wollen später auch nochmal mit dir reden.«

Lisa war es unbehaglich zumute. Nun lagen sowohl Markus als auch Mario im Krankenhaus. Sie fühlte sich mehr als bedroht. Was meinte Robert mit »Leben ruinieren«?

Warum war er eigentlich nicht im Büro?

Und war es vielleicht doch diese Celine, dieses blonde zierliche Mädchen, dass Markus angegriffen haben könnte?

Das ergab alles keinen Sinn.

Wie konnte ihr Leben nur so aus den Fugen geraten?

»Wie lange musst du hier bleiben?«

»Gar nicht, ich habe mich auf eigenen Wunsch entlassen. Ich warte noch auf die Ärzte.«

»Was? Aber das geht nicht! Du bist verletzt. Du warst bewusstlos.«

Markus grinste. »Das sagten die Ärzte auch, aber sie können mich nicht gegen meinen Willen hier behalten. Ich will bei dir sein, auf dich aufpassen.«

Lisa nahm seine Hand noch etwas fester. »Markus, bitte, pass lieber auf dich auf. Nur weil du mir weh getan hast und ich noch sauer auf dich bin, heißt das nicht, dass du deine Gesundheit vernachlässigen sollst. Ich mag dich und ich glaube Manuela auch.«

Markus grinste. »Ich bin ein ganz schöner Frauenheld, oder?«

Jetzt schaute Lisa empört und lachte. »Deinen Humor hast du jedenfalls nicht verloren.«

Während sie gemeinsam auf die Ärzte warteten, damit Markus entlassen werden konnte, rief Lisa auch bei Herrn Reitlinger an und brachte ihn auf den neusten Stand.

»Danke, Frau Oppenheimer. Ich habe schon davon gehört. Die Kollegen sind vor Ort und nehmen Spuren auf.«

Lisa war dankbar, dass alles so schnell ging. Es schien ihr eine Ewigkeit her zu sein, dass sie heute morgen noch mit dem Beamten gesprochen hatte.

»Wie geht es jetzt weiter?« wollte sie wissen.

»Sie können theoretisch heute Abend schon wieder in die Wohnung, wenn Sie möchten. Aber ich würde Ihnen eher raten, bei einer Freundin zu übernachten. Wir wissen nicht, wer das getan hat und vor allem, warum. Wir versuchen noch, die einzelnen Puzzleteile zusammenzufügen und mir wäre wohler, wenn Sie bei jemanden sind, wo der Täter Sie nicht vermutet.«

Lisa lachte innerlich. Das hatte sie nun davon, dass sie keine Freunde hatte. Aber dann dachte sie an Manuela. Vielleicht konnte sie bei ihr schlafen? Sie beschloss, sie später anzurufen.

»Danke, ich werde sicher etwas finden. Herr Reitlinger, mein Mann sagte, Herr Fischer sei betrunken gewesen und wollte ihn angreifen, weil er ihm sein Leben ruiniere. Gibt es einen konkreten Verdacht gegen ihn?«

»Darüber darf ich nicht reden.« antwortete der Beamte. »Aber sie sollten wissen, dass wir momentan wirklich mehrere Spuren verfolgen und sicher auch bald wissen werden, wer Karina Müller oder Celine Maurer ist.«

Lisa bedankte sich, dann legten sie auf und drehte sich zu Markus um.

»Du, hör mal, mir lässt das mit Robert keine Ruhe. Ich geh mal kurz raus und rufe Karl an. Er ist seit heute wieder im Büro und wollte sich eh bei mir melden, wie es mit mir weiter gehen wird. Ich habe aber noch nichts von ihm gehört. Das möchte ich als Vorwand nutzen und ihn ein wenig aushorchen.«

»Mach das. Ich lauf schon nicht weg.«

Lisa war erneut überrascht, wie locker die Beiden nun miteinander umgehen konnten, aber sie freute sich.

Draußen im Park wählte sie Karls Nummer aus dem Adressbuch aus. Es klingelte ein paar Mal ehe er abhob und sich förmlich mit dem Namen der Firma und seinem Namen vorstellte. Er hatte ihre Nummer anscheinend nicht gespeichert und sah nicht, dass sie es war. Zumindest nicht auf der Büroleitung.

»Hallo Karl, ich bin es, Lisa. Du sagtest, ich würde Montag erfahren, wie es weiter geht. Gibt es Neuigkeiten?«

»Ach, Lisa, hallo. Dich habe ich ja ganz vergessen!«

Typisch Karl, dachte sie. Er klang wirklich leicht gestresst, aber er meinte es nie böse.

»Lisa, hier geht es drunter und drüber. Deine Auszubildende ist wie vom Erdboden verschluckt. Die Polizei war hier und ermittelt nun gegen sie, weil es keine Celine Maurer gibt und ich sollte erklären, wie wir auf sie gekommen sind. Nachdem Robert das mitbekommen hatte, ist er abgehauen. Ich vermute, weil er uns Celine empfohlen hatte. Wie auch immer, ich bin in Klärung mit der Zentrale, was wir jetzt mit dir machen. Du bist ja nun eindeutig entlastet, aber eine Ausbilderin brauchen wir zur Zeit anscheinend nicht mehr. Gibst du mir noch etwas Zeit?«

Lisa war verwirrt. »Karl, wieso hatte Robert Celine empfohlen? Ich dachte, es sei geheim gewesen, dass wir ausbilden? Du hast mir doch auch erst davon erzählt, als Celine bereits ausgewählt worden war. Erinnerst du dich?«

Karl räusperte sich. »Ähm, ja stimmt. Ähm, aber ich wusste, dass Robert mein Stellvertreter wird. Er hat mir natürlich schon assistiert.«

Lisa runzelte die Stirn. »Wie meinst du das? Du sagtest doch, die Entscheidung fiel erst kurz vorher. Robert wusste doch angeblich selber noch nichts davon.«

»Er musste stillschweigen bewahren. Das war die Voraussetzung.«

»Äh, ja klar.«

»Danke. Bis bald.«

Karl legte auf. Lisa stand da und starrte fassungslos auf das Telefon.

Sie ging die neuen Informationen für sich noch einmal in Gedanken durch. Irgendetwas an der Geschichte stimmte nicht und Lisa konnte es noch nicht in Einklang bringen.

War sie wirklich an der Nase herumgeführt worden? Sie erinnerte sich an das Gespräch im Juli. Karl hatte ihr deutlich zu verstehen gegeben, dass die Entscheidung darüber, ob sie die Stellvertretung bekomme, in Absprache mit der Zentrale, abgelehnt worden war. Es war nie die Rede davon gewesen, dass Robert schon auserwählt war. Aber sie hätte doch merken müssen, wie Robert und Karl zusammen saßen? Wie hätte Robert das neben seiner eigentlichen Arbeit noch schaffen sollen? Außerdem hatte Karl betont, dass man es nicht an die große Glocke hängen wolle mit der Bewerberin für die Ausbildung. Er hatte ihr Celine nur vorgestellt, ist aber nie auf die Frage nach dem Ablauf des Auswahlverfahrens drauf eingegangen.

In ihrem Kopf schwirrte es. Langsam ging sie zurück zu Markus, der mittlerweile mit den Ärzten sprechen konnte und darauf wartete, nach Hause gehen zu können.

»Komm, sagte sie, wir sollten versuchen Manuela zu erreichen. Lass uns ein paar Sachen holen und dann eventuell bei ihr schlafen. Die Polizei meint, das sei aktuell sicherer.

»Findest du, dass das eine gute Idee ist, Lisa?«

»Wie meinst du das?«

»Ich habe immer noch nicht mit Manuela klären können, was wir eigentlich miteinander haben und vielleicht ist das jetzt einfach der falsche Zeitpunkt?«

Lisa überlegte und musste dann ihrem Mann zustimmen.

»Aber wo sollen wir sonst hin?«

Markus nahm sein Telefon und reservierte kurzerhand ein Hotelzimmer für sie beide.

»Es hat schon Vorteile, selbstständig zu sein und dadurch günstige Hotelraten zu bekommen,« grinste er und Lisa verkniff sich einen Kommentar zu den letzten fünf Jahren und seine Affäre zu Susanne. Sie wollte im Moment einfach nur einen Ort, wo sie genug Ruhe zum Nachdenken hatte.

Sie ging noch kurz zu Mario, erzählte ihm aber nur, dass sie für heute nach Hause gehen wolle und machte sich dann mit Markus auf den Weg. Sie wollte Mario nicht noch zusätzlich aufregen.

18. Kapitel

Markus war so umsichtig und hatte direkt zwei Zimmer gebucht, die aber mit einer Tür verbunden waren.

Sie staunte nicht schlecht, als sie das 4-Sterne Haus betraten. Sie hatte sich nie damit beschäftigt, was Markus beruflich machte. Er war Handelsvertreter für Elektronikartikel und hatte mittlerweile sogar seine eigene Firma mit eigenen Angestellten. Zusammen mit ihrem Einkommen ermöglichte es den beiden ein gutes und sorgenfreies Leben, aber das Besuche in solchen Hotels regelmäßig möglich waren, hatte sie bisher nicht gewusst. Zumindest vermutete sie, dass er sich mit Susanne in Häusern wie diesem traf.

Sie wollte nicht danach fragen. Sie hatte schon zu viele Dinge zu verarbeiten.

Markus legte sich, wie vom Arzt befohlen, brav hin, während Lisa sich auf ihr Zimmer zurückzog und Facebook öffnete. Sie hatte auf ihrem Smartphone bereits gesehen, dass sie eine neue Nachricht von Larissa hatte. Sie öffnete den Messenger und las sich durch, was Larissa schrieb.

»Liebe Lisa,
unser Gespräch geht mir nicht mehr aus den Kopf. Was Du erzählt hast und welche Vermutungen Du hattest. Du weißt, wir haben immer zusammen gehalten und so habe ich auch jetzt versucht, Dir zu helfen. Bitte sei mir nicht böse. Ich habe mir mal angeschaut mit welchen Kollegen Du arbeitest. Meine Vermutung ist, dass es nur ein Kollege gewesen sein kann, der noch einmal unbemerkt ins Büro gekommen war und dann Deine Kollegin ermorden konnte.«

Soweit war ich eigentlich auch schon, dachte sich Lisa bevor sie weiter las.

»Die Namen Deiner Kollegen konnte ich leicht über die Homepage einsehen. Ebenso wie die Bilder. Von Datenschutz hält Deine Firma nicht viel, oder?«

Lisa schmunzelte, als sie den Absatz las. Ja, auch sie hatte es bemängelt, dass alle Informationen so leicht preisgegeben wurden, aber man tat es damit ab, die Mitarbeiter vorher zu fragen. Und da die Mehrheit dafür war, wurden diejenigen, die es nicht wollten, eben »sanft« dazu gedrängt zu unterschreiben. Amerikanische Unternehmenskultur. Lisa fühlte sich wohl in ihrem Unternehmen, aber bei manchen Dingen merkte sie, dass es eben doch anders ablief als in deutschen Unternehmen.

»Die meisten Deiner Kollegen haben hier auf Facebook ein Konto. Aber auffällig war, dass Dein Chef, Karl Tröge nicht nur ein Konto hat, sondern aktiv in Sachen Frauenfang im Internet unterwegs ist. Er ist mit mir zusammen in einer Gruppe für Singles, mit, sagen wir mal, außergewöhnlichen Vorlieben. Lass uns bitte mal telefonieren. Ab hier wird es schlüpfrig. Ich warte auf Deinen Rückruf.

In Liebe Larissa.«

Lisa schmunzelte. Es war wieder wie früher, als hätte es diesen Bruch, diese Zeit, in der sie keinen Kontakt hatten, nie gegeben.

Gerade als Lisa zu den Kontakten auf ihrem Smartphone wechseln wollte, um Larissas Nummer herauszusuchen, klingelte es.

Sie stutze als sie den Namen sah, nahm aber ab.

»Robert? Was willst du?«

Lisa war, nachdem was sie von Markus gehört hatte, gar nicht gut auf ihn zu sprechen.

Am Ende der Leitung war es kurz still, aber sie konnte ihn atmen hören. Dann antwortete er: »Mich entschuldigen. Lisa, hör zu, ich glaube, da wird ein ganz mieses Spiel mit uns gespielt und ich glaube, der Tod von Susanne war dabei nicht geplant.«

»Robert, ich weiß nicht was du meinst. Du hast heute morgen meinen Mann, oder besser, bald Exmann, zusammengeschlagen. Ist dir klar, dass er im Krankenhaus war?«

Sie verschwieg bewusst, dass Markus noch einmal einen Schlag auf den Hinterkopf bekommen hatte, nachdem er die Wohnung betrat. Sie wollte testen, ob Robert, sollte er es denn wirklich ehrlich meinen, etwas wusste. Er klang nun doch sichtlich überrascht.

»Im Krankenhaus? Aber er hat doch nur einen leichten Schlag aufs Kinn bekommen. Davon muss man doch nicht sofort ins Krankenhaus.«

»War er aber,« gab Lisa schnippisch zurück. »Was willst du also?«

»Hab ich doch gesagt, mich entschuldigen. Können wir reden? Können wir uns vielleicht treffen? Kann ich zu dir kommen?«

Lisa überlegte kurz, dann antwortete sie. »Bei mir ist schlecht. Das weißt du sicher.«

»Nein, weiß ich nicht. Wovon redest du?«

Er schien wirklich nichts zu wissen.

»Robert, ich bin in einem Hotel. Bei mir wurde eingebrochen. Markus wurde angegriffen und jemand scheint es auf mich abgesehen zu haben.«

»Nicht nur auf dich. Ich stecke mittlerweile auch tief in der Scheiße. Können wir uns jetzt treffen? Ich kann dir das am Telefon nicht sagen, aber ich glaube, es war nie geplant, dass Susanne dabei stirbt. Denn nun sitze ich mit drin und ich bin definitiv unschuldig.«

Lisa überlegte noch einmal. Dann aber nannte sie ihm die Adresse des Hotels und sie verabredeten sich in der Lobby. Robert wollte in vierzig Minuten da sein.

Genug Zeit um Larissa noch schnell anzurufen, überlegte Lisa. Sie schaute kurz durch die Verbindungstür und hörte Markus leise schnarchen. Er hatte Schmerzmittel bekommen, die anscheinend schläfrig machten.

Lisa gähnte auch. Die ganze Aufregung machte sie sehr müde, aber sie hatte das Gefühl, dass sich langsam die Puzzlestücke zusammenfügten.

Sie griff zum Telefon und wählte Larissas Nummer.

Als die Beiden sich begrüßt hatten, fing Larissa an zu erzählen, was sie heraus gefunden hatte.

»Ich bin in einer Gruppe für Singles, hatte ich ja bereits erwähnt. Wir sind etwas ungewöhnlich, weil wir Menschen mit außergewöhnlichen Vorlieben suchen.«

»Wie meinst du das? So was wie BDSM?«

»Skurriler. Also, um es mal so auszudrücken. Ich suche Frauen, die eigentlich auf Männer stehen, es aber mal mit mir ausprobieren wollen, als Frau.«

»Wie meinst du das? Du willst eine Frau bekehren?«

»Nein, aber ich bin nicht ganz Frau geworden. Äußerlich, wenn du weißt was ich meine.«

»Oh.« Lisa wusste nicht wie sie auf diese Information reagieren sollte. Sie war eigentlich offen und hatte kein Problem damit, dass aus Dominik Larissa wurde, aber, dass Larissa zwar eine Frau war, aber anatomisch nicht ganz vollendet war, machte sie dann doch etwas verlegen.

»Ach, Lisa. Du brauchst nicht verlegen zu sein,« lachte Larissa. »Das war erst mal meine Entscheidung. Egal, aber auf jeden Fall war ich irritiert, als ich Karls Profil angeklickt und gesehen habe, dass wir als Gemeinsamkeit diese Gruppe haben. Ich habe in der Suchfunktion natürlich mal direkt nach Beiträgen mit seinem Namen gesucht und jetzt halt dich fest.«

Lisa machte sich auf das Schlimmste gefasst.

»Er sucht nach einem bestimmten Frauentyp.«

Lisa hätte fast laut gelacht. »Das soll schlimm sein?«

»Ich habe nie gesagt, dass es schlimm ist, aber schlüpfrig.«

Lisa stutzte. »Wie meinst du das?«

»Lisa, er sucht nach Frauen, die aussehen wie du. Er gibt explizit an, Frauen zu suchen, die so ähnlich aussehen wie du. Von den Haaren, bis zu der Figur. Er hat da eine genaue Vorstellung und wenn Frauen selber eine Anfrage stellen, schreibt er nur die in den Kommentaren an, die seiner Vorstellung am nächsten kommen.«

Lisa war verwirrt. Erstens wusste sie, dass Karl verheiratet war und zweitens konnte sie nicht in Einklang bringen, warum er ausgerechnet nach einer Frau suchte, die so aussah wie sie. Seine Frau ist, soweit sie sich an die letzte Weihnachtsfeier von vor zwei Jahren erinnern konnte, da sie danach an keiner Festlichkeit mehr teilgenommen hatte, optisch das genaue Gegenteil von ihr.

»Bist du noch dran?« fragte Larissa und sie merkte, dass sie komplett in Gedanken verloren war.

»Ähm ja, aber ich verstehe es nicht ganz. Karl ist verheiratet.«

»Nein mein Liebe, da irrst du dich. Auch das habe ich mit meinen Stalkerfähigkeiten überprüft. Er ist seit Anfang des Jahres Single.«

»Das kann man einfach so öffentlich sehen?« fragte Lisa verwundert.

»Wenn man es so einstellt, ja. Und Karl scheint nicht besonders vorsichtig zu sein. Ich kann ziemlich viel auf seinem Profil sehen. Unter anderem auch die Bilder seiner beiden Kinder und wo sie zur Schule gehen. Aber das war für mich jetzt eher uninteressant,« sagte Larissa, als sei es das Normalste der Welt, mal eben so nach anderen Menschen auf Facebook zu suchen.

»Danke Larissa.« Lisa schaute auf die Uhr. Sie würde sich gleich bereit machen müssen für ihr Treffen mit Robert. Sie verabschiedete sich noch rasch von Larissa. Die Beiden verabredeten aber, nach dem Gespräch mit Robert noch einmal miteinander zu telefonieren, nachdem Lisa sie noch schnell über die neusten Ereignisse informiert hatte.

Als es Zeit war zu gehen, schaute sie nochmal nach Markus, der immer noch tief und fest schlief. Sie schrieb schnell auf einen Zettel, dass sie sich in der Lobby mit Robert treffe, der neue Informationen hätte und legte diesen neben sein Kopfkissen.

Dann ging sie hinaus in den Flur des Hotels, ging Richtung Fahrstuhl und wartete. Sie hatte ein wenig Sorge, was sie gleich erwartete und vor allem, warum Robert der Meinung war, man würde ihn in etwas hineinziehen wollen. Aber nachdem sie den Bericht von Larissa bekommen hatte, war sie sich sicher, dass irgend etwas nicht stimmte, und sie war sich sicher, sie würde es bald klären können.

19. Kapitel

Als sich die Aufzugtüren öffneten, sah sie Robert bereits auf einem der braunen Ledersessel sitzen, die vor der Rezeption für die Gäste zum Warten und verweilen bereit standen. Es war noch sehr viel los. Eine größere Gruppe Japaner checkte gerade ein und erfüllte den Eingangsbereich mit Lärm, während immer wieder Gäste durch die großen Drehtüren rein oder auch raus gingen. Als sie genauer hinsah, bemerkte sie: Es war Wiesn.

Viele der Gäste hatten schon ihre Tracht an, obwohl der Anstich erst am Wochenende erfolgen sollte. Aber das erklärte, warum es so voll war.

Sie atmete noch einmal tief durch, straffte sich, dann ging sie auf Robert zu, der in diesem Moment von seinem Telefon, auf dem er bis eben angestrengt etwas gelesen hatte, aufsah.

Lisa lächelte nicht. Kühl sah sie Robert an, sie konnte immer noch nicht ganz einordnen, ob Robert ihr gut gestimmt war, oder welche Rolle er bei dem ganzen spielte. Aber nachdem, was sie von Larissa gehört hatte, schien auch Karl nicht ganz der zu sein, der er vorgab. Und nach all den Jahren vertraute sie Larissa immer noch.

»Hallo Robert.« Sie setzte sich neben ihn auf den Sessel, da die Sitzgruppe so positioniert war, dass der gegenüberliegende Sessel zu weit entfernt stand, um sich in Ruhe und vertraut miteinander unterhalten zu können.

»Hallo Lisa, danke. Wollen wir hier bleiben oder lieber irgendwo hingehen wo es ruhiger ist?«

»Mir wäre wirklich wohler unter Zeugen zu sein, wenn du weißt, was ich meine?«

Robert sah schuldbewusst aus. »Es tut mir leid, was ich deinem Mann heute angetan habe. Ich wollte eigentlich zu dir, aber als ich ihn sah, sind mir die Sicherungen durchgebrannt. Susanne hat ihn geliebt, wusstest du das?«

Lisa nickte. »Ja, sie hat es mir erzählt, als wir uns das letzte Mal gesehen hatten. Das war auch der Grund für den Streit, den wir hatten. Und daher hatten sich die Ermittlungen der Polizei auch erst einmal auf mich konzentriert.«

»Aber du kannst es nicht gewesen sein. Das traue ich dir nicht zu.«

Sie war überrascht. Hatte sie ihn falsch eingeschätzt?

»Wie kommst du darauf?«

»Ich glaube einfach nicht, dass du Susanne auch nur eine Ohrfeige gegeben hättest. Ich habe gesehen, wie du Mario immer angesehen hast. Du hast deinen Mann schon lange nicht mehr geliebt. Dir ist es nur nicht aufgefallen. Allen anderen jedoch schon. Trotzdem bist du eine treue Seele und hast immer betont, dass dir die Freundschaft wichtig sei. Und du bist ein absolut positiver Mensch. Ich glaube, es gibt niemanden, der nach allem was passiert ist, noch die Kraft finden würde, einfach so weiter zu machen wie bisher. Mario liegt im Krankenhaus habe ich gehört?«

Lisa nickte. »Karl hat es dir erzählt, oder«

»Ja, ich war heute morgen kurz im Büro. Ich wusste, dass du nicht kommen würdest. Es war merkwürdig da zu sein. Susannes Büro ist abgeschlossen, versiegelt und ich ...«

Robert brach ab und Lisa konnte sehen, es ging ihm wirklich sehr nahe. Sie wusste nicht, ob sie ihm vielleicht tröstend eine Hand auf den Arm legen sollte oder ob das unangebracht wäre. Immerhin hatte er sie die letzten Tage nicht wirklich nett behandelt. Nach kurzem zögern entschied sie sich dafür, doch ihre Hand auf seinen Arm zu legen. Sie wusste am Besten, wie gut es tat, wenn jemand mit einem fühlte.

Robert sah sie überrascht an. »Siehst du, dass meine ich.«

»Was meinst du?«

»Du bist positiv eingestellt. Ich verprügel deinen Mann, mach dir das Leben zur Hölle und du? Du nimmst trotzdem meinen Arm um mir zu zeigen, dass ich nicht alleine bin.«

Lisa lachte nun. »Markus hatte es verdient.«

Robert grinste. »Mag sein, aber trotzdem hätte ich nicht so ausrasten dürfen. Es war nur einfach ... Mein Tag verlief nicht gut.«

Lisa wollte etwas sagen, aber sie glaubte, Robert damit wieder aus dem Redefluss zu bringen. Nach einer Weile fuhr Robert fort.

»Lisa, ich glaub ich muss dir alles von Anfang an erzählen und ich bitte dich, egal was ich dir jetzt sage, verurteile mich bitte nicht. Ich bin 56, geschieden und habe meine Kinder seit der Trennung nicht mehr gesehen. Meine Exfrau hat mich verlassen, als die Kinder fünf und acht Jahre alt waren. Sie gab mir die Schuld. Meine Kinder sind heute erwachsen und ich habe letztens eine Karte bekommen, dass meine Tochter inzwischen geheiratet hat und ich Großvater geworden bin. Auf der Karte war ein Bild meines Enkels. Es war sehr emotional für mich, nach all der Zeit, etwas von ihr zu hören. Sie wollte mich sehen. Sie wohnt jetzt in Bielefeld und ich sollte sie zur Taufe besuchen.« Er machte eine kurze Pause. Lisa nutzte den Moment um ihm zu antworten. »Robert, ich verurteile dich nicht. Du kannst mir alles erzählen und dann schauen wir am Ende mal, ob es uns zusammenbringt, oder nicht, ja?«

Er nickte.

»Die Taufe ist nächstes Jahr, im März. Mein Enkel ist jetzt vier Monate alt. Ich habe ihn noch nicht gesehen. Ich wollte ihr schreiben, sie anrufen. Aber ich war zu feige nach all den Jahren. Ich habe mich in die Arbeit verkrochen und war oft sehr lange im Büro.«

Lisa erinnerte sich. Es war im Sommer und sie hatte sich

noch gewundert, warum er noch im Büro war. Die Leute dachten im Sommer an alles, aber nicht ans Arbeiten. Nachdem sie aber erfahren hatte, dass Robert die Stellvertretung von Karl bekommt, wollte sie nicht unnötig viel mit ihm reden. Sie freute sich zwar darauf, die Vertriebsleitung zu bekommen, aber es war nicht das, auf das sie vorbereitet gewesen war. Worauf sie sich all die Monate gefreut hatte, nachdem Karl ihr bei einem vertraulichen Gespräch eröffnet hatte, dass er sie für die Stelle gerne hätte. Deswegen war sie ihm, so gut es ging, aus dem Weg gegangen.

»An dem einen Abend, als ich länger blieb, habe ich gedacht, ich sei alleine,« erzählte er weiter. »Dann hörte ich, wie jemand etwas gegen die Wand schleuderte. Ich stand auf, lief durch den Flur und sah Susanne in ihrem Büro sitzen und weinen. Ich ging zu ihr und fragte sie, was denn los sei. Sie brach zusammen und weinte bitterlich und rief immer wieder nur, dieser Mistkerl. Dieser scheiß Mistkerl. Sie bekommt alles, und ich gehe, nach allem, was zwischen uns war, leer aus. Ich wusste nicht, was sie meinte, wollte es auch nicht wissen. Aber ich konnte sie in diesem Zustand nicht alleine lassen. Ich sah einen Sammelordner an der Wand liegen. Alle Belege waren heraus gefallen. Ich hob den Ordner auf und wollte anfangen, die Belege neu zu sortieren, da nahm sie mich, glaube ich, dass erste Mal richtig wahr. Susanne kam auf mich zu und entschuldigte sich. Sie half mir und am Ende fragte ich sie, ob sie nicht Lust hätte, mit mir etwas trinken zu gehen und mir ihr Herz auszuschütten. Sie lachte, stimmte dennoch zu und wir trafen uns in einer Bar, die später unsere Bar wurde.

Sie bestellte eine Weißweinschorle, ich trank meine Cola. Wir unterhielten uns erst einmal nur so über das Wetter, die Bestellsituation, lästerten sogar über ein paar Kollegen und dann fing sie an, mir zu erzählen, was los war. Sie beichtete mir, dass sie seit sechs Jahren ein Verhältnis mit einem verheirateten Mann hatte. Sie erzählte mir auch, dass sie und ihr Georg eine offene Beziehung führen würden und es daher kein Problem sei, sie sich aber in den Mann verliebt habe, mit dem sie ein Verhältnis hatte. Unter Tränen eröffnete sie mir, dass ich die Frau dieses Mannes kenne, da du diese Frau seist. Er wollte dich sogar schon mehrmals verlassen, erklärte sie mir, aber als sie ihm sagte, sie könne aufgrund einer Sterilisation keine Kinder bekommen, da habe er sich verändert. Es ging wohl nur noch um Sex und als du schwanger warst, habe er sie schon einmal verlassen. Sie hat den Kontakt aber nie abbrechen wollen und als sie mitbekam, dass du das Kind verloren hast, hat sie die Verbindung zu ihm wieder aufgenommen. Die beiden landeten wieder im Bett und sie dachte natürlich, er würde nun doch endlich bei ihr bleiben. Immerhin konntest du ja auch keine Kinder kriegen. Er jammerte immer nur rum, wie langweilig du seist.«

Lisa schnaufte an der Stelle kurz.

Robert sah sie an: »Du weißt, ich hab das nur von Susanne gehört. Es muss ja nicht stimmen.«

Lisa nickte. »Wir haben uns ausgesprochen. Aber es passt schon. Markus war nicht mehr glücklich, aber er betont ständig, wie sehr er mich immer noch liebt. Keine Ahnung, ob er bei Susanne geblieben wäre, aber es tut halt doch weh, es nun auch von dir hören. Ich habe das Gefühl, jeder wusste Bescheid, nur ich nicht.«

Nun war es Robert, der Lisa am Arm anfasste. »Das stimmt nicht. Ich habe es erst vor acht Wochen erfahren. In dieser Bar. Susanne schüttete mir ihr komplettes Herz aus an dem Abend. Sie erzählte mir, dass sie sich mit deinem Markus wohl immer am Wochenende in einem Hotel traf und dann, an diesem Abend, rief er sie an um ihr mitzuteilen, dass es zu Ende sei. Sie war entrüstet, zum Einen, weil er nicht die Eier in der Hose gehabt hätte es ihr persönlich zu sagen, sondern es am Telefon machte. Und zum Anderen, weil er ihr verkündete, dass es noch eine dritte Frau gäbe und ihm aufgegangen wäre, dass es so nicht weiter gehen kann. Er wollte wohl endlich Ordnung in seinem Leben haben und mit dir zusammen sein.«

Er machte wieder eine Pause. Lisa nickte nur. Es passte zu dem, was Markus ihr erzählt hatte. Er hatte mit Karina geschlafen und danach war es vorbei. Das Karina schwanger wurde, war nicht geplant.

Robert fuhr fort. »Sie war aufgebracht. Du warst ihr Feindbild Nummer eins.

Erst bist du die Frau des Mannes, in den sie sich verliebt hatte, dann wirst du auch noch ihre Chefin. Sie bekommt Kevin, den keiner im Büro haben will und am Ende verlässt sie der Mann, den sie liebt, um es doch mit der Frau zu probieren, die sie am Meisten hasst.

Das war einfach alles zu viel! Sie trank einen Wein, dann noch einen. Am Ende bestellte sie noch zwei Wodka Lemon und es kam eins zum Anderen. Ich mache mir so große Vorwürfe.«

Er pausierte erneut. Sah auf seine Hände und er erzählte dann weiter. »Ich war nüchtern. Ich hatte den ganzen Abend nur Cola getrunken. Ich hätte es unterbinden können, aber ich hatte eben erst erfahren, dass ich Opa bin. Weißt du, es war auch bei mir emotional eine Achterbahnfahrt. Als wir gehen wollten, taumelte sie leicht. Ich nahm sie in den Arm, bot ihr an, ein Taxi zu rufen, damit sie nach Hause gefahren wurde. Sie schüttelte nur den Kopf und küsste mich. Seitdem trafen wir uns auch regelmäßig in dieser Bar. Das, was dein Markus gesehen hat, stimmt.

Ich wollte dich sabotieren. Wollte, dass du die Stelle doch noch verlierst, denn auch ich hatte mich in Susanne verliebt.

Und ich glaubte wirklich sie hätte deinen Mann vergessen und würde sich irgendwann komplett auf mich einlassen können.«

Lisa nutzte eine weitere Pause um etwas klar zu stellen. »Es war nicht Markus, der euch an der Bushaltestelle gesehen und belauscht hatte. Meinst du nicht, Susanne hätte Markus nicht sofort erkannt?«

»Keine Ahnung, aber wer soll es sonst gewesen sein? Die Polizei hatte mich nur zu dem Gespräch befragt.«

»Es war Manuela. Die Exfreundin von Mario.«

Nun schaute Robert erstaunt. »Marios Freundin? Ähm ... Exfreundin? Entschuldige ...,aber ich weiß nicht mal wie sie aussieht.«

»Ja eben, sie wollte euch grüßen. Sie war auf einigen Feiern dabei, aber anscheinend zu unauffällig. Ihr habt sie nicht erkannt.«

Robert dachte eine Weile nach. »Ich habe Mario nie so beachtet, wenn ich ehrlich bin. Er war immer sehr unauffällig im Büro und hat nur mit dir privat regelmäßig etwas unternommen. Ich habe nicht mal jetzt vor Augen, wie seine Exfreundin aussieht. Aber gut, ich weiß, dass Susanne mich dazu überredet hatte, dich zu manipulieren. Aber ich habe wirklich nichts Schlimmes gemacht. Wir haben dich einfach nur beobachtet. Wir dachten, wir würden schon etwas finden, womit wir dich bei Karl anschwärzen können. Aber je näher der 1. September kam, desto aggressiver wurde Susanne. Und dann hatte sie diesen Glücksgriff, wie du mit dem Incentive in der Hand Mario küsst. Wir wussten, dass du Mario niemals etwas erzählt hättest, aber es kam uns eben ganz gelegen. Wir wollten Karl die Bilder zeigen, wenn er wieder da ist und jetzt ist sie ...« Er brach ab, fing sich aber wieder. »Lisa, ich habe Susanne wirklich geliebt!«

Sie flüsterte nur: »Ich weiß, aber was ist denn heute morgen passiert?«

»Karl rief mich am Freitag an, ich solle heute ganz normal ins Büro kommen. Er wusste noch nichts von meinem Verhältnis zu Susanne. Die Polizei hatte ihm nichts erzählt. Aber die Beamten waren heute morgen in unserem Büro und hatten Fragen bezüglich der Einstellung von Celine Maurer gestellt. Da rief Karl mich mit in sein Büro. Ich wusste nicht ganz warum. Ich saß da und hörte, wie Karl berichtete, ich hätte Frau Maurer wärmstens empfohlen und könnte sicherlich mehr dazu sagen. Aber das ist nicht so. Ich hatte nur die Bewerbungsmappen gesehen. Karl hatte mich im Juli in sein Büro beordert, er wollte mit mir über die Stellvertretung sprechen und hat nur nebenbei angemerkt, dass wir eine Auszubildende bekommen würden. Er zeigte mir mehrere Mappen und ich sollte ihm meine Meinung sagen und ich fand die von Celine Maurer am Besten. Aber die anderen Bewerber waren wirklich unterirdisch schlecht.«

An dieser Stelle unterbrach Lisa Robert.

»Warte mal. DU hast mehrere Mappen gesehen? Mir hat Karl nur eine gezeigt und meinte, die Entscheidung wäre bereits gefallen.

Wann hattest du denn das Gespräch?«

»Anfang Juli, das genaue Datum weiß ich nicht mehr. Ich weiß nur, es war ein Mittwoch.«

Lisa überlegte. »Ich hatte die ersten beiden Juliwochen Urlaub. Karl hatte mich nach meinem Urlaub ins Büro geholt. War ich im Büro als du das Gespräch hattest?«

»Nein«, antwortete Robert. »Ich meine, du warst da im Urlaub. Aber jetzt bin ich umso überzeugter davon, dass von Karl alles schon lange Zeit im voraus geplant war und die Geschichte mit Susanne nur zufällig passierte.«

»Wie meinst du das?« fragte Lisa nach. »Willst du etwa damit sagen, dass Karl ein Mörder ist?«

Robert schüttelte den Kopf. »Nein, aber ich glaube, dass es kein Zufall sein kann, was alles passierte.«

Dem stimmte Lisa zu. »Aber wie kommst du jetzt darauf, dass der Mord an Susanne nicht geplant gewesen sein kann?«

Robert überlegte, dann erzählte er weiter.

»Der Beamte wollte nun meinerseits wissen, warum ich Celine empfohlen habe. Und ich erzählte in Karls Anwesenheit, dass ich keine Ahnung habe, was gemeint sei. Ich erklärte meine Version der Geschichte genauso, wie ich sie dir erzählt habe. Dass Karl mir die Mappen vorgelegt hatte, ich die verschiedenen Bewerber durchgegangen bin und dann meine Wahl auf Celine fiel.

Karl war außer sich und hatte dann felsenfest behauptet, ich würde lügen. Ich solle ruhig zugeben, dass ich Celine kenne und sie als meine Nichte empfohlen hätte. Und als ich das abstritt und Herr Reitlinger wissen wollte, ob ich den richtigen Namen von Celine kenne, da es keine Celine Maurer gäbe, hat Karl mir gesagt, ich wäre erst mal bis auf weiteres beurlaubt. Er könne keine Verräter in der Firma ertragen und würde den ›Vorfall‹, wie er es nannte, mit der Zentrale klären.

Lisa, ich glaube, hier ging es weniger um mich und es war von Karl bestimmt nie geplant, dass Susanne stirbt. Aber er hat etwas gegen dich und wir müssen herausfinden warum.«

Lisa sah Robert an und schüttelte den Kopf. Sie hatte zwar gehört, was er gesagt hatte, aber verstanden hatte sie es nicht.

»Robert, du solltest zur Polizei gehen und das nochmal erklären. Es ist eine Lüge, die Karl erzählt hat und sicher werden sie dem auf die Spur kommen.«

Robert schüttelte ebenfalls den Kopf. »Nein, Herr Reitlinger erwähnte bereits, dass Aussage gegen Aussage stehe und das es schwer nachzuprüfen sei.«

Lisa verstand immer noch nicht. »Aber es muss doch klar sein, dass einer von euch beiden lügt!«

»Richtig,« sagte Robert. »Und ich weiß, es ist Karl!«

»Ich auch,« sagte Lisa und er sah sie daraufhin überrascht an, bevor sie weiterredete.

»Ich hatte eben ein Gespräch mit meiner Freundin aus Köln.«

Nun war Robert irritiert. »Aus Köln? Was hat Karl mit Köln zu tun?«

»Warte, ich erzähl es dir gleich.

Ich kenne meine Freundin noch aus der Schulzeit. Anfangs dachte ich, dass sich jemand aus Köln an mir rächen will, den sie kennt. Aber der Verdacht stellte sich schnell als falsch heraus.«

Lisa wollte nicht zu sehr ins Detail gehen. Sie war sich immer noch unsicher, ob sie Robert wirklich trauen konnte und versuchte daher, so wenig wie möglich zu erzählen. »Auf jeden Fall hat sie, als ich ihr alles erklärt habe, auch meine Kollegen auf Facebook überprüft und durchleuchtet. Und dabei ist sie auf eine interessante Information gestoßen. Karl ist Mitglied in einer Gruppe für Singles.«

Bevor sie weiter reden konnte rief Robert dazwischen: »Single? Karl ist seit Jahren glücklich verheiratet.«

Lisa nickte. »Ja, aber anscheinend hat er sich, zumindest, wenn man seinem Status auf Facebook glauben darf, Anfang des Jahres von seiner Frau getrennt. Und wenn er uns anlügt, dann lügt er sicherlich auch bei dem, was dich angeht, und ich will herausfinden, was Sache ist.«

Eine Weile saßen die Beiden schweigend nebeneinander.

Dann sah Robert auf die Uhr. »Es ist gerade mal kurz vor fünf. Und es ist Herbst. Karl ist sicher noch im Büro. Wollen wir ihn selber fragen und schauen wie er reagiert?«

Lisa überlegte. Auf der einen Seite wollte sie Antworten. Aber war das nicht Aufgabe der Polizei?

Sie verstand die Argumentation von Robert. Er hatte Angst, weil er nun im Visier der Ermittlungen stand. Dann fiel ihr ein, dass Herr Reitlinger gesagt hatte, dass Robert ein Alibi habe. Sie hatten ihn doch schon mal verdächtigt. Sie sprach Robert direkt darauf an. »Ich weiß nicht, ob dass eine gute Idee ist. Du hast doch nichts zu befürchten oder? Du hast doch sicher ein Alibi?«

Robert sah sie nicht an. Er spielte nervös mit seinen Händen. »Jein. Als Susanne starb, da hatte ich eins. Ich wurde in der Bar von einem Freund angesprochen, der mich sogar gefragt hatte, wo meine Begleitung sei. Danach wollte ich nach Hause, aber ich hatte Druck in der Hose, wenn du weißt, was ich meine?«

»Nein, dass weiß ich nicht. Erklär es mir bitte!« Lisa tat absichtlich unwissend. Sie wollte alle Zweifel aus dem Weg räumen.

Robert stöhnte. »Auch ich bin nur ein Mann. Ich hatte vor Susanne eine Freundschaft Plus. Du weißt schon, diese besondere Freundschaft mit besonderen Vorzügen. Ich rief sie an und wir trafen uns. Ich war ehrlich gesagt auch ein bisschen sauer auf Susanne. Normalerweise meldete sie sich, wenn sie wegen Georg nicht kommen konnte.«

Lisa überlegte kurz. Das klang alles ganz plausibel und würde auch erklären, warum Herr Reitlinger nichts gesagt hatte. Dann fragte sie ihn: »Wusstest du, dass Susanne mit ihrem Georg gelogen hat?«

Er nickte. »Ja, ich habe es von der Polizei erfahren. Sie hat sowohl deinen Markus als auch mich ganz schön an der Nase herumgeführt, um das zu bekommen, was sie wollte. Lisa, bitte! Ich verstehe, dass du nach allem, was ich getan und gesagt habe, misstrauisch bist, aber ich brauche Hilfe. Die Polizei dreht sich im Kreis und ich glaube wirklich, wenn wir Karl einkreisen, dann finden wir unsere Informationen.«

Sie sah ihn an und kaute an der Unterlippe herum.

Sie war unschlüssig.

Auf der einen Seite gab sie Robert recht, auf der anderen war ihr soviel schlechtes widerfahren.

Sie hatte Angst!

Große Angst!

Und sie wollte nicht noch mehr leiden. Außerdem vertraute sie der Polizei.

Aber auf der anderen Seite hatte sie doch keinen Grund, Angst zu haben. Sie würde Markus einen Zettel hinterlassen wo sie sei. Und wenn er aufwachte bevor sie zurück war, konnte er sie suchen, oder die Polizei informieren.

Und sie war nicht alleine. Aller Wahrscheinlichkeit nach waren auch noch Kollegen, zumindest die aus der Technik, anwesend. Zu Beginn des Winters hatten sie immer etwas mehr zu tun als sonst.

Eigentlich konnte ihr gar nichts passieren. Sie musste nur vorsichtig genug sein.

Das könnte ihre Chance sein!

»Okay, wie ist dein Plan?« fragte sie daher.

»Wir fahren ins Büro. Meinen Schlüssel habe ich noch. Karl hat vergessen, ihn mir wegzunehmen. Wir gehen unangekündigt in sein Büro, stellen ihn zur Rede, und achten auf seine Reaktion. Und er muss uns eine plausible Erklärung für das Alles geben!«

»Und wie wollen wir nachher beweisen, was er uns gesagt hat? Wir sind beide in den Fall involviert, schon vergessen? Man könnte uns am Ende nicht glauben.«

Er überlegte. »Wir brauchen jemanden, der als Unparteiischer dabei ist oder heimlich mithört. Wir könnten vorher ...« Er brach ab und griff zum Telefon. Lisa sah ihn fragend an, aber er legte nur einen Finger auf die Lippen. Dann wählte er eine Nummer und nach kurzem warten, hatte er anscheinend die gewünschte Person am Telefon.

»Servus Mohammed, ich bin‹s Robert.« Eine kurze Pause. Mohammed schien zu antworten, und Lisa wunderte sich, warum er ausgerechnet ihn, den Leiter der technischen Abteilung, anrief.

Er würde es ihr sicher gleich erklären.

Robert redete weiter. »Ja, bin ich, aber warte, hör mir kurz zu! Das ist alles ein Missverständnis und wir können das aufklären. Weißt du noch, als du letzte Woche zu mir gesagt hast, ich hätte einen riesigen Gefallen bei dir gut?«

Wieder eine kurze Pause.

»Ja, genau! Ich würde den Gefallen jetzt gerne einfordern. Ich weiß, es ist viel verlangt, weil es hier auch um deinen Chef geht, aber wir brauchen dich! Ich sitze hier gerade mit Lisa zusammen und wir wollen endlich Antworten auf alles. Wir sind in etwa fünfzehn Minuten bei dir im Büro. Kannst du uns helfen? Komm bitte runter, ich erkläre dir dann alles vor der Tür, bevor es los geht.« Wieder entstand eine Pause und Robert sah Lisa hoffnungsvoll an. »Bitte vertrau mir, Mohammed. Wenn alles schief geht, stehe ich dafür ein und behaupte, ich habe dich erpresst. Und du wirst das bestätigen, einverstanden?«

Kurze Pause.

»Ja? Danke. Du bist der Beste! Bis gleich.«

Robert legte auf und und sie sah ihn eindringlich an. »Was geht hier eigentlich vor?«

Robert sah sie an und erklärte dann. »Kevin war wieder des öfteren in der Technik. Susanne ...« Er musste kurz innehalten, als er ihren Namen erwähnte. »Sie hatte mich informiert und ich bin rüber und habe nachgeschaut. Da habe ich Kevin und Mohammed beim Glücksspiel erwischt. Während der Arbeitszeit. Und sie spielten um Geld. Unfassbar, oder? Ich wollte Mohammed eine Abmahnung schreiben. Immerhin habe ich die gleichen Befugnisse wie Karl. Er flehte mich an, es nicht zu tun. Er habe doch eine Frau, die gerade schwanger ist. Ich hatte Mitleid. Also habe ich nun einen Gefallen bei ihm gut.«

Lisa grinste. »Lieber Robert, bei aller Tragik unserer

Geschichte, aber auch du bist nicht ganz ohne Fehler und Gefühle. Also, wirf mir bitte nie wieder vor, dass Mario und ich ein Paar sind.«

»Ich weiß, und es tut mir sehr leid! Wollen wir?« Er stand auf und wollte so schnell wie möglich los.

Sie entschuldigte sich kurz, ging zur Rezeption, die nun deutlich leerer war und bat um einen Zettel und einen Stift. Sie schrieb darauf eine Nachricht, faltete diese zusammen und fuhr dann noch schnell mit dem Aufzug nach oben zu ihrem Zimmer. Die Nachricht schob sie unter der Tür hindurch. Sie wollte Markus nicht wecken, der sicherlich noch schlief, sofern er sie bisher noch nicht panisch gesucht hatte. Dann fuhr sie mit dem Aufzug zurück nach unten und machte sich mit Robert auf dem kürzesten Weg zur Bahn Station.

In ihrem Bauch rumorte es und ihre Gedanken kreisten.

Ob sie das Richtige taten? Aber sie wollte endlich Antworten.

20. Kapitel

Während der kurzen Fahrt zum Büro sprachen Lisa und Robert kein Wort miteinander. Beide spürten die Anspannung des Anderen und Lisa fragte sich nicht zum ersten Mal, ob sie das Richtige taten.

Sie verfluchte es, dass Markus im Moment kein Handy hatte. Sie hätte ihn am Liebsten per Textnachricht auf dem Laufenden gehalten.

Die Bahn war ziemlich voll. Es war Hauptverkehrszeit in München und so drängten sie dicht an dicht an anderen Fahrgäste vorbei. In Lisa machte sich ein beklemmendes Gefühl breit, der sie an den Vorfall von letzter Woche erinnerte, als sie mit Mario an der vollen Bushaltestelle stand. Sie zwang sich, tief durch zu atmen. Als sie endlich an ihrem Ziel ankamen, achtete sie sehr darauf, möglichst schnell wieder an die Wandseite der Haltestelle zu kommen. Ja weit weg vom Gleis. Robert schien ihre Aufregung zu bemerken. Er legte eine Hand auf ihre Schulter und ohne etwas zu sagen, verstand sie auch so, dass er ihr Mut machen wollte, auch wenn er vermutlich selber gerade mehr davon gebrauchen konnte. Sein Leben ist ja auch ganz schön aus den Fugen geraten, dachte sie. Sie versuchte, sich vor Augen zu führen, wie die letzten Monate abgelaufen waren.

Seit dem Besuch des Oktoberfestes im letzten Jahr hatte sich so vieles in ihrem Leben geändert.

Sie war neben Karl aufgewacht, aber beide hatten sich versichert, dass nichts gewesen sein konnte. Sie waren angezogen und ein beißender Kopfschmerz quälte sie beide. Es war ihnen klar, dass sie viel zu viel getrunken hatten. Lisa entschuldigte sich mehrmals bei Karl, er aber versicherte ihr, dass alles okay sei. Es müsse niemand wissen.

Er wollte sie noch zum Essen einladen, Lisa aber lehnte dankend ab.

Sie wollte so schnell wie möglich zu Markus zurück, der sich bestimmt schon Sorgen machte, weil sie die ganze Nacht weg gewesen war.

Ein Blick auf ihr Telefon verriet ihr damals, dass er nicht einmal an sie gedacht hatte.

Keine Nachricht!

Markus schien sauer zu sein und als sie nach Hause kam, stellte sie fest, auch er war gar nicht daheim gewesen. Wenn sie jetzt so zurück dachte, fiel ihr ein, dass Susanne die Feier damals früh verlassen hatte. Direkt nach dem Essen, kurz bevor die feiernde Meute anfing, sich so richtig zu betrinken und anschließend sogar auf den Tischen tanzte.

Lisa hatte dem damals keine Bedeutung beigemessen.

Sie war schlecht drauf gewesen, wegen des Streits mit Markus.

Sie wollte Spaß haben, und zwar so richtig!

Mario hatte damals seine Freundin dabei und auch die Beiden verließen die Veranstaltung recht früh.

Karl und sie blieben, zusammen mit ein paar Kollegen und eben jenem Vertriebsaußendienstler, der das Foto geschossen hatte, bis zum bitteren Ende.

Sie konnte sich sogar erinnern, dass sie ihn geküsst hatte. Karl versicherte ihr aber, dass auch er sich an nichts erinnern könne und Lisa war erleichtert darüber.

Der Kuss war ihr ausgesprochen peinlich gewesen!

Es war einer dieser leidenschaftlichen, drängenden Küsse und sie wusste, es wäre nicht passiert, wenn sie in ihrer Ehe glücklich gewesen wäre. Aber sie wollte es herausfordern und Karl, wenn er auch deutlich älter war als sie, gefiel ihr auch gut.

Trotzdem war er verheiratet und hatte zwei Töchter. Und daran dachte Lisa mit einem Mal, als die Küsse drängender wurden und seine Hände sich bereits an ihrem Dirndl zu schaffen machten. Er keuchte damals heftig und auch sie war kurz davor, den nächsten Schritt zu gehen. Sie spürte sogar seine Erektion, als er sich drängend an sie presste.

Sie stieß ihn von sich.

Lallend gab sie von sich, dass sie müde sei und er solle nicht böse sein. Karl nickte nur, nahm sie bei der Hand und brachte sie ins Bett.

Sie erinnerte sich wieder daran, wie er erneut anfing, sie zu berühren. Er knetete ihre Brüste, küsste sie nochmal, aber sie stieß ihn wieder von sich.

Kurz darauf war sie eingeschlafen.

Lisa war erleichtert, dass Karl sich an all das nicht mehr erinnerte, und auch, dass sie weiterhin eine unkomplizierte und einfache Beziehung zueinander hatten.

Als sie am nächsten Montag ins Büro kam, wollte sie als erstes mit Karl reden und so wie es aussah, er wohl auch mit ihr. Er rief sie in sein Büro und dann erinnerte sie sich wieder an das Gespräch.

Als sei es erst gestern gewesen.

Er versicherte ihr abermals, dass alles okay sei. Sie wollte von ihm wissen, ob er sich denn an alles erinnerte und er schüttelte den Kopf. Nein, sagte er, dass Einzige was er noch weiß, sei, wie sie Arm in Arm zum Hotel gegangen seien. Er wollte ihr noch etwas aus der Minibar anbieten und Lisa nahm dankend an.

Im Nachhinein war es ihr sehr unangenehm gewesen und sie wusste nicht, wie sie weiter damit umgehen sollte.

Es war aber fast wie vorher.

Karl versicherte ihr, dass er sie sehr schätze und lud sie an diesem Tag zum Mittagessen ein. Sie plauderten viel über dieses und jenes und überzogen ihre Pause gnadenlos um eine Stunde.

Einen Tag später tauchte dann das besagte Foto im Intranet auf und Karl löschte es sofort.

Ihr kam ein stechender Gedanke. Sie hatte diesen die ganze Zeit verdrängt und auf einmal blieb sie stehen.

»Robert, warte!« Robert blieb stehen und starrte Lisa an, als hätte sie den Verstand verloren.

»Was ist los? Willst du jetzt doch einen Rückzieher machen?«

»Nein, es gibt da etwas, was du noch wissen solltest und das Karl vielleicht entlasten könnte.«

»Wie meinst du das?«

»Ich habe mich gerade erinnert, wer noch ein Interesse daran haben könnte mich zu verletzten.«

Robert schaute sie entgeistert an. »Dein Ernst? Wir sind fast da und dir fällt jetzt erst etwas ein?«

Lisa legte beschwichtigend ihre Hand an Roberts Arm. »Mir fiel es gerade selber erst wieder ein. Du hast mir doch vorgeworfen, ich hätte mit Karl geschlafen, erinnerst du dich?«

Robert nickt und Lisa fuhr fort. »Zeljko vom Außendienst, hatte das Foto gemacht. Er hatte ein Zimmer auf der gleichen Etage, und fand es ganz toll und wahnsinnig komisch, uns da liegen zu sehen. Er schloss auch die Tür. Das sind die Fotos, die ihr alle gesehen habt. Ich aber habe noch andere Bilder gesehen. Das, was ihr gesehen habt, ist nur die halbe Wahrheit. Karl und ich haben uns auch geküsst.«

Sie machte eine Pause und Robert sah sie entgeistert an. »Also doch! Ich wusste, dass du dich nach oben gevögelt hast.«

Lisa war empört. »Jetzt bleib mal bitte sachlich. Karl und ich waren betrunken. Ich hatte an dem Morgen einen heftigen Streit mit meinem Mann und Karl war auch nicht abgeneigt. Aber wir haben nicht miteinander geschlafen. Auch, wenn man bei den Bildern davon ausgehen musste.«

Robert beruhigte sich wieder. »Okay, dann mal sachlich. Du hast also Karl geküsst und dann seid ihr, ohne das weiteres passiert ist, zusammen auf dem Bett eingeschlafen. Aber es gibt Fotos, die zeigen, wie ihr euch geküsst habt.«

»Genau. Wir waren beide zu betrunken, da wäre gar nichts gelaufen. Karl kann sich noch nicht mal daran erinnern, was überhaupt passiert ist. Er kennt auch das Foto nicht. Das habe nur ich bekommen. Und zwar eine Woche später. Und nein, ich weiß auch nicht von wem, bevor du fragst. Es war als Anhang an eine Email eingefügt.«

»Was stand drin?« wollte er nun wissen.

»Nur: ›Ich weiß alles und Du wirst es bereuen, wenn Du nicht mehr daran denkst!‹ Ich hatte erst Zeljko in Verdacht, aber er beteuerte, dass er alle Bilder gelöscht und auch keine weiteren aufgenommen hatte. Außerdem war er zu neugierig, warum ich das alles wissen wollte. Daher glaube ich nicht, dass er es war. Karl und ich waren stürmisch an diesem Abend und ich befürchte, dass es noch jemand anderes gesehen hat und dieser Jemand will nun, warum auch immer, Rache.«

Robert überlegte kurz. »Weißt du, wer noch alles in diesem Hotel war?«

Lisa schüttelte den Kopf. »Soweit ich weiß, nur Zeljko und Karl. Die Hotels waren ja alle ausgebucht. Erinnerst du dich? Wir hatten in diesem Jahr Probleme, für alle ein Zimmer zu bekommen und haben unsere Leute daher auf verschiedene Hotels verteilt. Ich wüsste auch nicht, wer ein Interesse daran haben könnte, uns schlecht zu machen.

Zeljko war es definitiv nicht und ich habe viel zu wenig Schnittpunkte in meiner Arbeit mit ihm, als dass es für ihn von Vorteil sein könnte. Ich hatte es für einen dummen Scherz gehalten und daher vergessen. Ich war einfach nur froh, dass Karl sich nicht an diese besagte Nacht erinnern konnte. Ich möchte auch nicht näher darauf eingehen, aber ich wollte nicht, dass jeder denkt, dass Karl mich bevorzugen würde.«

Robert lachte gehässig. »Ach Lisa, das haben einige doch sowieso gedacht, nachdem nur das eine Bild aufgetaucht war. Du warst danach so oft mit Karl zum Essen und er hatte dich sehr oft in sein Büro gerufen. Mich hatte es tatsächlich überrascht, dass ich die Stelle der Stellvertretung bekommen hatte und nicht du. Aber da du Vertriebsleiterin bist, denke ich, er wollte dich trotzdem in gewisser Weise bevorzugen.

Manchmal war mir einfach nicht klar, warum du den Männern den Kopf verdrehst, Lisa, und nachdem was ich von deinem Mann weiß, frage ich mich schon, ob das nicht irgendwie alles bei euch in der Familie liegt! Erst Mario, den du jahrelang heiß machst, ihn aber nie ran lässt, und dann Karl!«

Lisa wurde sauer. »Jetzt hör aber mal auf! Mario und ich haben uns von Anfang an gut verstanden. Ich wusste nicht, dass es ihm ernster ist als mir. Ich dachte, es sei ein harmloser Flirt unter Kollegen und das ich etwas für ihn empfinde, hat sich nach all den Jahren mit meinem Mann und dem erfolglosen Kinderwunsch, einfach so ergeben.

Karl ist nicht unattraktiv. Aber erstens, ist er verheiratet, zweitens, deutlich älter als ich und drittens, er ist mein Chef!

Ich denke, ich hatte an dem Abend einfach nur ein Ventil gesucht. Gott sei Dank habe ich aber noch rechtzeitig gemerkt, dass es ein Fehler wäre, und schnell noch die Notbremse ziehen können.

Ich verdrehe nicht allen Männern den Kopf! Bei dir klappt es nämlich nicht und ich will es auch gar nicht!«

Nun grinsten beide. Lisa hatte ein wenig die Spannung genommen.

Robert ergriff das Wort. »Tja, aber eins muss ich dir noch sagen. Notbremse hin oder her. Anscheinend hast du sie nicht früh genug gezogen. Zumindest hängst du tief in der Scheiße und was auch immer schief gelaufen ist, mir wollen sie jetzt auch an den Kragen. Ich glaube immer noch, dass Karl das so nicht geplant hatte und es gerade aus dem Ruder läuft. Anders kann ich mir nicht erklären, wie Celine Maurer da mit drin hängt.

Überlege doch mal: Wenn da noch jemand mit involviert ist, jemand, der die Fotos geknipst und dir dann diese Email geschrieben hat, warum hat Karl dann darauf bestanden, dass wir Celine Maurer einstellen?

Und warum gibt es diese Celine Maurer anscheinend gar nicht?«

Darüber dachte Lisa auch kurz nach. »Ich kann es mir ja auch nicht erklären!

Okay, ich denke du hast Recht. Lass uns zu Karl gehen. Wir müssen ihn fragen und vielleicht bekommen wir ja Antworten, mit denen wir der Polizei helfen können.«

»Oder mit denen er direkt der Polizei übergeben werden müsste.« folgerte Robert und die beiden gingen in stiller Übereinkunft weiter auf das Bürogebäude zu.

DAMALS

*I*m August hat das neue Schuljahr begonnen. Sie ist zur Klassensprecherin gewählt worden und hat viele neue Freunde gefunden. Sie ist glücklich und denkt nicht mehr an die Zeit an der Realschule zurück.

Sie ist gut in der Schule und kann dem Stoff leicht folgen. Endlich hat sie auch das Gefühl, gefunden zu haben, was sie sich immer gewünscht hat.

Es ist Oktober. Die letzten Sonnenstrahlen in diesem Jahr erwärmen ihre Haut und sie sitzt mit ihren Freunden auf dem Schulhof. Sie besprechen sich für ihr Projekt in Biologie. Alissa hatte sich im letzten Moment doch noch für eine Ausbildung entschieden und daher sehen sie sich kaum, aber sie denkt oft an sie.

Tom, der Schöne in der Gruppe, schaut sich auffällig zu einer Gruppe Mädchen um, die ihm zu gefallen scheinen. Er ist unkonzentriert und sie erinnert ihn daran, dass auch Frösche schöne Beine haben. Der Rest der Gruppe lacht und Tom schaut wieder verlegen nach vorne.

Dann wendet sich ein Mädchen von der Gruppe ab. Sie ist eine Klasse über ihnen. Sie hat sie noch nie richtig gesehen, aber sie kennt eine ihrer Freundinnen, die mit in der Gruppe steht. Auch eine Klassensprecherin, die sie bei der Schulratssitzung gesehen hat. Aus der 12a. Deswegen schlussfolgert sie, dass das Mädchen auch in der 12. Klasse sein muss.

Tom blickt sich um. Ist hoffnungsvoll, dass seine Gebete erhört wurden und das ihn das Mädchen anspricht.

Aber sie geht an Tom vorbei. Sie bleibt direkt vor ihr stehen.

»Lisa, oder?«

Lisa nickt. »Ja, kennen wir uns?«

Sie grinst gehässig. »Nein, wir kennen uns nicht! Aber ich kenne dich! Du hast meine Schwester umgebracht. Melanie! Ich habe es in ihrem Tagebuch gelesen. Du wirst hier nicht glücklich werden! Das schwöre ich dir, du Bitch!«

Ihre Freunde schauen ratlos zwischen den beiden Mädchen hin und her. Das Mädchen dreht sich um und geht. Schaut noch einmal kurz zurück und sagt noch: »Für heute hast du noch mal Glück gehabt, aber sei gefasst, wenn du am Wenigsten damit rechnest, zerstöre ich dein Leben!«

Lisa steht fassungslos da. Tom sagt als erster etwas. »Mann, Mann, Mann, ... so hübsch und so hässlich in einem! Ich bin kuriert!«

Die Anderen lachen, doch Lisa fasst einen Entschluss. Sie muss wieder weg. Dieser Albtraum wird nie ein Ende haben. Wie konnte sie glauben, dass sich auf einer neuen Schule alles ändern würde?

Und warum wusste sie nichts davon, dass Melanie eine Schwester hatte?

Was stand in dem Tagebuch und warum gab Melanie ihr die Schuld? Sie war es doch, die gemobbt wurde. Sie konnte doch nichts dafür, dass Melanie später auch gemobbt wurde! Oder doch?

Sie erinnerte sich an die Rede, die sie bei der Abschlussfeier ihrer alten Schule gehalten hatte.

Hätte sie sich doch mehr einsetzen sollen für Melanie?

Aber wäre es wirklich an ihr gewesen, sich einzusetzen?

Sie war doch die Außenseiterin!

Diejenige, die niemand wollte!

Sie lässt ihre sprachlosen Freunde stehen und geht.

Sie weint.

Sie will alleine sein und alles ändern!

Drei Monate später ist Lisa an einer neuen Schule. In einem Vorort. Ihren verdutzten Eltern hat sie erzählt, sie habe sich entschieden, BWL zu studieren. Sie interessiere sich mehr für Wirtschaft und daher hat sie auf eine Schule mit Schwerpunkt BWL und VWL gewechselt. Sie ist nun wieder die Neue. Das erste Schulhalbjahr der 11. Klasse ist schon vorbei und es haben sich bereits Gruppen gebildet.

In den letzten drei Monaten ist sie Melanies Schwester so gut wie möglich aus dem Weg gegangen.

Jessica ist ihr Name.

Melanie und Jessica waren Zwillinge. Zweieiige. Weswegen Lisa keine Ähnlichkeit feststellen konnte. Im Gegensatz zu Melanie war Jessica braunhaarig. Rückblickend aber hatte sie dieselben eiskalten, blauen Augen, dachte sie.

Und Jessica war böse auf Lisa. Das ließ sie sie bei jeder Gelegenheit spüren.

Sie wurde zwar nicht direkt gemobbt, aber Jessica beobachtete sie und Lisa wünschte sich, sie wäre anonym geblieben.

Durch die Wahl zur Klassensprecherin bekam sie einen Namen und den kannten nun alle Klassensprecher und so auch Jessicas Freundin, die sie erst auf Lisa aufmerksam gemacht hatte. Egal, wo Lisa hinging, Jessica war in ihrer Nähe. Nach Schulschluss verfolgte sie Lisa sogar und am Ende war ihr so unbehaglich zumute, dass sie die meiste Zeit die letzten beiden Schulstunden schwänzte und vorher nach Hause ging.

Als sie endlich die Zusage bekam, zum Halbjahreswechsel auf eine andere Schule gehen zu dürfen, ging sie. Sie verabschiedete sich nicht einmal mehr von ihren neuen Freunden, mit denen sie zwar immer noch zusammen etwas unternommen hatte, aber bei denen sie immer ruhiger wurde.

Der Kontakt brach komplett ab und Lisa war wieder alleine.

Sie musste nun deutlich weiter fahren und konnte Jessica daher sehr gut aus dem Weg gehen.

Sie dachte daran, Kontakt zu Larissa aufzunehmen, aber sie hatte Angst, dadurch von Jessica wieder gefunden zu werden.

Und wieder ist sie unsichtbar.

Niemand beachtet sie und sie verbringt die Pausen damit, zu lernen und zu lesen und sie merkt sehr schnell, eigentlich ist BWL nichts für sie. Jetzt kann sie aber nicht wieder zurück.

Und später vergisst sie auch Jessica und lebt für ihr Abitur, welches sie zwar nicht mit Bestnoten bestanden hat, aber sie hat ihren Abschluss und sie darf studieren.

An manchen Tagen denkt sie noch zurück an die Zeit des Mobbings.

Aber Jessica ist vergessen!

Und sie ist froh, dass sie nicht mehr daran erinnert wird! Ihr neues Leben beginnt. Ihre Zukunft. Sie will endlich ein normaler junger Erwachsener sein.

21. Kapitel

Sie sahen Mohammed schon von weitem. Ungeduldig und nervös tritt er von einem Fuß auf den anderen. Als er Lisa und Robert erblickt, kommt er ihnen entgegen.

»Na endlich! Ich dachte schon, ihr habt es euch doch noch anders überlegt. Offiziell bin ich nur zum Rauchen gegangen.«

»Hallo auch,« sagte Robert. »Ist Karl noch im Büro?«

Mohammed nickte. »Wollt ihr mich aufklären?«

Lisa sah Robert an. »Haben wir dafür Zeit? Ich meine, fällt es nicht auf, wenn Mohammed so lange weg ist?«

»Haben wir eine andere Wahl?« Robert hob dabei beide Augenbrauen nach oben. Er hatte Recht, aber sie war sehr nervös.

Würde sie jetzt endlich Antworten bekommen?

Und nach allem was sie erlebt und durchmachen musste, war Karl vielleicht nicht doch gefährlich?

»Okay, Kurzfassung, ja?« stimmte Lisa zu.

Robert begann. »Also, Mohammed, hör zu! Ich weiß, dass es für dich schwierig wird, denn Karl ist dein Chef, aber mit viel Glück bekommt er es nicht einmal mit. Lisa sind in letzter Zeit schlimme Dinge passiert. Das hast du sicherlich mitbekommen, oder?«

Mohammed sah erst zu Robert, dann zu Lisa. »Schlimme Dinge? Ey, Mann, Susanne wurde ermordet! DAS ist schlimm! Ja, das mit dir Lisa, hat sich herum gesprochen. Auch die Sache mit Mario. Aber nochmal, was hat Karl damit zu tun?«

»Karl scheint darin verwickelt zu sein.« Robert sah Lisa an. »Ich war mit Susanne zusammen und wäre der Letzte gewesen, der ihr etwas Böses wollte. Im Gegenteil! Aber nun bin ich Hauptverdächtiger, weil Karl gelogen hat und ich möchte Antworten!«

Mohammed musste ihn an dieser Stelle unterbrechen. »Warum macht ihr das auf eigene Faust und geht nicht zur Polizei?«

Lisa bedachte Robert mit einem Blick, der soviel aussagte wie: Siehst du, mein reden! Doch er beachtete sie gar nicht.

»Lange Geschichte und Lisa hatte schon so lange zu kämpfen, sie hat aber auch eingesehen, dass es einen Versuch wert wäre. Wir wollen mit ihm sprechen, und wenn er gesteht, brauchen wir einen neutralen Zeugen, und da kommst du ins Spiel. Wir werden reingehen, die Tür schließen und du kannst die Tür anschließend wieder leise aufmachen und mithören. Und später, wenn er dann vor der Polizei alles abstreitet, haben wir dich als Zeugen.«

Mohammed hob abwehrend die Hände. »Wartet mal, dass geht mir zu weit. Da steht mein Job auf dem Spiel, Robert. Wenn Karl unschuldig ist, wie soll ich ihm dann erklären, dass ich so indiskret war und gelauscht habe? Nein, nein! Gefallen hin oder her, du weißt, ich habe Frau und Kind und kann es mir nicht leisten meine Arbeit zu verlieren.«

Robert legte Mohammed die Hand auf die Schulter. »Ich weiß, und ich bin 56 und werde keinen Job mehr finden, und vielleicht werde ich sogar für schuldig befunden. Bitte, ich würde dich nicht bitten, wenn ich nicht vollkommen überzeugt wäre. Und ich verspreche dir, ich nehme alle Schuld auf mich, wenn es schief geht, aber das wird es nicht.«

Mohammed seufzte. »Also gut, aber ich schwöre dir, wenn das schief geht, bist du dran!«

Lisa legte auch einen Arm auf Mohammeds Schulter und schaute ihn aufmunternd an. »Ich bin bei dir und sollte das schief gehen, dann sagen wir einfach, Robert hat uns beide gezwungen. Ich bin auch nicht ganz überzeugt, aber ich weiß genau, irgendetwas stimmt an der ganzen Geschichte nicht. Irgend jemand will mir schaden, aber ich weiß nicht warum, und ich glaube der Schlüssel liegt bei Karl.

»Okay, also passt auf. Karl ist noch nicht alleine.«

»Wer ist noch alles im Büro?« Robert schaute auf die Uhr und Lisa tat es ihm automatisch nach. Mittlerweile war es kurz nach achtzehn Uhr. Normalerweise eine Zeit, wo alle bereits Feierabend gemacht haben. Aber ausgerechnet jetzt, nachdem das Büro in der letzten Woche geschlossen geblieben war, gab es natürlich allerhand nachzuarbeiten. Trotzdem hoffte Lisa inständig, dass es nicht mehr all zu viele Kollegen waren, die sich oben in der Büroetage aufhielten. Jetzt bat sie insgeheim noch darum, dass auch Karls Sekretärin, die dafür zuständig war, Besuchern die Tür, zu öffnen, bereits im Feierabend war. Es sähe mehr als komisch aus, wenn sie drin wären und Mohammed stünde vor der Tür um alles zu belauschen.

Wie aufs Stichwort öffnete sich die untere Eingangstür des Gebäudes und Karls Sekretärin Kirsten kam heraus. Sie grüßte freundlich: »Ach, hallo.« Alle hielten automatisch die Luft an und erwarteten, dass Kirsten sie fragen würde, was sie hier wollen. Natürlich wusste sie, dass Lisa vorerst beurlaubt war und sie wusste natürlich auch, dass auch Robert erst einmal nicht im Büro sein durfte. Immerhin hatte sie heute morgen alles dafür vorbereitet. Sie musste ihm seine Karte abnehmen, mit der er sich bei der Zeiterfassung an- und auch abmeldete und sie hatte ihm die Zugangscodes für die Computer gesperrt. Sicher würde ihr jetzt auch auffallen, dass sie vergessen hatte, ihm noch die Schlüssel abzunehmen. Robert rechnete schwer damit, dass sie ihn darauf ansprechen und fragen würde, was er hier eigentlich wolle. Kirsten war wie immer leicht durcheinander. Lisa mochte sie sehr. Die Beiden hatten ähnliche Hobbys. Denn wie auch Lisa, las Kirsten gerne Thriller und so sagte diese nur: »Lisa, ich habe in der Wo-

che in der wir geschlossen hatten einen Bücherblog eröffnet. Darf ich dir auf Facebook eine Freundschaftsanfrage
schicken und dich für den Blog einladen?«

Lisa war zu überrascht und antwortete daher spontan
und ohne groß darüber nachzudenken: »Ähm, ja klar. Lisa
Oppenheimer. Mein Profilbild ist eine Hantel.«

Kirsten lächelte. »Danke. Dann euch noch ›nen schönen
Abend.«

Ohne ein weiteres Wort ließ sie die Gruppe stehen.

»Ähm, ja, dann wäre also nur noch Karl im Büro, ich
und Hubi. Aber der ist eh eine Etage höher und wird uns
daher nicht stören.«

Mohammed hatte als erstes die Sprache wieder gefunden. Lisa und Robert standen immer noch verdutzt da,
starrten Kirsten hinterher und fragten sich, ob sie wirklich nichts mitbekam, oder sich nur aus allem raus halten
wollte.

Lisa schaute zu Mohammed. »Also, da haben wir ja wohl
Glück gehabt! Im Ernst Kinder, ich habe gerade noch gedacht, was machen wir, wenn Kirsten noch im Büro ist?«

»Und ich wollte euch gerade erzählen, dass das ein Problem sein könnte!«

Mohammed zuckte mit den Schultern, drehte sich um,
sperrte die Tür auf und dann warteten sie gemeinsam auf
den Fahrstuhl. Alle waren angespannt, niemand sagte etwas.

Hoffentlich geht alles gut, dachte Lisa.

Sie sah zu Robert, der nervös mit seinen Händen spielte.
Dann schaute sie auf Mohammed, der, wie immer wenn
er im Stress war, wie Lisa bereits wusste, anfing leise zu
summen.

Sie warteten, dass der Aufzug endlich kam und hörten gespannt auf den Motor. Als sie bemerkten, dass die
Kabine stoppte, traten alle einen Schritt vor. Sie wollten
bereit sein zum Einsteigen. Die Fahrstuhltüren öffneten

sich und als die drei sahen, wer ausstieg, hätten sie fast vor Schreck aufgeschrien. Es war Karl.

Mohammed ging an Karl vorbei als ob nichts wäre. Als er durch die Tür und hinter Karl stand, formte er mit dem Mund ein »Sorry.« und sagte dann laut: »Ja dann, Leute, war nett euch getroffen zu haben. Bis die Tage.«

Mohammed fuhr nach oben und Lisa, Karl und Robert blieben im Eingangsbereich und sahen den verdutzen Karl an, der natürlich sofort wissen wollte, was denn hier los sei.

22. Kapitel

Robert, Lisa? Was macht ihr denn hier und warum habt ihr mit Mohammed auf den Aufzug gewartet?«

Lisa und Robert sahen sich an, dann beschloss Lisa, dass es besser wäre, wenn sie mit Karl redete. Ihr schlotterten die Knie und sie spürte deutlich ihren Herzschlag. Alles, was sie eben noch mit Mohammed geplant hatten, war mal eben so für die Mülltonne gewesen. Sie hätten sich das Theater sparen können und zu allem Überfluss hatten sie Mohammed jetzt auch noch in eine unangenehme Situation gebracht.

Wie sollten sie erklären, warum er sie herein gelassen und sich dann aber verabschiedet hatte, nachdem sie auf Karl gestoßen waren?

Lisa musste Zeit gewinnen um sich etwas einfallen zu lassen.

»Hallo Karl, bitte entschuldige. Wir wollten eigentlich tatsächlich zu dir. Können wir in Ruhe reden?«

Karl schaute die Beiden misstrauisch an. »Worüber? Und warum hat Mohammed euch rein gelassen?«

Nun war es an Robert, zu antworten: »Hat er nicht.« Er kramte in seiner Jackentasche und holte klappernd einen Schlüsselbund hervor. Er nestelte kurz daran herum, während Karl ihn nur fragend ansah. Dann reichte er Karl den Schlüssel. »Kirsten hat vergessen mir diesen abzunehmen. Ich hätte ihn dir spätestens morgen gebracht. Ich hatte bis eben selber nicht mehr daran gedacht.«

Karl nahm den Schlüssel entgegen. »Das müssen wir jetzt eigentlich noch quittieren. Kirsten ist gerade gegangen. Lasst uns nach oben gehen, dann können wir reden.«

Verdammt, dachte Lisa. Das läuft mal gar nicht gut. Nun hatten sie keinen Zeugen und sie war sich immer noch nicht sicher, ob Karl nicht vielleicht doch gefährlich war.

Sie hatten aber keine andere Wahl. Karl drückte auf den Knopf für den Fahrstuhl und gemeinsam warteten sie. Und während sie das Rattern der Motoren im sonst stillen Treppenhaus hörten, sagte Karl: »Lisa, magst du mir jetzt schon mal sagen, was los ist? Hat es etwas mit meiner Entscheidung von heute morgen zu tun?«

Lisa kaute nervös an ihrer Unterlippe herum. Die Vertrautheit, die sie bisher zu Karl verspürt hatte, war verschwunden. In den letzten zweieinhalb Wochen war soviel passiert. Sie wurde bedroht und Menschen in ihrem Umfeld wurden verletzt. Und nun wurde anscheinend auch Robert noch mit in die Sache hinein gezogen. Und das, wo sie sich doch so sicher war, das Karl log. Sie wusste nicht mehr, ob sie diesem Mann, mit dem sie sich die letzten Monate so gut verstanden hatte, noch vertrauen durfte.

Sie sah ihn an und sagte dann ruhig: »Lass uns bitte oben in Ruhe weiter reden.« Er nickte nur und wie auf Bestellung kam der Fahrstuhl. Sie drückte auf die Taste für das dritte Stockwerk und dachte daran, dass Mohammed jetzt gerade mal eine Etage höher war und zusammen mit Hubi die letzten Aufträge bearbeitete, die noch vor der Heizperiode anstanden. Er konnte ihnen nicht helfen!

Als sie oben ankamen und Karl die Tür zu den Büroräumen des Vertriebs öffnete, war alles düster. Er schaltete das Licht ein, bat die anderen Beiden hinein und ließ dann die Tür wieder ins Schloss fallen, schloss sie hinter sich aber nicht ab. Er bat Lisa und Robert in sein Büro und knipste auch hier das Licht ein. Es wurde jetzt immer früher dunkel und Lisa, die sonst immer sehr lange im Büro saß und die Ruhe genossen hatte, war jetzt unbehaglich zumute. Sie dachte daran, wie Susanne hier alleine war und niemand hatte sie gehört.

Wäre sie vielleicht anstelle von Susanne gestorben, wenn sie nicht damals durch Zufall das Büro doch noch verlassen hätte, statt wie gewohnt noch zu arbeiten? Sie blickte nochmal in den Flur zu Susannes Büro, das direkt neben dem ihrem lag. Da die Büros ziemlich am Ende des Flurs waren, konnte sie nicht viel erkennen, aber sie wusste, dass die Tür versiegelt war. Das Büro würde vermutlich lange Zeit nicht mehr benutzt werden können. Und auch eine Renovierung wird wohl notwendig sein.

Aber sie erkannte Blumen, die ihre Kollegen vor der Tür abgelegt hatten. Sie seufzte schwer, dann folgte sie Karl und Robert in das Büro. Aus Gewohnheit schloss sie die Tür, obwohl sie wusste, dass es unnötig war. Sie waren alleine. Der Vertrieb war nach Hause gegangen und Kirsten hatten sie am Eingang gesehen. Die Mitarbeiter der Technik und der Buchhaltung hatten eine Etage höher ihre Arbeitsräume und würden um diese Uhrzeit wohl nicht mehr nach unten kommen.

»Wartet bitte einen Moment hier, ich muss nur kurz jemandem Bescheid geben, dass es hier später wird.« Karl ging Richtung Fenster und drehte ihnen den Rücken zu. Robert und Lisa blieben im Raum stehen, während sie zusahen, wie Karl sein Handy aus der Jackentasche zog und dann anfing, eine Nachricht zu tippen.

Lisa sah zu Robert. Ihr Herz war schwer.

Taten sie das Richtige? Robert sah sie kurz an, nickte still. Dann schaute er wieder auf seine Füße und als Karl fertig getippt hatte, schob er das Handy wieder in seine Hosentasche. Er zog die Jacke aus und legte sie locker auf dem Schreibtisch ab. Dann ging er rüber zum Besprechungstisch. »Also, dann legt mal los! Warum wolltet ihr mich sprechen?« Karl lehnte sich an den Tisch. Er ließ die anderen im Raum stehen.

Lisa schaute Robert an. Es wäre besser, wenn sie die Unterhaltung beginnen würde.

»Karl, es ist so … Also, wie soll ich jetzt am Besten beginnen?« Sie stotterte und ging dann auf ihn zu, setzte sich auf den Tisch neben ihm, nahm eine bewusst lockere Haltung ein in dem sie ein Bein unter das Andere vergrub und dabei die Beine baumeln ließ. Das gab ihr ein wenig mehr Sicherheit. So hatte sie es schon immer gerne gemacht, wenn sie in schwierigen Situationen war. Augenblicklich entspannte sie sich ein wenig.

Karl schaute sie dabei an, aber keineswegs wütend oder gar bedrohlich. Nein, sie erkannte wieder diesen vertrauten Blick und sie spürte auch diese Wärme wieder, die sie in den letzten Monaten immer wieder bei ihm wahr genommen hatte.

Sie mochte ihn!

Ja, sehr sogar!

Unter unter anderen Umständen wäre sie ihm damals sicher auch gerne näher gekommen. Damals, als sie so sehr ein Kind wollte und als Markus und sie sich emotional langsam immer weiter voneinander entfernten. Aber sie bereute nichts.

Sie war nicht der Typ Frau, die ihren Mann betrügt.

Und heute war die Situation nicht anders. Jetzt war sie mit Mario zusammen.

Bei dem Gedanken an Mario durchflutete sie ein wohlig warmes Gefühl ihren Bauch. Sie dachte an die intensiven Zärtlichkeiten die Mario ihr schenkte. An seine Nähe und Wärme. Es war gut, so wie es war!

Sie mochte Karl wirklich sehr, aber außer ihrer Arbeit hatten sie nun mal keine weiteren Gemeinsamkeiten. Es war rein körperlich, was sie zu Karl hinzog. Karl war zehn Jahre älter als sie. Er hatte bereits zwei Kinder, die fast erwachsen waren und der Gedanke daran, einen Mann zu haben, der schon Kinder hatte, machte sie traurig. Sie wollte eigene Kinder haben und nicht die Mutter von Kindern einer anderen Frau sein.

Kurz dachte sie an die Nacht im Hotel nach der Wiesn.

An dieses Verlangen, das sie verspürt hatte. Ja, er war attraktiv! Sie liebte seine grauen Ansätze im Haar. Sein

Körper war trainiert, aber trotzdem weich. Er roch gut und seine Stimme war sehr maskulin. Aber dennoch, sie hatte einfach keine Gefühle für ihn. Sie sehnte sich damals nur danach, geliebt zu werden. Ein Gefühl, dass ihr Markus schon lange nicht mehr geben konnte.

Noch einmal atmete sie tief durch.

Robert starrte sie an, fragte sich vermutlich, was sie da tat. Für ihn musste es so aussehen, als würde sie einknicken. Sie war Karl inzwischen sehr nahe gekommen und irgendwie spürte sie seine Wärme und wusste, er würde ihr nichts tun. Sie spürte, dass es der richtige Zeitpunkt war und instinktiv nahm sie seine Hand.

Er ließ es zu, sah sie voller Wärme an und Lisa hatte jetzt auch den Mut, weiter zu sprechen. »Karl, es ist einfach so viel passiert in der letzten Zeit und wie du mittlerweile weißt, scheine ich die Zielscheibe dieser Ereignisse zu sein. Ich bringe es noch nicht ganz zusammen, warum, und wieso ausgerechnet mein Umfeld verletzt wird. Aber es muss alles irgendwie mit einer Karina Müller oder eine Celine Maurer zusammenhängen. Beide Personen existieren laut Polizei nicht. Die Namen sind gefälscht und nun frage ich dich: Was weißt du darüber? Immerhin hast du Celine eingestellt.«

Karl schaute Lisa an und sie wusste, er würde sie nicht anlügen. »Lisa, ich ...« Er unterbrach sich, sah Robert an und dann wieder Lisa. »Es tut mir leid! Ich stecke ziemlich in der Klemme, oder?«

Nun konnte Robert sich nicht mehr zurück halten. »Klemme? Du nennst es eine Klemme? Ich stecke so fett im größten Mist aller Zeiten und du nennst es eine Klemme?« Robert lachte gehässig. »Was sollte der Mist, der Polizei zu sagen, ich hätte Celine Maurer ausgesucht? Ich stecke deswegen jetzt knietief in der Scheiße Karl! Und dabei habe ich gar nichts damit zu tun!«

Karl sah weiterhin nur Lisa an. Er sah ihr tief in die Augen und sagte dann: »Nun gut, ich will mich nicht mehr herausreden. Wo soll ich nur beginnen? Am Besten am Anfang, oder?«

»Ich bitte darum,« grummelte Robert. Lisa bedachte Robert mit einem beruhigenden Blick. Sie drückte weiterhin Karls Hand. Sie wollte ihn damit ermutigen, weiter zu sprechen.

Karl aber löste sich von Lisas Hand, nahm sich einen der Besprechungsstühle, setzte sich und schaute dann auf seine Hände, mit denen er zu spielen begann während er sprach. »Lisa, ich glaube, ich habe dich schon lange genug angelogen!«

Lisa schaute ihn verwundert an. »Wie meinst du das?«

»Letztes Jahr, auf dem Oktoberfest, als wir betrunken waren. Ich war mir bewusst, was ich wollte, als ich dich bat, mit mir ins Hotel zu gehen und noch was zu trinken. Ich wollte dich! Ich wollte immer nur dich! Vom ersten Tag an, an dem du dich in der Firma vorgestellt hast.

Ich kann mich noch an alles ganz genau erinnern, obwohl ich dir gesagt habe, dass ich nichts mehr wüsste.«

Er machte eine Pause und Lisa hielt kurz die Luft an.

Hieß das etwa, er hatte auch mitbekommen, wie sie angefangen hatten, sich leidenschaftlich zu küssen?

Wie sie dabei kurz geseufzt hatte und sich ihm beinahe hingegeben hätte?

Hatte er etwa auch noch Erinnerungen an die letzten Berührungen im Bett, als sie lustvoll stöhnte, dann aber erschöpft einschlief?

Ihr war das nun doch alles unglaublich peinlich.

Und vor allem, er hatte es ihr all die Monate verschwiegen.

Warum?

Er hatte sie zum Mittagessen mitgenommen. Hatte er dabei an diese eine Szene gedacht, während sie der festen Überzeugung war, er könne sich an nichts peinliches erinnern? Sie lief rot an und flüsterte dann: »Karl? An was erinnerst du dich noch alles?«

Karl sah sie an und da erkannte sie es. Sein Blick, seine Augen, dieses Funkeln.

Er war tatsächlich in sie verliebt!

Und auf einmal ergab auch alles, was Larissa ihr erzählt hatte, einen Sinn.

Karl fuhr fort: »An alles, ja! Und bitte, es darf dir nicht peinlich sein! Genau deswegen habe ich dir immer gesagt, dass ich mich an nichts erinnere. Ich wollte dich so sehr! Aber als ich am nächsten Morgen aufwachte, und sah, wie verwirrt und auch schockiert du warst, da habe ich gedacht, ich tue besser so, als könne ich mich an nichts mehr erinnern. Ich wollte einfach nur wieder ein entspanntes Verhältnis zu dir haben.

Dann tauchte da plötzlich dieses Bild von uns auf. Und damit meine ich nicht das im Intranet!«

Lisa unterbrach ihn. »Du meinst das, auf dem man sieht, wie wir uns leidenschaftlich küssen?«

Er nickte. »Du kennst es also auch? Ich habe es ein paar Tage später als Email bekommen. Der Absender konnte nicht ermittelt werden. Aber meine Frau bekam das gleiche Bild und rate mal was passiert ist? Genau, sie verließ mich.

Ich war nicht mal traurig darüber. Unsere Kinder sind beide in einem Alter, wo sie uns nicht mehr zwingend brauchen. Wir hatten uns all die Jahre auseinander gelebt. Sie hatte ihre Hobbys, ich meine.«

Lisa schluckte bei diesen Worten.

Dabei dachte sie an Markus und sah die Parallelen zwischen ihnen. Nur war sie, anders als Karl, damals nicht dazu bereit ihren Mann aufzugeben.

Karl fuhr fort: »Lisa, ich hatte einen Headhunter auf dich angesetzt, als ich dich das erste Mal im Internet gesehen habe.«

Lisa riss die Augen auf. »Du hast mich WO gesehen?«

Sie schrie die Worte fast. Sie konnte nicht fassen, was sie da gerade hörte!

Instinktiv zog sie sich ein wenig zurück.

»Bitte,« Karl, wollte einen Schritt auf Lisa zugehen. Ihre Körperhaltung aber verriet ihm, dass sie Abstand brauchte. Sie verschränkte die Arme und schaute absichtlich an ihm vorbei.

»Ich war auf Facebook. Ich hatte deinen Blog gesehen. Da war ein Bild von dir und in dieses Bild hatte ich mich sofort verliebt. Ich habe deinen Blog eine Weile verfolgt und einmal hast du verraten, dass du in München in einem Büro arbeitest. Ich wollte dich kennenlernen, also habe ich erst einen Headhunter beauftragt, dich zu finden.

Und dann kam das Bewerbungsgespräch. Du erinnerst dich, als wir uns unterhalten haben?«

Lisa erinnerte sich. Es war damals schon sehr aufregend gewesen. Sie wollte unbedingt die Firma wechseln. Hatte bereits mehrere Bewerbungen geschrieben, aber nur Absagen bekommen. Dann kam dieser Headhunter auf sie zu.

Zuerst war sie skeptisch, schließlich kam sie doch eigentlich aus einer ganz anderen Branche. Doch was hatte sie damals schon zu verlieren? Nichts!

Sie ließ sich darauf ein und ging zum Bewerbungsgespräch. Das Gespräch fand damals in einem Münchner Luxushotel statt. Karl hatte extra diesen Ort gewählt, denn die anderen Mitarbeiter sollten noch nichts von einer Neueinstellung wissen.

Sie saßen da im Café. Es war eine richtig entspannte Atmosphäre. Und so redeten sie bald nicht nur über berufliches. Ihr Gespräch drehte sich auch um privates.

»Du hast mir erzählt, wie du nach München gekommen bist und das du verheiratet bist. Du erinnerst dich?« Lisa nickte nur. Ihr Mund stand dabei leicht offen. Sie konnte immer noch nicht begreifen, was sie da gerade hörte. »Ich wollte dich damals nicht wirklich einstellen. Ich wollte eigentlich nur etwas trinken mit dir. Dich kennenlernen. Aber ich sah dir sofort an, dass du deinen Mann liebst. Deshalb habe ich versucht, in deiner Nähe zu sein, in dem ich dich einstellte.«

Robert lachte höhnisch. »Karl, lass das mal nicht die Zentrale hören.«

»Stopp!« Lisa schrie fast. »Mir wird das langsam alles zu viel. Ich bin seit 5 Jahren in dieser Firma, Karl. Du hast mich nur eingestellt, weil du dich in mich verliebt hattest?«

»Natürlich nicht, deine Referenzen waren sehr gut und du erinnerst dich, dass wir das zweite Gespräch nicht alleine geführt hatten? Siegfried war dabei und auch Jenny von der Personalabteilung.«

Oh ja, daran erinnerte sie sich auch noch. Nach dem entspannten Gespräch im Hotel versprach er ihr, sich zu melden. Und das tat er direkt schon am nächsten Tag. Daraufhin folgte ein offizielles Gespräch im Büro.

»Und dann sah ich dich jeden Tag. Du warst ein so fröhlicher Mensch, so ehrgeizig und auch so verdammt sexy. Aber ich war dein Chef und du hast zu allen Betriebsfeiern deinen Mann mitgenommen. Außer bei der einen Feier letztes Jahr auf der Wiesn.«

Lisa erinnerte sich.

An dem Vormittag und auch am Tag zuvor hatte sie sich mal wieder heftig mit Markus gestritten. Es ging wie immer um den Wunsch, es doch noch einmal mit einer künstlichen Befruchtung zu versuchen.

Er wollte und konnte nicht locker lassen.

Aber es war ja auch nie sein Körper, der da mit Hormonen vollgepumpt wurde und der sich danach anfühlte, als würde er jeden Moment platzen. Und wenn sie nicht so sauer gewesen wäre, hätte sie sich gar nicht erst so betrunken.

Und, Herr im Himmel, sie fand Karl auch schon immer attraktiv. Mehr aber auch nicht. Sie schämte sich für das, was da im Hotel passiert war, und vielleicht war sie deswegen kurz danach schwanger geworden, weil sie sich endlich frei machen konnte und sich aus einem Schuldgefühl heraus komplett auf Markus eingelassen hatte? Lisa schwirrte der Kopf. Sie sah ihren Chef an, dann fragte sie: »Was hat das alles mit Celine Maurer zu tun?«

Karl stand auf, kam jetzt ganz auf Lisa zu und wollte ihre Hand nehmen, sie aber zog sich zurück.

Sie konnte seine Gefühle im Moment einfach nicht erwidern und sie war verwirrt.

All die Monate wusste sie nichts von seinen Gefühlen und dachte, er hätte sie nur befördert, weil sie wirklich gut war. Nun zweifelte sie an sich selbst und auf einmal fühlte sie sich unwohl in seiner Anwesenheit. Sie schaute ihn an und erklärte: »Bitte, ich kann deine Gefühle nicht erwidern. Ich mag dich und du weißt, dass ich es genossen hatte auf der Wiesn mit dir. Aber ich bin nun mal nicht in dich verliebt. Ich bin jetzt mit Mario zusammen und ich brauche Antworten.

Also, warum machst du Robert und mir das Leben kaputt?«

Karl sah sichtlich verletzt aus. »Lisa, bitte glaube mir, ich will niemandem das Leben kaputt machen. Meine Frau hat mich verlassen als sie das Bild gesehen hat und der anonyme Schreiber drohte mir damit, auch noch meinen Töchtern das Bild zu zeigen, wenn ich nicht das täte, was von mir verlangt wird.«

»Und das war?« Robert kam nun auf den Tisch zu und setzte sich auf den frei gewordenen Stuhl.

»Ich sollte mich darum kümmern, dass wir ausbilden. Der Bewerbungsprozess würde eine Weile dauern und schließlich sollte ich aus allen Zuschriften nur diejenigen auswählen, die absolut nicht in Frage kämen und den Rest anschließend im Schredder entsorgen. Ich tat wie mir geheißen. Dann sollte ich die übrigen Bewerber zu einem Vorstellungsgespräch einladen, einem nach dem Anderen aber wieder absagen. Währenddessen würde sich aber noch ein Nachzügler bei mir melden. Eine Celine Maurer, und genau diese sollte ich dann einstellen.«

»Karl,« fragte nun Robert. »Warum hast du das alles mitgemacht. Warum hast du Celine bei dem Gespräch nicht gefragt, was das alles soll?«

Karl lachte bitter. »Meinst du, daran hätte ich nicht auch gedacht? Aber so einfach war das nicht, Robert. Ich bekam die Anweisung, das Gespräch mit Celine zu führen, danach sollte sie direkt eingestellt werden. Die Gespräche habe ich alle alleine geführt und glaub mir, es juckte mir in den Fingern, sie zu fragen, was das ganze Spiel sollte!

In der anonymen Email, die ich bekommen hatte, stand auch, dass die Bilder nicht nur an meine Familie, sondern auch an die Firmenzentrale weitergeleitet werden würden, sollte ich mich nicht an die Anweisungen halten. Es blieb mir gar nichts anderes übrig, also spielte ich mit.«

Lisa begriff das alles immer noch nicht. »Aber warum? Zu welchem Zweck?«

Karl schüttelte den Kopf. »Das weiß ich selber nicht. Aber Lisa, bitte glaube mir, ich wollte nicht, dass man dir Schaden zufügt.« Karl schaute sie dabei an und sie glaubte, ein leichtes Funkeln in seinen Augen zu entdecken, das durchaus eine Träne hätte sein können.

»Und Susanne?« meldete sich nun Robert.

»Als Susanne starb, war mir klar, da läuft etwas aus dem Ruder. Ich wollte nicht, dass Susanne stirbt und ich wollte niemals, dass man dich Lisa, damit in Verbindung bringt. Bitte glaube mir! Ich habe Gefühle für dich!«

Robert schnaufte verächtlich.

»Ja, klar, und dann hängst du mir den Mord an, indem du erwähnst, ich hätte Celine als Auszubildende ausgewählt! Ganz toll, Karl! Mensch, scheiße ... Merkst du noch was? Entschuldige den Tonfall, aber wir müssen jetzt dringend zur Polizei.«

»Es tut mir leid, Robert. Das war so nicht geplant. Das sich ein Zweiter die Mappen anschauen und bewerten soll, war ebenfalls Teil des Plans. Ich bekam genau diesen Auftrag und ich glaube, man wollte, dass Lisa sich die Mappen ansah. Auch ich hätte Celine beinahe ausgewählt, aber in der Anweisung hieß es explizit, dass sich der neue Stellvertreter die Mappen mit anschauen muss. Und da Lisa nun mal von der Zentrale abgelehnt wurde, musste ich dich mit einbeziehen.«

»Ach, du scheiße ...«, entfuhr es Lisa. »Dann war der Mord an Susanne ja vielleicht doch geplant?«

Alle Augen waren nun auf sie gerichtet. Doch Robert wusste, worauf Lisa hinauswollte. »Vermutlich wäre es gar nicht an dem Abend passiert, aber es passt irgendwie zusammen und diese Celine muss die gleiche Person sein, die mit meinem Markus geschlafen und behauptet hat, sie wäre schwanger. Sie kannte meine Schwachstellen, und ich weiß nicht warum. Ich glaube aber, Karl, man will mir immer noch schaden.

Aber warum? «

Es entstand eine kurze Pause.

Dann schaute Karl auf die Uhr. »Wisst ihr was? Ihr habt recht, wir könnten die Polizei einbeziehen. Vielleicht hört der Unsinn dann endlich auf.«

Lisa atmete erleichtert auf. »Puh. Weißt du Karl, zwischenzeitlich hatten wir wirklich gedacht, du seist derjenige, der mir schaden will und du seist gefährlich.«

Karl lachte laut. Dann griff er in seine Hosentasche, zog sein Handy heraus und schaute auf das Display. »Mist, der Akku ist fast leer. Habt ihr etwas dagegen, wenn wir in ein paar Minuten zur Polizei gehen? Ich würde gerne erst noch das Handy ein wenig aufladen.«

Robert trat von einem Bein aufs Andere. »Von mir aus gerne. Ich müsste sowieso unbedingt mal zur Toilette. Lisa, nachdem mir scheint, dass Karl nicht derjenige ist, der gefährlich ist und vermutlich die Wahrheit gesagt hat, darf ich dich kurz mit ihm alleine lassen?«

Sie nickte und Robert öffnete die Tür. Und rein aus Gewohnheit schloss er sie auch wieder hinter sich. Dann hörte sie, wie er den Flur entlang ging. Er musste um die Ecke biegen um zu den Toiletten zu kommen und nach ein paar gedämpften Schritten auf dem Teppich war Ruhe.

Karl räusperte sich. »Lisa, es tut mir sehr leid! Du gehst mir seit jener Nacht einfach nicht mehr aus dem Kopf! Du weißt gar nicht, wie sehr ich mir gewünscht habe, wir hätten weniger getrunken! Es wäre sicher anders verlaufen!«

Lisa schaute ihm in die Augen. Sie verspürte so etwas wie Mitleid, als ihr klar wurde, was sie ihm jetzt sagen musste. »Karl, ich war an dem Abend sehr verletzt, da Markus und ich uns kurz vorher noch heftig gestritten hatten. Das habe ich dir doch auch erklärt. Ich mag dich, ich finde dich nicht uninteressant ...« Karl unterbrach sie. Er kam näher und hob ihren Kopf an. Er sah ihr tief in die Augen und bevor er weiter machen konnte, sagte Lisa weiter: »Karl, ich liebe Mario! Bitte! Du verletzt dich nur selber!«

Doch Karl gab nicht nach. Er drückte ihr Kinn fester nach oben, dann beugte er sich vor und versuchte, sie gewaltsam zu küssen.

»Karl, nein!« Lisa versucht sich von seinem Griff zu befreien, aber er hielt sie zu feste und er tat ihr weh, als er fordernd versuchte, ihren Mund zu öffnen. Dann spürte sie seine Zunge, die sich energisch ihren Weg suchte und er ließ das Kinn mit einer Hand los und packte fest ihre rechte Brust. Der Schmerz durchzuckte ihren ganzen Körper. Instinktiv hob sie das Knie und trat ihm zwischen die Beine. Karl schrie kurz auf. Er fasste sich an sein bestes

Stück und sah Lisa dabei verbittert an. »Du mieses Stück! Das wirst du bereuen!«

Lisa verstand nicht. »Karl? Warum? Robert müsste jeden Moment wieder da sein. Bitte, erklär es mir?«

»Dir erklären? Du machst uns alle geil. Wie du hier herum stolzierst! Im Sommer, mit deinem knappen Rock und deiner perfekten Figur. Du willst es doch, dass man dich begehrt, dass man dich anpackt!«

Lisa war entsetzt und bekam Angst: »Was meinst du?«

»Meinst du, ich habe nie mitbekommen, wenn deine Blusen immer einen tiefen Ausschnitt hatten, wenn wir essen waren?

Oh ja, du machst mich geil und zwar mit Absicht und dann lässt du mich jedes mal fallen wie eine heiße Kartoffel! Lässt dich von deinem Idioten von Mann schwängern und selbst, als du das Kind verlierst, bleibst du noch bei diesem Volltrottel!«

Er hatte sich wieder erholt. Lisa trat einen Schritt nach hinten und versuchte in Richtung Tür zu kommen. Karl, der das sah, sprang in diesem Moment nach vorne, packte sie an den Händen und hielt diese nun fest umklammert, während er weitersprach: »Oh ja, du bist so geil! Ich wollte dich schon immer und ausgerechnet an dem Abend, wo ich dich endlich soweit hatte, warst du zu betrunken!«

»Karl, ich ...« Er holte aus und ohrfeigte sie heftig. Ihr Mund blutete und sie schrie auf. Karl nutzte die Zeit und ging zum Schreibtisch. Lisa wollte fliehen, als in diesem Moment die Tür auf ging. Endlich, Robert, war Lisas erster Gedanke, doch was sie sah, war nicht Robert. Es war der Beweis, dass sie dem falschen Vertraut hatte und das sie nun die Quittung für ihren Fehler bekommen würde.

Damals

Lisa ist froh als sie endlich ihren Abschluss hat. Die Schule war für sie immer etwas grauenvolles gewesen. Sie gehörte nie dazu, zur Klassengemeinschaft. Sie merkte schnell, dass die Starken und Beliebten diejenigen waren, die Sport machten, aber sie durfte ja nicht.

Sie hatte eine Behinderung und ihr Bein war wie abgestorben. Es schmerzte sie bei jeder Bewegung, bis sie irgendwann gar nicht mehr laufen konnte.

Ihr Vater war inzwischen gestorben und um ihre Mutter finanziell zu unterstützen hatte sie eine Ausbildung begonnen.

Vergessen war der Traum als Lehrerin!

Sie saß in ihrem Büro und es machte ihr keinen Spaß!

Es war aber eines der wenigen Dinge, die sie als Krüppel tun konnte und die Kollegen mieden sie nicht.

Bei einem Kontrollbesuch bei ihrem Arzt erklärte dieser ihr, dass es eine neue Operationsmethode gäbe. Eine, bei der der Knochen, welcher damals verletzt wurde, als Melanie sie getreten hatte, wieder durchblutet werden würde.

Sie stimmte zu.

Wollte keinen Versuch unversucht lassen!

Die Operation war ein voller Erfolg!

Danach ging sie zur Reha und kämpfte. Sie wollte wieder fit werden!

Sie wollte Sport treiben und sie hatte enormen Spaß daran, sich selber immer wieder herauszufordern.

Heute ist sie im Fitnessstudio. Sie stemmt Gewichte, spürt die Muskeln und genießt es, wenn die harten Jungs ihr zusehen.

Ja, denkt sie sich, heute lacht keiner mehr über mich!

Heute wollt ihr Kerle alle nur mich und mir ist es egal!

Sie ist so stolz auf sich und auf das, was sie erreicht hat!

Und Männer, die sie nur wegen ihres Aussehens wollen, interessieren sie nicht!

Sie trainiert hart!

Und bei jedem Kilometer, den sie geht, bei jedem Gewicht, das sie stemmt, denkt sie an die Zeit, als man sie fett nannte. Denkt an die Leute, die sie wegen ihrer Behinderung ausgeschlossen und sie ausgelacht haben.

Das gibt ihr Kraft!

23. Kapitel

Celine!« Lisa war zu überrascht um zu realisieren, was da jetzt gerade passierte.

»Ah, genau richtig,« rief Karl.

Lisa startete einen erneuten Versuch um zu fliehen, aber Celine versperrte ihr den Weg. Das zierliche Mädchen, das immer so taff auf Lisa gewirkt hatte, hatte enorme Kraft. Sie hielt Lisa fest und trat ihr dann gehörig gegen das Bein.

Gegen das damals operierte Bein.

Lisas Schwachstelle!

Scheiße! Sie wussten davon, dachte Lisa noch, während sie zu Boden ging.

Karl kam und sie sah gerade noch sein Gesicht, dann sagte er nur: »Umdrehen!« Celine trat ihr in den Rücken und Lisa krümmte sich vor Schmerzen.

Ihr brannte die Hüfte und die Rippen.

Sie hatte Angst, war unfähig zu reagieren.

Karl kam auf sie zu, drehte sie brutal zur Seite und band ihr die Hände fest auf dem Rücken zusammen. Dann hob er sie unsanft hoch und setzte sie auf den Stuhl vor dem Besprechungstisch.

»Du Arschloch!« keuchte sie. Sie konnte kaum sitzen vor Schmerzen. Ihre Hüfte pochte und schmerzte, wie sie es schon sehr lange nicht mehr gekannt hatte. Karl grinste sie nur höhnisch an.

»Ich weiß. Aber anders ist dir ja nicht mehr zu helfen. Du hast es immer noch nicht kapiert, oder? Du willst mich, und du zeigst es mir! Und dann lässt du mich einfach stehen. Was glaubst du eigentlich, wer du bist? Ich habe dir alles gegeben! Den Job, die Beförderung, aber alles was du willst, ist erst ein bescheuerter Mann und dann diese Niete, die nicht einmal richtig vor den Bus fallen kann. Du hast mein Leben ruiniert!«

Lisa schaute ihn mit böse funkelnden Augen an. »Das zerstörst du dir gerade selber!« So langsam bekam sie wieder Luft und probierte, die Hüfte durch das Verlagern des Gewichts, zu entlasten.

Er lachte nur. Dann wandte er sich an Celine. »Marlene, was macht der Andere?«

Marlene?

Lisa verstand nichts.

Warum nannte er Celine jetzt plötzlich Marlene?

Sie schaute zu Celine, dann zu Karl. »Was wird hier gespielt?«

»Gleich, meine Süße! Marlene? Ist Robert ausgeschaltet?«

Marlene/Celine nickte, dann sagte sie: »Ja, ist er, und ich habe das Licht ausgeschaltet und auch die Tür abgeschlossen. Was machen wir jetzt?«

»Spaß haben,« antwortete Karl. »Lässt du mich mit Lisa bitte alleine? Sie ist mir noch etwas schuldig.«

Lisa fröstelte. Sie hatte eine Ahnung, was jetzt passieren würde. Karl schaute lustvoll auf ihre Bluse, die durch die Ohrfeige leichte Blutspritzer abbekommen hatte.

Sie spuckte ihn an.

Etwas Blut tropfte dabei auf seine Hose.

»Da kann es aber eine kaum erwarten!« Er lachte wieder.

»Erklärt mir bitte erst einmal was hier gespielt wird! Warum ist Celine auf einmal Marlene und was habt ihr mit Robert gemacht?« Lisa traten nun aus Verzweiflung Tränen in die Augen. Sie musste Zeit schinden. Markus wusste, wo sie war. Er würde ihr helfen!

»Darf ich?« fragte nun das Mädchen, das sie als Celine kannte.

»Mach schnell! Ich will endlich, dass Lisa kapiert, was sie angerichtet hat!«

Celine/Marlene ging zum Tisch rüber, nahm sich einen Stuhl und setzte sich Lisa genau gegenüber.

»Du kennst mich wirklich nicht, oder?«

Lisa schaute sie verwirrt an. »Nein, woher sollte ich dich kennen?«

»Ach, kleine Lisa. Immer noch so unschuldig! Meine Mutter hatte vollkommen recht!«

»Jetzt mach schon.« Karl verlor die Geduld. Er stampfte zu Marlene rüber, dann setzte er sich auf den Tisch. Genau zwischen Marlene und Lisa. Er ließ die Beine baumeln und schaute Lisa an. Lisa blieb davon ungerührt. Langsam dämmerte es ihr, an wen sie die Augen von Marlene, wie sie in Wirklichkeit zu heißen schien, erinnerten.

»Deine Mutter ist Melanie!« stieß sie hervor.

Karl und Marlene lachten.

Marlene kam noch ein Stück näher, schaute auf Karl und sagte dann: »Papa, darf ich wirklich?«

Papa?

Warum spielte dieses Kind dieses perverse Spiel mit ihrem Vater?

Karl war zu alt gewesen um etwas mit Melanie gehabt haben zu können. Sie wurde doch von Mitschülern vergewaltigt.

Oder etwa nicht?

Lisa verstand nun gar nichts mehr.

Karl nickte aufmunternd, dann schlug ihr Marlene mitten ins Gesicht. Die mittlerweile angetrocknete Stelle an ihrem Mund blutete jetzt wieder stärker.

»Denk nochmal ganz genau nach!«

Lisa überlegte und plötzlich kam ihr der Geistesblitz.

»Nicht Melanie! Jessica!«

Nun klatschten Karl und Marlene in die Hände.

Verrückt!

Die Beiden waren ja vollkommen verrückt, dachte Lisa.

Sie brauchte Zeit. Markus würde bestimmt bald kommen und wer weiß, was sie mit Robert gemacht hatten? Vielleicht konnte er auch noch helfen?

»Kleine Lisa,« Karl stand auf, ging auf Lisa zu und strich ihr mit seiner Hand über den Nacken. Lisa fröstelte. »Richtig! Jessica war meine erste Frau, wenn man es denn so nennen mag. Wir waren nicht verheiratet.«

Er streichelte noch immer über Lisas Nacken, schaute dabei aber Marlene an. »Entschuldige mein Schatz. Du weißt, ich bereue nichts und ich liebe dich! Aber du weißt auch, dass du nicht geplant warst.«

»Aber ja doch, Papa. Ich lasse euch jetzt mal alleine.«

Marlene grinste, stand auf und ging raus.

Was sollte das?

Was ist hier los?

Lisa hatte Angst!

Sollte Markus nicht bald reagieren? Wie lange war sie schon hier im Büro?

Von unten hörte sie die Autos der Hauptstraße.

Sie wollte hören, ob es auf der Straße langsam ruhiger wurde.

Hatten die Geschäfte schon geschlossen? Sie hörte immer noch das laute Rauschen der Autos und hier und da hörte sie die Araber laut schreien. Es war Wiesn Zeit. Bald sollte es wieder losgehen und die Stadt wurde immer voller mit partywütigen Touristen und die Araber sollten bald die Stadt verlassen. Aber hier, wo das Büro war, mitten im Herzen von München, da waren die Araber diejenigen, die ihre Geschäfte hatten und die das Leben bestimmten.

Auch nachts. Daher konnte sie nicht genau sagen, wie spät es jetzt war. Sie hatte in all der Angst ihr Zeitgefühl verloren. Eine Träne bildete sich in ihrem Auge. Sie weinte.

»Lisa, nicht weinen.« Karl nahm den freien Stuhl seiner Tochter, zog ihn zu Lisa heran und setzte sich. Er begann nun, ihr Bein zu streicheln. Zum Glück war es nicht mehr so warm und sie hatte eine Hose an, dachte sie bei sich. Doch machte es das besser? Karl schaute sie lustvoll an.

»Oh ja, jetzt gehörst du mir! Du weißt gar nicht, wie

lange ich darauf gewartet habe. Ich dachte, der Tag würde nie kommen.«

»Karl, bitte erkläre mir noch, warum musste Susanne sterben,« unterbrach ihn Lisa, in der Hoffnung, hinauszögern zu können, was jetzt sicherlich bald folgen würde.

Doch Karl hört nicht auf. Während er seine Hand zwischen ihren Beinen weiter nach oben schob, erzählte er weiter. »Ach Susanne. Susanne war überflüssig geworden und vor allem gefährlich. Sie hat herausgefunden, wer Marlene ist, da mussten wir schnell handeln. Aber das du dabei in Verdacht gerätst, dass war nie geplant. Marlene hatte die Schere zufällig in der Hand und dann ist es einfach so passiert.«

»Ich verstehe nicht, wie kann sie die Schere zufällig in der Hand gehabt haben? Susanne wurde in ihrem Büro ermordet. Die Schere lag aber in meinem Büro!«

»Du kombinierst gut! Selbst bei Angst!« Er kam nun noch ein wenig näher und öffnete bereits den Knopf ihrer Jeans. Sie hielt die Luft an.

»Wie ich sehe, gefällt dir das! Das muss aber noch ein ganz klein wenig warten. Du wolltest ja leider vorher eine Erklärung. Also gut! Marlene war in deinem Büro. Ursprünglich wollte sie dort etwas Kokain verstecken. Robert sollte später von Marlene einen Tipp erhalten und die Drogen bei dir finden.

Du wärst daraufhin gekündigt worden. Ich wollte mich für dich einsetzen und einfach der Retter in der Not sein.

Damit du endlich verstehst, dass wir beide zusammen gehören!

Mario ist ein Weichei! Jahrelang ist er mit seiner Freundin zusammen, dabei liebt er nur dich. Meinst du, dass ist mir nicht aufgefallen? Er hatte förmlich gebettelt, dass ich ihn mit dir in ein Büro setzte. Wäre er nicht so nützlich, ich hätte ihn längst in eine andere Abteilung versetzen lassen. Aber die Kunden lieben ihn irgendwie. Es war nie mein Plan, dass ihr beide ein Paar werdet, nachdem du dich von Markus getrennt hattest, aber mir kam diese blöde Grippe dazwischen.«

Lisa war schockiert. »Warte mal, soll das heißen, Marlene ist Karina und Celine in einer Person? Du hast deine eigene Tochter absichtlich mit meinem Mann schlafen lassen, damit sie ihm vorgaukeln kann, sie sei schwanger und dann hast du sie benutzt, um mir das Leben zur Hölle zu machen?«

»Fast,« er lachte. »Marlene ist wirklich schwanger, aber nicht von Markus. Aber ja, kann man so sagen! Der Plan war, dass dein Mann dich für Marlene verlässt, was ja wunderbar funktioniert hat. Ich wusste ja, dass er sich sehnlichst ein Kind wünscht, nachdem du mir das immer alles so wunderbar erzählt hast. Als Marlene mir mitteilte, dass sie schwanger ist, von irgendeinem Kerl, von irgendeiner Party, war mir klar, dass dies der perfekte Plan wird, und wie du und Markus euch endlich trennt. Das du aber vorher bei Mario eine Schulter zum Ausweinen findest, hatte ich in meiner Euphorie nicht bedacht.

Ist aber nicht schlimm! Jetzt bist du ja bei mir!«

Bevor Lisa irgend etwas erwidern konnte, beugte er sich vor, presste seinen Mund auf ihren und machte sich mit den Händen an ihrer Hose zu schaffen. Den Knopf hatte er während des Gesprächs schon geöffnet, nun hantierte er an ihrem Reißverschluss herum um ihn zu öffnen, während Lisa versuchte, laut zu schreien.

Irgendwie schien das Karl nur noch mehr anzuspornen. Lisa probierte mit Gewalt ihre Hände zu befreien, aber der Kabelbinder saß eindeutig zu fest.

Karl presste seine Hand feste auf ihren Mund. »Ruhig meine Süße! Das Gebäude ist leer, es wird dich niemand hören! Außer Marlene und vielleicht Robert, aber wenn Marlene richtig gehandelt hat, dann schläft Robert noch eine Weile.«

Dann riss er ihr die Hose runter. Lisa schrie wie am Spieß. Zusammen rutschten sie vom Stuhl und ihr Kopf knallte dabei auf die harte Sitzfläche.

Ihre Hüfte brannte und sie hatte keine Zeit mehr zum Schreien oder nachdenken.

Karl zog ihr die Unterhose aus, dann war er auch schon über ihr und flüsterte in ihr Ohr. »Jetzt bekommst du mich zu spüren und dann gehörst du mir! Das wird sehr schön!«

Lisa weinte.

Ihr war schlecht.

Sie wollte sich übergeben, aber die ganzen Ereignisse lenkten sie ab und auf einmal ging alles rasend schnell.

Während sie noch wahrnahm, wie Karl seine eigene Hose öffnete, hörte sie auf einmal einen Schrei. Karl hielt inne. Die Tür wurde aufgerissen und mehrere Polizeibeamte stürmten das Büro.

Lisa schrie laut auf.

Alles entlud sich in diesem einen Schrei. Der Schmerz, die Sorgen, ihr ganzes Leid!

Einer der Beamten half ihr hoch und bat die Kollegen um eine Decke.

Lisa sah, wie Sanitäter den Raum betraten. Sie wurde in eine Decke gewickelt und ärztlich versorgt. Sie wollte fragen, was passiert ist, aber sie war zu erschöpft. Sie beantwortete brav die Fragen nach ihrem Gesundheitszustand und ließ alles andere über sich ergehen. Als man ihr ein Beruhigungsmittel spritzte, fiel sie dankbar in einen traumlosen Schlaf.

24. KAPITEL

E ndlich. Ich hatte mir schon Sorgen gemacht. Was machst du nur für Sachen?«

Als Lisa die Augen öffnete, war die Welt erst einmal sehr verschwommen. Über ihr erkannte sie ein Gesicht, dann die Stimme. »Markus,« stöhnte sie.

»Psst.« Markus legte ihr eine Hand auf die Stirn. »Ich erkläre dir alles. Ich bin so froh, dass dir nichts passiert ist!«

Lisa blinzelte ein paar Mal. »Mir geht es gut. Wie geht es Robert?«

Markus lachte herzlich. »Du denkst wie immer erst an die Anderen!«

Dann nahm er ihre Hand. »Karl ist verhaftet. Die Polizei hat sogar schon sein Geständnis, auch wenn er behauptet, du wolltest zum Schluss wirklich mit ihm zusammen sein. Aber das sollte nichts daran ändern, dass er erst mal eine Weile im Gefängnis landet.«

Lisa versuchte zu nicken. Bei dem Gedanken an Karl, und das, was er versucht hatte, mit ihr zu machen, wurde ihr wieder übel.

»Was ist mit seiner Tochter?«

»Seine Tochter Marlene ist Karina und auch Celine, wusstest du das? Und ich habe dem Miststück vertraut! Sie hat unter Tränen zugegeben, von ihrem Vater zu allem gezwungen worden zu sein. Als sie schwanger wurde, hatte er ihr gedroht, den Geldhahn zuzudrehen. Ihre Mutter hatte schon kein Verständnis und hatte sie rausgeworfen, weswegen sie hier in München gelandet ist.«

Lisa schluckte. »Ich finde es gerade so unglaublich! Karl ist der Vater von Marlene, Marlene ist schwanger, schläft mit dir, gaukelt dir vor, das Kind sei von dir, und nachher stellt sich heraus, dass Marlene eigentlich sogar eine Verbindung zu mir hat, mit einer Bekannten aus Köln.«

»So zufällig ist das nicht,« unterbricht Markus sie. »Ich weiß nicht, was Karl dir erzählt hat, aber er hat bewusst nach dir gesucht, wusstest du das?«

»Ja, er hatte wohl auf meinem Fitnessblog mein Foto gesehen und wollte mich daraufhin unbedingt kennenlernen.«

»Nein, das ist nicht die ganze Wahrheit,« brachte Markus sich weiter ein.

Lisa verstand nicht. So hatte es Karl ihr doch aber erzählt. Oder spielte ihr das Gedächtnis gerade einen Streich? Sie wartete darauf, dass Markus es aufklärte.

»Karl war tatsächlich kurz mit Jessica zusammen. Damals hatte er eine Zeitlang in Frankfurt gelebt. Jessica war mal zu Besuch da und hatte dabei Karl kennengelernt. Die beiden wurden ein Paar und führten eine kurze aber intensive Fernbeziehung. Als Jessica schwanger war, hatte sie sich von Karl getrennt. Er hatte trotzdem den Kontakt aufrecht erhalten und wollte seine Tochter weiterhin sehen. Dabei hatte er von der Geschichte mit Melanie erfahren, denn für Jessica war es wohl extrem traumatisch, jetzt auch schwanger zu sein. Und sie hatte ihm Bilder gezeigt und nebenbei deinen Namen genannt. Er kannte die ganze Geschichte!«

Lisa seufzte. »Das verstehe ich nicht, warum hat er dann all die Jahre mit seiner Rache gewartet, oder was waren seine Motive?«

»Das weiß ich nicht. Vermutlich, war es keine Rache, sondern er war tatsächlich besessen von dir. Ich kann nur das wiedergeben, was ich von dem kurzem Gespräch mit Marlene weiß. Die Polizei hatte mir erlaubt, kurz mit ihr zu reden. Er zog kurz nach dir nach München und hat all die Jahre über deinen Werdegang exzessiv verfolgt.«

»25 Jahre?«

»Marlene ist 18.«

Lisa riss die Augen auf.

»Warte mal, das ganze war also Jahre nachdem ich von der Schule weg war? Und somit stimmt das Alter auf der Bewerbung tatsächlich!«

»Ja, sieht so aus.« Markus seufzte nun auch einmal tief durch. »Mich hat sie die ganze Zeit ausgenutzt und vor allem angelogen. Ich habe wirklich geglaubt, sie sei älter. Sie erzählte mir, dass ihre Mutter von nichts Anderem geredet hat, als dass du Schuld hast an dem Tod ihrer Schwester. Sie hatte sich da wohl total rein gesteigert. Als Marlene schwanger war, hat sie ihre Tochter rausgeworfen. Diese ist dann zu ihrem Vater nach München. Karl hat sie aufgenommen und dann für seine Pläne missbraucht.«

»Aber wer die Fotos von der Wiesn gemacht und uns damit erpresst hat, ist immer noch nicht klar, oder?«

»Laut Karl hat er die Bilder von Zeljko bekommen. Dieser hatte dieses Bild nicht hochgeladen, aber auf Nachfrage von Karl gestanden, dass er dieses Bild noch hat. Vermutlich hat Karl versucht, dir damit Angst zu machen, die Idee dann aber doch verworfen, weil er wusste, er kommt damit nicht weiter.«

Es war kurz still im Krankenzimmer.

»Aber was ist mit Robert?« wollte Lisa dann wissen.

»Karl hatte Marlene wohl per Textnachricht informiert, dass sie sofort ins Büro kommen sollte. Als Robert das Büro verlassen hat, hat sie ihn daraufhin überrumpelt und mit Chloroform ruhig gestellt. Die Beiden haben es echt faustdick hinter den Ohren.«

»War es auch Karl, der dich in unserer Wohnung angegriffen hat?«

Markus nickte. »Marlene hat er erzählt, dass er dort eingebrochen ist. Er wollte, nachdem wir beide uns wieder gut verstanden haben, belastendes Material verstecken und der Polizei dann einen Hinweis geben.«

Lisa brummte der Kopf. Warum das alles nur? Dieser Mann war total durchgeknallt!

»Hast du auch eine Erklärung für die K.O.- Tropfen?«

»Ja, Marlene sollte dir Angst machen. Karl wollte dich dann auffangen. Aber Mario war schneller in der Wohnung.«

Das war alles verrückt. Karl war total verrückt. Und sie fand ihn mal attraktiv! Ihr wurde schlecht bei dem Gedanken.

»Und wie habt ihr mich dann gefunden?«

»Da kannst du dich bei Kirsten und Mohammed bedanken. Ich habe geschlafen wie ein Baby und bin erst vor Ort gewesen, als schon fast alles vorbei war. Ich bin wach geworden, hatte deinen Zettel gesehen und nicht daran gedacht, die Polizei zu informieren. Ich bin sofort ins Büro gefahren und habe schon von weitem das Blaulicht gesehen. Kirsten habe ich dann später hier im Krankenhaus getroffen. Sie sitzt unten und wollte zu dir hoch, sobald es dir besser geht. Dann kannst du sie selber Fragen.«

Er lächelte Lisa an. Dann drückte er ihr einen Kuss auf die Stirn. »Danke, dass wir Freunde bleiben können.«

Lisa lächelte matt. »Darüber ist noch nicht entschieden. Noch hast du Bewährung, weil du mir geholfen hast.«

Markus lachte, dann verabschiedete er sich und Lisa hatte endlich Zeit zum Nachdenken. Das Karl all die Jahre nur sie wollte und so lange auf den richtigen Moment gewartet hatte, ließ sie frösteln. Noch mehr, als sie darüber nachdachte, was vorhin beinahe passiert wäre und das sie ihn sogar einmal geküsst hatte.

Alles war eine Lüge!

Karl war so etwas wie ein moderner Stalker.

Und das nur, weil ihre Mobber es auf sie abgesehen hatten. Irgendwie fast komisch, dachte sie, wenn es nicht so verdammt gefährlich gewesen wäre!

Während sie ihren Gedanken nachhing klopfte es an der Tür. Ohne eine Antwort abzuwarten stürmte eine dunkelblonde Frau herein.

»Hallo, Gott sei Dank geht es dir gut. Meine Güte, nicht auszudenken, was alles hätte passieren können, wenn mir die ganze Situation nicht so komisch vorgekommen wäre. Ich meine, ich war schon fast in der U-Bahn, da habe ich von meinem Hausarzt einen Anruf bekommen, der den Termin nächste Woche verschieben wollte. Wäre der Anruf nicht gekommen, dann hätte ich vermutlich auch Mohammed verpasst, aber Mohammed kam so gedankenverloren auf mich zu und ....« Sie verstummte kurz. »Oh, entschuldige. Lisa, ich habe total vergessen dich zu fragen. Wie geht es dir überhaupt?«

Lisa musste lachen und Kirsten stimmte mit ein. So kannte man Kirsten. Sie fiel gerne mit der Tür ins Haus und scherte sich wenig darum, was andere von ihr dachten. Sie war ein herzensguter Mensch.

»Mir geht es gut, danke der Nachfrage. Aber erzähl weiter. Wie bist du darauf gekommen, dass da etwas nicht stimmt?«

»Nun, das war so. Ich war ja schon eigentlich in der Bahn aber durch den Anruf hatte ich die Letzte verpasst. Also hatte ich Zeit und bin noch kurz oben an der frischen Luft gewesen, als ich Mohammed gesehen habe. Er kam mir so tief in Gedanken versunken vor, da habe ich mich dann schon gefragt, warum. Immerhin hat er doch eben noch mit dir und Robert vor der Tür gestanden. Als ich ihn angesprochen habe, war er ganz erschrocken und er fragte mich dann allerdings etwas, was mich hat aufhorchen lassen. Er hat mich gefragt, ob Karl in letzter Zeit komisch war. Er habe das Gefühl, es stimmt etwas nicht mit ihm. Dann hat er mir kurz und knapp alles erzählt, was ihr mit ihm besprochen hattet. Anschließend sind wir gemeinsam zurück und haben deinen Schrei gehört.«

Lisa nickte nur. Vermutlich war es genau der Schrei, den sie beim ersten Schlag von sich gegeben hatte.

»Mohammed hat außerdem Celine an der Tür gesehen und dann war ihm erst recht klar, dass etwas nicht stimmt.«

Lisa nickte wieder. Das war der Moment, wo Celine herein kam und sie anschließend gefesselt wurde.

Kirsten fuhr fort. »Wir haben dann sofort die Polizei gerufen und den Rest kennst du ja.«

»Danke.« Lisa war überrascht. Sie hatte Kirsten bisher immer als ziemlich verpeilt wahrgenommen. Das sie so gut kombinieren konnte, hätte sie ihr im ersten Moment gar nicht zugetraut. Aber stille Wasser sind anscheinend doch tief. Oder, wie im Fall von Kirsten und ihrem Redefluss: Wasserfälle.

Die beiden Frauen lächelten sich an, dann fragte Kirsten: »Ich habe dir eine Freundschaftsanfrage geschickt, ich lade dich dann in meine Gruppe ein, wenn du hier wieder raus bist, okay?«

Das reichte, damit Lisa nun endgültig anfing zu lachen.

EPILOG

Lisa schaute über den Spitzingsee. Liebevoll strich sie dabei über ihren Bauch, auf dem man schon eine deutliche Rundung erkennen konnte. Sie atmete einmal tief ein und wieder aus, als sie plötzlich von hinten umarmt wurde.

»Na? Alles gut?«

Sie löste sich aus der Umarmung und drehte sich um.

Es war Markus.

Lisa umarmte ihn.

»Das ist ja eine Überraschung! Mario hat gar nicht erzählt, dass du auch kommst.«

»Ich habe noch jemanden mitgebracht.«

Er drehte sich um und zeigte auf Manuela. Lisa kreischte vor Freude und fiel ihr um den Hals. In den letzten Monaten waren Manuela und sie Freundinnen geworden. Nach der ganzen Geschichte mit Karl hatten die beiden Frauen sich noch ganz oft im Krankenhaus getroffen um Mario zu besuchen. Und auch in der Zeit danach hielten sie den Kontakt.

Sie wusste bereits, dass Manuela nach vielem hin und her endlich versuchen wollte, die nächste Stufe mit Markus zu erreichen. Manuela mochte Markus.

Aber die ganze Vorgeschichte ließ sie abwarten.

Markus gab sich sehr viel Mühe. Er drängte sie nicht und gelegentlich trafen sie sich mal zu einem Date. Erst letzte Woche hatte Manuela ihr verkündet, dass es wohl etwas Ernstes werden könnte mit ihrem Exmann. Das freute Lisa sehr, denn auch sie hatte das Gefühl, die Beiden könnten gut zusammen passen.

»Ich freue mich so, dass ihr beiden auch da seid. Wollen wir dann langsam rein?«

Lisa nahm die beiden Freunde in den Arm während sie in der Mitte ging.

Gemeinsam betraten sie das Luxushotel am See.

Am Empfang wartete wie verabredet schon Mario. Er kam freudestrahlend auf seine Lisa zu. Lisa löste sich von den Freunden und küsste ihren Freund.

»Da bist du ja endlich, mein Schatz!« Mario strahlte über das ganze Gesicht.

»Du hast nicht wirklich geglaubt, ich lasse dich warten, oder?«

»Nein, habe ich nicht. Aber du weißt ja, wie extrem wichtig mir der heutige Tag ist!«

»Man könnte fast meinen, es ist deine Feier. Du weißt schon, dass wir hier meinen Geburtstag feiern?«

»Ja ich weiß, der 25. Offiziell!« Er zog sich an sich und lachte.

Lisa lachte mit, dann fasste sie an ihren Bauch. Mario schaute erschrocken.

»Alles in Ordnung?«

Lisa lachte noch mehr.

»Ja, aber weißt du, als schwangere Frau muss man ganz schön oft zur Toilette.«

»Du bist erst im 4. Monat.«

»Mario, magst du Zwillinge bekommen, oder ich? Und jetzt komm, meine Gäste warten. Ich halte es wohl noch aus!«

Mit einem tiefen Seufzer hakte sie sich bei Mario unter und gemeinsam betraten die Vier einen großen Raum voller Menschen. Lisa stockte kurz der Atem. Außer den geladen Gästen, von denen sie wusste, sah sie viele bekannte und auch unbekannte Gesichter, die sie nicht eingeladen hatte.

Nach den zurückliegenden Ereignissen, wollte sie ihren Geburtstag richtig groß feiern und hatte daher einen kleinen Konferenzraum im Hotel gemietet, wo die Party stattfinden sollte. Doch dies übertraf all ihre Erwartungen.

Als sie den Raum betrat, standen viele auf und applaudierten ihr. Unter ihnen erkannte Lisa auch viele ihrer Kollegen, und sogar Larissa war gekommen. Sie hatte in den letzten Monaten viel mit Larissa telefoniert und zwischen den beiden war wieder eine sehr innige Freundschaft entstanden.

Lisa grinste und winkte.

Sie erkannte Kirsten, die mittlerweile eine sehr gute Freundin geworden war und mit der sie zusammen eine Büchergruppe auf Facebook leitete: »Die anonymen Buchsüchtigen.« Wobei dort wohl mittlerweile niemand mehr anonym war. Viele der Gruppenmitglieder waren gute Bekannte geworden und unter einigen unbekannten Gesichtern im Raum vermutete Lisa, dass es sich dabei um Gruppenmitglieder handeln könnte, die Kirsten sicher heimlich eingeladen hatte, um sie zu überraschen.

Lisa ging weiter den schmalen Gang entlang, den die Gäste für sie frei hielten. Sie sah Mohammed und die Jungs aus der technischen Abteilung, die ein Banner hoch hielten. Sie konnte: »Lisa, alles Gute zum 25. Geburtstag + x. Unser boarisches Madel.« lesen und sie musste breit grinsen. Als Rheinländerin in die bayrische Gemeinschaft aufgenommen zu werden, sei etwas ganz besonderes, hatte ihr Hubi mal erklärt. Und sie fühlte sich geschmeichelt.

Auch Robert war da. Er nickte ihr zu.

Robert und Lisa verstanden sich gut. Lisa hatte nach den Vorfällen gekündigt und auch Robert wollte nicht weiter in dieser Firma tätig sein und hatte sich etwas Neues in Bielefeld gesucht um näher bei seiner Tochter und seinem Enkel sein zu können. Trotzdem hatten er und Lisa Kontakt gehalten und es entwickelte sich so etwas wie eine Freundschaft zwischen den beiden. Sie wusste sogar, dass Robert neu verliebt war und sie freute sich sehr darüber. Vorne sah sie Marios Eltern, die Lisa herzlich in die Familie aufgenommen hatten und sich sehr auf ihre ersten Enkelkinder freuten.

Und dann machte Lisas Herz einen Hüpfer, denn sie sah ihre Schwester. Edda. Lisa hatte sich ein Herz genommen und ihr nach den Ereignissen alles erzählt. Edda zögerte nicht. Sie kam sofort nach München und half ihr in der ersten schweren Zeit. Zwar trennten die Beiden immer noch 600km, aber sie hatten regelmäßig Kontakt und sahen sich so oft es geht. Lisa strahlte. Sie ging auf einen Tisch ganz am Ende des Saals zu, nahm das Mikrofon in die Hand und als ihre Gäste endlich verstummten, begann sie:

»Ich bin überwältigt! Vielen Dank, dass ihr alle gekommen seid. Ich freue mich so, mich gleich mit jedem einzelnen von euch unterhalten zu können. So viele Freunde. Es ist unglaublich und ich danke euch für die tolle Überraschung, denn ich sehe auch viele Gesichter, die ich nicht eingeladen hatte.«

Die Mitglieder der Büchergruppe lachten.

»Trotzdem möchte ich euch vorab etwas erzählen. Wie ihr wisst, habe ich eine schwere Zeit hinter mir. Mario und ich haben uns bewusst eine Auszeit genommen und viele wissen es schon, alle anderen sehen es jetzt. Ich bin endlich schwanger.« Sie zeigte auf ihren Bauch und der Saal applaudierte erneut.

»Doch in dieser Pause war ich nicht untätig ...« Sie wurde durch ein Lachen unterbrochen und dem Einwand von Robert: »Wie man an deinem Bauch sieht.«

Lisa lachte mit ihren Gästen. » Das auch, aber nebenbei habe ich ein Buch geschrieben. Das wissen bisher nur Mario und seine Eltern.«

Im Raum ging ein Raunen um. Dann rief Hubi laut: »Liest du uns was vor?«

Lisa strahlte. »Genau das habe ich vor. Ihr sollt die Ersten sei, die meine Geschichte hören.«

Lisa räusperte sich. Im Raum war es nun absolut still. Alle warteten gespannt.

Sie legte sich ein paar Blätter zurecht und begann zu lesen: »Es ist damals. Sie lag auf dem Boden. Getreten, gedemütigt, und am Ende. Über sich sah sie nur Köpfe. Sie sah keine Gesichter mehr, aber sie hörte das Lachen. Dieses grauenvolle, gehässige Lachen und dann diese Stimme: »Na, du Schlampe? Hast du es jetzt endlich verstanden? Berühre niemals wieder meinen Tisch!«

ENDE

Nachwort

Als ich das Buch vor zwei Jahren begonnen habe, war die Geschichte ursprünglich eine andere, im Kern aber die gleiche. Es geht um Mobbing!

Diese Geschichte ist erfunden und Ähnlichkeiten mit lebenden oder bereits verstorbenen Personen sind von mir nicht gewollt und rein zufällig.

(Außer Edda und Kirsten, die ich bewusst real ausgewählt habe und später in der Danksagung erwähnen werde.)

Trotzdem ist Mobbing real und es ist mir Anliegen, für dieses Thema zu sensibilisieren!

Lisa hatte eine schwere Jugend, da sie ein typisches Opfer von Mobbing in der Schule wurde. Man hätte Mobbing leicht verhindern können!

Auch ich war ein Mobbingopfer und weiß aus eigener Erfahrung: Hinsehen ist wichtig!

Schaut hin, wenn ihr merkt, dass jemand benachteiligt wird. Geht auf diesen Menschen zu. Nehmt ihn an die Hand und integriert diesen in die Gruppe.

Nur so kann Mobbing gestoppt werden!

Miteinander statt gegeneinander ist das Motto!

Jeder Mensch ist anders und jeder ist für sich besonders!

Lisa hatte im letzten Halbjahr an ihrer Schule eine gute Zeit, nachdem man versucht hat sie in die Gemeinschaft zu integrieren.

Genau das wünsche ich mir für alle!

Das jeder, der einsam ist und jeder der Opfer von Mobbing ist, jemanden findet, der ihn an die Hand nimmt und in eine Gemeinschaft einführt!

Gewalt ist nie eine Lösung!

Sei es die psychische oder die körperliche Gewalt.

Wir können so viel erreichen, wenn wir voneinander lernen und gemeinsam zusammen arbeiten!

Bitte denkt alle darüber nach und handelt!

Macht eure Kinder stark für Toleranz und habt den Mut zu handeln, wenn jemand Hilfe benötigt und seid ein Vorbild für andere!

Lisa hatte Glück und ist eine starke und selbstbewusste Frau geworden. Melanie jedoch ist genau das Gegenteil und wie Melanie gibt es eine Menge Menschen, die an Gewalt und Mobbing zerbrechen.

Ich hatte das gleiche Glück wie Lisa. Daher habe ich dieses Buch geschrieben, um möglichst viele Menschen zu erreichen und für das Thema zu sensibilisieren.

Miteinander statt gegeneinander – gemeinsam sind wir stark!

Danksagung

Zwei Jahre habe ich jetzt an diesem Buch geschrieben und zwei Jahre haben mich Familie und Freunde begleitet. Mir Mut gemacht, mich in den Arm genommen, wenn es mal nicht gut lief, mit mir gelacht, wenn komische Sätze entstanden sind und auch mitgefiebert, wenn ich eine kleine kreative Hilfe bei einzelnen Szenen brauchte.

Genau diesen Menschen möchte ich nun danken.

Mein erster Dank gilt aber ganz besonders meiner Mama, der ich dieses Buch auch gewidmet habe.

Als ich 2017 anfing zu schreiben, hatte ich eine ganz andere Idee im Kopf. Meine Mama hatte mich bei dieser immer wieder unterstützt und mir Mut gemacht, sie aufzuschreiben. Als sie 2018 an Krebs erkrankte, habe ich diese Geschichte komplett verwerfen müssen. Zu sehr haben mich die Ideen aufgewühlt, da diese teilweise in einem Krankenhaus spielten. Dennoch habe ich die Grundidee beibehalten und ein Buch geschrieben, in dem es um Mobbing geht. Meine Mama war da, als ich in der Schule gemobbt wurde. Sie und mein Papa, der leider viel zu früh verstorben ist und nicht mehr miterleben konnte, wie aus mir eine selbstbewusste junge Frau wurde, haben mir Mut gemacht, mich jeden Tag aufs Neue meinen Ängsten und Sorgen zu stellen. Wie Lisa wollte ich damals die Schule wechseln, aber sie haben mir klar gemacht, dass weglaufen keine Option ist. Ich habe gelernt, mit Mobbing umzugehen, stark zu bleiben und den Menschen, die so grausam sein können, entgegenzutreten und es jedem einzelnen zu zeigen, dass psychische Gewalt grausam ist, man daraus aber wachsen kann.

Danke Mama und Papa, dass ihr mich zu dieser starken

Person erzogen habt, auch wenn bis dahin viele Tränen geflossen sind. Heute verstehe ich, was ihr mir sagen wolltet und bin dankbar für jeden einzelnen Abend, an denen ihr mir zugehört habt, mich in den Arm genommen habt und für jeden einzelnen Tag, an denen ihr mit mir um mehr Gerechtigkeit gekämpft habt. Danke Mama, dass du immer an mich geglaubt hast, dass ich dieses Buch mal beenden werde. Du hast es leider nicht mehr miterleben können, aber vielleicht schaust du von irgendwo zu und bist ein wenig Stolz.

Ein weiterer Dank geht an meinen Mann, der mir immer wieder den Rücken frei gehalten hat, damit ich schreiben konnte. Kleine kreative Witze inklusive, wenn ich mal wieder kurz vor dem aufgeben stand.

Kirsten möchte ich als nächstes danken. Sie war nicht nur eine Testleserin, sie war einer der Ersten, die die ersten Sätze des Buches gelesen hat und von Anfang an an der Geschichte beteiligt war. Ich erinnere mich an den Januar 2018, als ich Kirsten über einen Facebook Chat eröffnete: »Ich schreibe ein Buch.«

Sie war sofort begeistert und so tauschten wir uns regelmäßig via Facebook über unseren Büroalltag aus. Ich ließ mich dank ihr zur Schlussszene inspirieren. Liebe Kirsten, danke für deine Unterstützung. Ohne deine regelmäßigen Geschichten und deine lustigen und wirren Kommentare, hätte ich wirklich oft an mir gezweifelt. Du bist für mich ein liebevoller und humorvoller Mensch und gehörst mittlerweile zu meinen besten Freunden. Dafür danke ich dir von ganzem Herzen und hoffe, wir werden noch viele Jahre haben, in denen du meine Bücher lesen wirst.

Andrea Schumacher möchte ich als nächstes danken.

Eine liebe Freundin, die ich dank eines gemeinsamen

Lieblingsautors kennengelernt habe. Das Leben beschert uns manchmal merkwürdige Zufälle und trotzdem hatte es wohl einen Grund, dass du in mein Leben getreten bist, genau zu dem Zeitpunkt, an dem ich dich am meisten brauchte. Wir haben uns lange über Whats App unterhalten, viel geweint, gelacht und auch sehr tiefe Gespräche geführt. Und aus einen dieser Gespräche ist die Idee entstanden, dass du mein Buch lektorierst. Danke für deine Unterstützung und für das »auf Folter spannen«. Ich glaube, ich habe noch nie so geschwitzt wie bei diesem einen Satz: »Ich bin fertig.« Sag so etwas bitte NIE wieder und gehe dann offline!

Ich freue mich auf weitere Projekte mit dir.

Liebe Elli, auch du bist wieder in mein Leben getreten, als ich dich am meisten brauchte. Du bist nicht nur meine Schwester, du bist auch meine Freundin und ich bin dir so dankbar für die Unterstützung. Du hast an mich geglaubt, mich als Testleserin unterstützt und mir immer wieder neue Denkansätze gegeben. Deine Kreativität hat mir sehr geholfen. Und dann stellst du aus dem nichts eine Fanseite auf die Beine und rührst mich zu Tränen. Danke für alles! Dich als Schwester zu haben, ist toll! Und ich freue mich, dass du mich bei meinem nächsten Projekt wieder unterstützen wirst!

Und wenn wir schon beim Thema Schwestern sind, will ich Nicole erwähnen. Seelenschwester, beste Freundin, Roadtrip-Buddy. Du bist aus meinem Leben nicht mehr wegzudenken. Du sorgst für's tägliche Kopfkino. Du hast mir sehr geholfen, wenn ich mal wieder eine Pause brauchte und mich ablenken musste. Hab dich lieb! Wir meistern in Zukunft alles! Versprochen!

Die Idee zum Schreiben habe ich dank eines Autors bekommen. Ihm und seiner Frau möchte ich an dieser Stelle auch danken.

Liebe Kerstin Barth und lieber Michael Barth. Ohne euch hätte ich nie angefangen. Die Idee zum Schreiben hatte ich schon sehr lange. Du, Michael, hast mich durch dein Buch »Geist« erst auf die Idee gebracht. Durch unsere Gespräche bin ich darauf gekommen, es zu versuchen. Und als deine Frau Kerstin auch mit dem schreiben von »Holly« begann, war für mich klar: Ich bleibe dran! Ihr beide habt mir eine lange Zeit immer wieder Mut zugesprochen und mir gezeigt, es kann lange dauern, aber man darf nie aufgeben! Danke!

Einem weiteren Autor, der mich auch seit Anfang des Buches begleitet und der mich inspiriert hat, bekommt auch ein großes Danke.

Thorsten Siemens, als ich »Krähenkeller« gelesen habe, haben wir angefangen uns auszutauschen. Ich schrieb dir, kurz nachdem ich das Buch begonnen habe. Ich erinnere mich noch, dass du überrascht warst, aber seit dieser Zeit versorgst du mich immer wieder mit wertvollen Tipps, die ich natürlich immer gerne dankend angenommen habe. Vieles hat mich zur Verzweiflung gebracht. Gerade als ich endlich fertig war und mich nicht traute, das Buch wirklich ins Lektorat zu geben. Deine Erfahrung hat mir geholfen, es einfach zu machen. Augen zu und durch! Jetzt bin ich froh, dass ich es gewagt habe! Danke, dass ich dich immer wieder »nerven« durfte und du immer wieder geduldig geantwortet und dir viele Gedanken gemacht hast. Ohne dich und die lustigen Diskussionen über deine Bücher, gäbe es übrigens keine Edda. Danke für die Inspiration!

Lieber David Führt, auch dir danke ich von Herzen für deine Unterstützung und deine vielen Informationen. Ich war orientierungslos, aber du hast wirklich sehr geduldig alles erklärt und mir sehr beim Thema Cover, Werbung und Veröffentlichung geholfen. Einen ganz lieben Dank für alles!

Sandra, du kommst auch nicht um eine persönliche Danksagung herum. Du bist die Freundin, die mich am längsten begleitet und meine schwierige Zeit an der Schule live miterlebt hast. Doch wir waren ein Team. Du hast mich an die Hand genommen und wir haben die Zeit zusammen gemeistert. Ohne dich wäre ich nicht so stark gewesen! Wir haben uns nach der Schule lange Zeit aus den Augen verloren, aber über Facebook wieder den Kontakt gefunden. Darüber bin ich sehr froh! Denn auch du warst Testleser und hast mich in der Zeit wundervoll unterstützt, aber das weißt du ja sicher!»Ja« ist zu deinem Lieblingswort geworden. Danke für deinen wertvollen Hinweise und deine wundervolle Freundschaft! Auf die nächsten 31 Jahre!

Kerstin Kallkowski, du bist mittlerweile eine meiner besten Freundinnen geworden. Auch du hast Lisa von Anfang an erlebt und den ersten Entwurf gelesen und anschließend das ganze Buch als Testleserin begleitet. Danke für deine lieben Worte, das wundervolle Feedback und das immer offene Ohr, wenn ich mal wieder jemanden zum Reden gebraucht habe!

Silke Seidl, gleiches gilt für dich. Wir kennen uns noch nicht lange, aber du bist mittlerweile auch eine sehr gute Freundin geworden und ich bin dir dankbar für deine wertvollen Hinweise. Du bist die Komma-Queen! Dank dir finden die Kommas, die sich oft verirrt haben, wieder an seinen Platz! Es hat mir sehr viel Spaß gemacht mit dir!

Meine Liebe verrückte Ramona, auch danke an dich. Du hast wirklich sehr mühevoll meine Sätze zerpflückt, mir wertvolle Tipps gegeben und mich immer wieder an die Hand genommen, wie man es besser machen könnte. Ich schätze deine Geduld sehr und deine lustigen Sprüche. Yoda wäre stolz auf dich!

Lina, auch dir ein Dank. Du warst inoffiziell meine Testleserin und ich weiß, dass Psychothriller nicht dein Genre ist, aber du hast mir zuliebe mein Manuskript gelesen und mir ein tolles Feedback gegeben. Sicher mit Big E an deiner Seite. Ich freue mich, dass ich dich begeistern konnte und hoffe, du liest meine Bücher auch in Zukunft mit Begeisterung!

Und zum Schluß noch ein Dank an meine letzten beiden Testleser: Martina Thumm und Martina Mesic.

Danke für eure Geduld beim Lesen und eure tollen Feedbacks. Ich habe gerne mit euch zusammen gearbeitet und hoffe, ihr seid beim nächsten Buch wieder mit dabei!

Und natürlich noch ein Dank an meine Facebook-Gruppe »Die anonymen Buchsüchtigen«, die es tatsächlich gibt. Ich kann nicht jedes einzelne Mitglied hier namentlich erwähnen. Aber ihr alle habt mich auch von Anfang an begleitet und ihr seid die, die mir jeden Tag eine Freude gemacht haben, mit euren Bestellungen, bevor das Buch überhaupt veröffentlicht war. Ich hoffe, ich habe eure Erwartungen erfüllt.

Weinsberg, September 2020